DONGSUH MYSTERY BOOKS 150

DEATH COMES AS THE END
마지막으로 죽음이 오다
애거서 크리스티/박순녀 옮김

동서문화사

옮긴이 박순녀(朴順女)
원산여자사범·서울사대 영문과 졸업. 조선일보 신춘문예에 〈케이스워카〉이어 《아이 러브 유》《로렐라이의 기억》《어떤 파리》등 많은 작품을 발표 현대문학상 수상. 옮긴책《하늘을 나는 메리 포핀스》, 크리스티《잠자는 살인》, 가드너《비로드의 손톱》등이 있다.

DONGSUH MYSTERY BOOKS 150
마지막으로 죽음이 오다
애거서 크리스티 지음/박순녀 옮김
초판 발행/1977년 12월 1일
중판 발행/2004년 5월 1일
발행인 고정일/발행처 동서문화사
창업 1956. 12. 12. 등록 16-345(윤)
서울강남구신사동540-22 ☎ 546-0331~6 (FAX) 545-0331
www.epascal.co.kr

*

이 책의 출판권은 동서문화사(동판)가 소유합니다.
외장권 제호권 편십권은 저작권 법에 의해 보호를 받는 출판물이므로
무단전재와 무단복제를 금합니다.

편찬·필름·제작 일체 「동판」 자본으로 이루어짐에 따라
출판권 소유권자 「동판」에서 제조출판판매 세무일체를 전담합니다.
사업자등록번호 211-90-02201
ISBN 89-497-0246-0 04800
ISBN 89-497-0081-6 (세트)

마지막으로 죽음이 오다
차례

제1장 …… 11
제2장 …… 26
제3장 …… 38
제4장 …… 49
제5장 …… 60
제6장 …… 71
제7장 …… 84
제8장 …… 93
제9장 …… 103
제10장 …… 116
제11장 …… 131
제12장 …… 151

제13장 ····· 159
제14장 ····· 166
제15장 ····· 182
제16장 ····· 195
제17장 ····· 215
제18장 ····· 235
제19장 ····· 248
제20장 ····· 264
제21장 ····· 271
제22장 ····· 284
제23장 ····· 294

크리스티 10대 걸작의 하나 ····· 311

작가의 말

S.R.K. 글랜빌 교수에게

안녕하세요, 스티븐.

고대 이집트를 무대로 미스터리소설을 써보라고 권유한 것도 당신이었고, 또 당신의 적극적인 도움과 격려가 없었더라면 이 책은 쓰여지지 못했을 것입니다.

당신이 빌려 주신 책을 너무나 흥미있게 읽었다는 점에 감사드리고, 또 내 질문에 귀찮아하지 않고 시간과 노력을 써가며 참을성있게 답변해 주신 데에 더욱 깊은 감사를 드립니다.

이 책을 쓰는 과정에 내가 맛본 즐거움과 흥미를 당신은 이미 알고 계셨을 겁니다.

       당신을 사랑하고 감사하는 마음으로
       가득한 친구
           애거서 크리스티 올림

등장인물

레니센브 미망인으로 젊고 사랑스러운 어머니
임호테프 권력과 재산을 지닌 묘소지기 제관. 큰 집안의 주인인 자신의 위치를 지나치게 과신함
테티 레니센브의 딸
야모스 임호테프의 맏아들
소벡 잘생기고 허풍이 심한 임호테프의 둘째아들
사티피 야모스의 아내. 키가 크고 정열적이며 말이 많음
카이트 소벡의 아내. 자식만을 바라보고 사는 여자
헤네트 심술궂은 하녀
에사 임호테프의 어머니
호리 임호테프의 서기. 사업관리인
이피 임호테프의 막내
노프레트 임호테프의 나이 어린 첩
카메니 임호테프의 먼 친척

제1장

홍수기 둘째달 20일

레니센브는 나일 강을 바라보며 서 있었다.

어디선지 오빠인 야모스와 소벡이 목청을 돋워 말다툼을 하는 소리가 어렴풋이 들렸다. 둑을 더 쌓아야 한다느니 그게 아니라느니 뭐 그런 문제로 옥신각신하는 것 같았다. 소벡의 목소리는 높고 확실했다. 그는 자기 생각은 모두 옳다고 아주 간단히 믿어 버린다. 반면에, 야모스의 말투는 낮게 깔리는 목소리에 웅얼거리기까지 해서 의심이 많고 자신없어 하는 그의 성격을 나타내고 있다. 야모스는 매사에 회의적이었다.

그는 한 집안의 맏아들로서 아버지가 북쪽에 있는 땅을 둘러보러 집을 비우고 있는 동안 농장 관리를 책임지고 있었다. 행동이 느리고 조심성 많은 그는 필요 이상으로 걱정을 만들어낸다. 체격은 단단하나 동작이 느린 그에게서는 소벡의 쾌활함이나 자신감이라곤 찾아볼 수 없었다.

레니센브는 어린 시절에도 지금처럼 두 오빠가 입씨름을 했던 기억을 떠올렸다. 갑자기 떠오른 이 생각은 왠지 그녀를 평온하게 해주었다……. 내 집에 다시 왔다. 그래, 가족들이 있는 집으로 돌아온 거야…….

그러나 은빛으로 반짝이는 나일 강물 위로 시선을 옮기자, 그녀는 다시 가슴이 답답하고 아파오는 것을 느꼈다. 그녀의 젊은 남편 케이가 죽었다……. 케이의 웃음 띤 얼굴, 그리고 딱 벌어진 어깨. 그는 명부(冥府)의 세계에서 죽음의 신 오시리스와 함께 있다. 그리고 그의 사랑스러운 아내 레니센브는 외톨이가 되었다. 8년 동안 그들은 함께 살았다. 결혼할 때 그녀는 아직 어린 티를 못 벗은 소녀였다. 그런데 지금은 혼자가 되어 딸 테티를 데리고 아버지 집으로 돌아온 것이다. 그녀는 자기가 8년 동안 집을 떠나 있었다는 사실이 실감나지 않았다.

그녀는 이런 생각들을 기쁜 마음으로 받아들였다.

지난 8년을 잊고 싶다──행복으로 충만했던 8년, 그런만큼 사별(死別)의 고통으로 가슴이 찢어질 것 같았다.

'그래, 잊어버리자, 다시 옛날의 나로 돌아가는 거야. 묘소지기 제관 임호테프의 귀여운 딸, 그저 명랑하고 천진스런 모습으로 돌아가는 거야!

남편의 사랑──지금 이 고통 속에서 떠오르는 그의 사랑은 잔인하기까지 하다. 지금도 그의 단단한 다갈색 어깨와 입가에 흐르던 미소가 눈앞에 어른거린다──케이는 향유를 바른 몸에 수의를 걸치고 저 머나먼 황천길로 떠나갔다. 나일 강의 조각배에 몸을 싣고 낚시를 하던 케이, 햇빛 속에서 밝게 웃는 그에게 그녀는 테티를 안은 채 활짝 웃어 보였다. 이제 다시는 그런 모습을 볼 수 없다니!'

레니센브는 생각했다.

'잊어버려. 이미 끝난 일이야. 나는 내 집으로 돌아온 거야. 여기는 모든 게 옛날 그대로야. 나도 곧 그때의 레니센브로 돌아갈 수 있을 거야. 테티는 벌써 잊었어. 다른 아이들과 장난치며 웃고 있잖아.'

그녀는 집 쪽으로 몸을 돌려 걸음을 옮겼다. 몇 마리의 당나귀가 짐을 실은 채 그녀 옆을 지나 강가로 향해 갔다.

옥수수 창고와 헛간을 지나 안뜰로 들어섰다. 안뜰은 보기만해도 기분이 좋아진다. 연못 둘레를 꽃을 피운 협죽도며 재스민이 둘러싸고, 무화과나무 몇 그루는 아름다운 그림자를 드리우고 있었다.

테티와 다른 꼬마들이 놀고 있었다. 아이들이 지르는 소리. 아이들은 연못 귀퉁이에 있는 자그마한 정자를 들락거리며 놀고 있다.

테티는 목각 사자 인형을 들고 있었다. 끈을 잡아당기면 입이 여닫히는 그 장난감은 레니센브도 어린 시절에 무척이나 좋아했던 것이다. 레니센브는 다시금 감사하는 마음을 가졌다.

'내가 집에 돌아온 거야.'

하나도 변한 것이 없었다. 여기 생활은 안정되고 든든하며 변함이 없다. 바뀐 게 있다면, 지난날 어린애였던 자기는 가정이라는 벽에 둘러싸인 많은 주부들 중의 하나이고, 예전의 레니센브 자리를 테티가 대신했다는 정도이다. 그 본질은 결코 달라진 게 없다.

한 아이가 던진 공이 레니센브의 발밑으로 굴러왔다. 그녀는 공을 집어들어 웃으면서 던져 주었다.

레니센브는 다시 걷기 시작했다. 화려한 색상의 둥근 기둥이 있는 현관, 그곳으로 들어서면 한가운데에는 넓은 홀, 홀의 벽면은 화사한 빛깔의 연꽃, 양귀비꽃들이 조각되어 있다. 그녀는 주로 여자들 방이 있는 집 뒤쪽으로 걸어 들어갔다.

카랑카랑한 목소리가 귀에 들려왔다. 그녀는 다시 발을 멈추고 그

귀에 익은 목소리에 귀를 모았다. 상큼한 감상이 그녀를 감쌌다. 사티피와 카이트——저 두 사람은 여전히 티격태격하고 있구나.

귀에 익은 사티피의 목소리. 날카로우면서도 짓누르는 듯한 고집센 목소리. 그녀는 야모스의 아내다. 키가 훤칠하고 정열적이며 말이 많은 여인. 얼굴은 딱딱하고 엄해 보이기도 하지만, 잘생긴 편이다. 그녀는 매사를 자기 독단으로 처리하고, 하인들에게 곧잘 화를 내며, 사사건건 실수를 찾아내어 독설과 고집으로 상대방을 꺾어야 직성이 풀리는 사람이다.

그녀의 독설이 두려워 누구든 그녀의 명령대로 따랐다. 남편 야모스도 이 과단성 있고 적극적인 아내를 존중했으며, 설령 그 독설이 자기에게 퍼부어질 때도 그걸 피하려 들지 않았다. 그런 오빠의 무기력한 모습은 레니센브를 화나게 했다. 사티피의 카랑카랑한 목소리 사이사이에 카이트의 조용하고 고집스런 목소리도 섞여 나왔다. 카이트는 부잣집 맏며느리감처럼 수수한 인상을 주는 여자인데, 작은 오빠 소벡의 아내다. 자식만을 바라보며 사는 여느 여자들처럼 그녀는 자식들 이외의 일은 생각한 적도 말한 적도 없었다. 날이면 날마다 동서와 입씨름할 때, 그녀는 자기의 생각을 차분하고 완강하게 여러 번 반복함으로써 자기 주장을 끝까지 굽히지 않았다. 화를 내거나 흥분하지도 않았고, 한 순간도 머뭇거리지 않았다. 소벡은 아내 카이트에게 매우 자상했으며, 자기가 하는 일이나 그 밖의 일에 대해 무엇이든 정직하게 얘기해 주었다. 카이트가 고개를 끄덕이며 이야기를 들으면서도 신경은 온통 아이들에게로 가 있다는 것을 소벡도 알고 있다. 들어서 언짢을 얘기도 아내는 그저 지나치기 일쑤니까. 그러나 그렇기 때문에 그는 마음놓고 얘기할 수 있었던 것이다.

사티피가 소리쳤다. "그런 법이 어디 있어! 분명히 말하겠는데, 야모스에게 쥐뿔만큼의 용기라도 있다면 그런 일은 용납하지 않을 거야. 아버님께서 집을 비우시는 동안에는 대체 누가 이 집 주인이지? 야모스잖아! 나는 야모스의 아내고. 깔개나 쿠션을 고를 우선권은 당연히 내게 있단 말이야. 저 바보 같은 검둥이 노예도 당연히……

카이트의 무겁고 느릿한 목소리가 사티피의 말을 끊었다.

"어머, 지지! 인형의 머리카락을 먹으면 어떡하니. 자, 여기 맛있는 거 있단다……. 이것 봐, 알사탕…… 어때, 맛있지?"

"카이트, 자네는 도대체 예의가 없어. 한쪽 귀로 듣고 한쪽 귀로 흘리는 거야……. 대답 한마디 없고…… 자네 태도는 도무지 돼먹지 않았어."

"그 파란 쿠션은 원래 제 것이었는데요……. 어머나, 저기 앙크를 한번 보세요……. 걸으려고 애쓰고 있어요."

"카이트, 자네는 자네 애만큼이나 바보야! 그런 말로 말꼬리를 돌리려나 본데, 그 따위로 슬쩍 넘어가 보려고 해도 어림없어. 다시 한 번 말해 두겠는데, 난 틀림없이 내 권리를 지킬 거야. 명심해 두라고."

레니센브는 등 뒤에서 다가오는 발자국 소리에 움찔했다. 홱 돌아보니 헤네트가 서 있었다. 전부터 그녀에게서 느낄 수 있었던 싫은 감정이 한꺼번에 치미는 것을 그녀도 어쩔 수 없었다. 헤네트의 삐죽한 얼굴이 비굴한 미소로 일그러졌다.

"변한 게 없지요, 레니센브? 사티피의 입이 너무 걸어서 모두들 얼마나 시달리고 있는지 몰라요. 카이트는 말대꾸라도 할 수 있지만, 저희 같은 것들에겐 그럴 만한 힘도 없으니, 저희들은 제 처지를 잘 알고 있죠……. 저에게 살 집과 먹을 것과 입을 옷가지들을 주시는 주인님의 은혜를 마음 깊이 새기고 있답니다.

주인님은 참으로 좋은 분이시지요. 그래서 저는 가능한 한 그 은혜에 보답하려고 생각합니다. 부지런히 무엇이든지 도와 드리고 있어요……. 고맙다는 인사를 바란다거나 생색을 내고 싶은 생각은 손톱만큼도 없습니다.

만일 마님께서 살아 계셨다면 저도 일하는 보람이 있을 거예요. 마님께서는 제가 하는 일을 알아주셨거든요. 그래요, 우린 마치 자매 같은 사이였답니다. 아름다운 분이셨는데…….

아무튼 저는 제 일을 성심껏 했고, 마님과 약속한 것도 지켰습니다. 돌아가실 때 이렇게 말씀하셨어요.

'헤네트, 아이들을 부탁해.'

저는 말씀대로 일했습니다. 온 가족을 위해 노예처럼 일했지요. 칭찬 한번 들어볼 생각도 않고 말예요. 바라지도 않았고, 또 들어본 적도 없지요. 모두들 그러죠. '헤네트 할멈 따위야 아무려면 어때'라고요. 아무도 제겐 관심이 없답니다. 하긴, 뭘 관심 있어 하겠습니까. 저는 그저 도와 드리려 할 따름이죠. 그게 다예요."

그녀는 미꾸라지처럼 레니센브의 팔을 스쳐 지나 안쪽 방으로 들어가 버렸다.

"저 쿠션에 대해선 죄송하게 됐어요, 사티피 형님. 하지만, 소벡이 하는 말을 우연히 듣고……."

레니센브는 자리를 떴다. 헤네트에 대한 묵은 감정이 느글거리는 것을 느끼면서. 이상하게도 모두들 얼마나 헤네트를 싫어했던가. 그 여자의 울음섞인 목소리, 끊일 줄 모르고 계속되는 자기 연민, 싸움을 붙여 놓고 그걸 즐기는 심통——그 여자는 그랬다.

레니센브는 생각했다. '그러라지, 별수 있나 뭐.'

그녀는 그런 것이 오히려 헤네트가 자신의 삶을 즐기는 유일한 방법일 거라는 생각을 했다. 헤네트의 생활은 사실 권태롭고 따분한 일의 연속이니까 그럴 수도 있는 게 아닌가.

그녀 말마따나 노예처럼 일했다는 말도 거짓말은 아니다. 아무도 그녀에게 고마워하지 않은 것도 틀린 말은 아니다. 헤네트에겐 도대체 감사하고픈 마음이 생기지 않으니까. 자기가 한 일을 저렇게 생색을 내니 가끔 고맙다는 말이 목구멍까지 올라왔다가도 싹 달아나는 것이다.

헤네트, 그녀가 아무리 남좋은 일을 한다 해도, 그녀를 위해 힘써 줄 사람은 없다. 얼굴은 못생긴데다가 멍청해 보이기까지 하니.

그녀는 이 집안 속사정에 훤했다. 발소리도 안 나게 가만가만 걷는 걸음, 밝은 귀, 잽싸고 날카로운 눈——그녀가 모르는 비밀은 없었다. 어미 새가 알을 품듯, 남의 비밀을 몰래 자기 속에 품고는 한 사람 한 사람에게 그 비밀을 말해 주고 그들의 갖가지 반응을 엿보며 좋아한다.

온 식구들이 헤네트를 내쫓아 달라고 임호테프에게 간청한 것도 여러 번이었다. 그러나 임호테프는 그 청을 들어주지 않았다. 그녀에게 호의를 가지고 있는 사람이 이 집안에 있다면, 그건 아마 임호테프뿐일 것이다.

따라서 그녀는 임호테프에게 헌신적일 수밖에 없었다. 그런 모습은 다른 사람의 비위를 더 상하게 했다.

방안에서는 헤네트가 끼어듦으로써 사티피와 카이트가 더 요란하게 싸우기 시작했다. 레니센브는 잠깐 멈춰 서서 더 엿듣다가, 이내 할머니가 계시는 방으로 천천히 걸어 들어갔다.

에사 할머니는 두 흑인 소녀의 시중을 받으며 앉아 있었다. 할머니는 소녀들이 펼쳐 놓은 모시 옷을 살피면서 자상한 목소리로 꾸짖고 계셨다.

그래, 모든 게 전과 똑같다. 레니센브는 아무도 모르게 가만히 서서 귀를 모았다.

나이 많은 할머니는 전에 비해서 체구가 좀 작아진 것 같았다. 그러나 그뿐, 목소리나 어투는 8년 전 레니센브가 이 집을 떠날 때까지 익히 들었던 것과 조금도 다를 바가 없었다. 레니센브는 살그머니 방을 나왔다. 할머니나 흑인 소녀들이 전혀 눈치채지 못하게 레니센브는 활짝 열린 주방문 옆에서 잠깐 멈췄다. 오리고기 굽는 냄새, 사람들의 얘기 소리, 웃음 소리, 나무라는 소리 등이 한꺼번에 모두 뒤섞여서 들려 왔다. 요리에 쓸 채소들이 수북이 쌓여 있었다.

레니센브는 실눈을 뜬 채 꼼짝 않고 서 있었다. 거기서는 그 주위에서 나는 모든 소리를 한꺼번에 들을 수 있었다. 주방에서 들리는 온갖 소리들. 에사 할머니의 카랑카랑한 목소리. 온통 뒤섞인 그 여자들의 목소리는 쉴새없이 조잘거리고, 웃고, 투덜거리고, 나무라고, 깜짝깜짝 놀라고……. 레니센브는 막힘 없이 계속되는 이 수다스런 여자들의 목소리에 가슴이 답답해짐을 느꼈다. 여자들——시끄럽고 덜렁거리는 여자들! 집안을 꽉 채운 여자들! 조용히 정숙하게 있을 줄 모르는 여자들! 언제나 소리만 지를 줄 알지 무엇 하나 제대로 할 줄 모르는 지긋지긋한 여자들!

아, 내 남편 케이——뱃전에서 몸을 구부린 채 작살로 물고기를 낚으려고 신경을 모으던 케이는 항상 조용하고 말을 아끼며 빈틈없이 긴장하고 있었지!

이런 아귀다툼 같은 시끌벅적함이 그에게는 없었다.

레니센브는 집에서 재빨리 벗어나와 다시금 뜨겁고 맑은 고요 속으로 침잠해 들어갔다. 밭에서 돌아오는 소백이 보였다. 야모스는 저쪽 멀리에서 묘소 쪽으로 올라가고 있었다. 그녀는 묘소가 있는 석회암 벼랑으로 통하는 오솔길로 들어섰다. 그 묘소는 위대한 메리프타의 묘이며, 레니센브의 아버지는 이 묘소를 관장하는 제관이다. 아버지 소유의 땅과 집은 모두 이 묘소에 기증된 재산의 한 부분이다.

맏아들 야모스는 아버지가 집을 비운 동안에는 묘소지기의 일을 다했다.

 레니센브가 비탈길을 천천히 올라서 묘소에 다다르니, 묘소 한켠 자그마한 바위굴집 안에서 야모스와 호리가 뭔가 의논하고 있었다. 호리는 아버지가 고용한 사람으로, 농사를 포함한 많은 일을 맡고 있는 관리인이다.

 호리는 파피루스에 쓰여진 편지 한 장을 무릎 위에 펼쳐 놓고 있었고, 야모스는 그걸 들여다보고 있었다. 레니센브가 들어서자 그 두 사람은 그녀를 바라보며 웃어 주었다. 그녀는 그들 가까이에 있는 조그만 그늘을 찾아 앉았다. 레니센브는 오빠 야모스를 무척이나 좋아했고, 오빠 또한 누이에게 다정하게 대해 주었다. 야모스는 부드럽고 친절한 성품을 지녔다.

 호리도 마찬가지여서 어린 레니센브의 장난감을 고쳐주는 등 매우 친절했다. 그녀가 결혼할 때쯤 해서는, 그는 재주가 비상하고 건실하며 말없는 청년이었다. 그때에 비하면 나이가 좀 들어 보일 뿐 그 밖에는 거의 변하지 않은 모습이었다. 그의 진지한 미소까지 그때와 똑같았다.

 야모스와 호리는 낮은 목소리로 이야기하고 있었다.

 "보리 73부셸(곡물이나 과일의 계량 단위. 30ℓ)은 막내 이피가……."

 "합계가 밀 230에 보리 120."

 "맞아. 그런데, 재목 값이 따로 있고, 농작물 값은 기름으로 지불했고, 페르하에서……."

 두 사람의 대화는 계속 이어졌다. 레니센브는 두 사람의 중얼거리는 듯한 소리를 무심히 흘려들으며 편안한 맘으로 꾸벅꾸벅 졸고 있었다.

 야모스는 마침내 일어나서 그 편지를 호리에게 돌려주고는 밖으로 나갔다. 레니센브는 여전히 편안한 모습으로 가만히 앉아 있었다.

그녀는 그 두루마리 편지를 만지며 물었다.

"아버지가 보내셨나요?"

호리가 고개를 끄덕였다.

"뭐라고 하셨는데요?"

그녀는 그 편지를 들여다보며 물었다. 글자를 배운 일이 없는 그녀의 까막눈으론 무슨 말인지 알 수가 없었다.

호리는 미소를 짓더니, 그녀의 어깨 너머로 한 자씩 짚어가며 읽어주었다. 편지는 헤라클레오폴리스(나일 강 하류, 파이윰에)의 대필업자가 쓴 듯 멋내서 쓴 글씨체로 또박또박 쓰여 있었다.

성스런 땅을 지키고 있는 묘소지기 임호테프가 말씀드립니다. 삼가 만수무강하옵시길 바랍니다. 헤라클레오폴리스 시(市)가 모시는 신 헤리샤프를 비롯한 모든 신의 은총이 그대 위에 내리시길 기원합니다. 프타(세계를 창조한 최고의 신) 신이 장수의 기쁨을 그대에게 허락하시길 비옵니다.

아들이 어머니께, 묘소지기가 그 어머니 에사에게 문안드립니다. 편안하고 몸 건강히 안녕하신지요? 또한, 집안 식구 모두들에게 안부 전한다. 내 아들 야모스야, 어떻게 지냈느냐? 농지 개량에 힘쓰거라. 코가 땅에 닿도록 부지런히 일하거라. 네가 건실하게 일하면 내가 너를 위해 신께 축복을 빌고…….

레니센브는 웃고 말했다. "불쌍한 야모스 오빠! 내가 보기엔 너무 열심히 일하고 있는데."

편지로 아버지의 훈계를 듣는 오빠의 모습이 안 봐도 눈에 선했다——거만하고 조금은 까다로운 태도로 계속되는 훈계, 명령.

호리는 계속 읽어갔다.

  막내 이피를 잘 돌봐 주어라. 내 들은 바로는 그 애가 불만스러워하고 있다더라. 그리고, 사티피가 헤네트에게 잘 해주고 있는지에도 신경을 쓰거라.
  아마와 기름에 대해 신경쓰는 것도 게을리하지 말고, 너희들이 수확한 곡식을 잘 간수하도록 해라. 자신이 가진 것에 대해 주의를 기울여라. 만일 무슨 일이라도 생기면 그 책임을 너에게 묻겠다. 우리 땅에 홍수가 지면 너와 소벡은 벌을 받게 될 것이다.

레니센브는 반갑게 소리쳤다.
"아버지는 예전과 조금도 달라진 게 없으시군요. 아버지가 떠나 계시면 어느 것 하나 제대로되지 않는 줄 알고 계시죠."
그녀가 들고 있던 편지가 미끄러져 떨어졌다. 그녀는 혼잣말처럼 중얼거렸다.
"모든 것이 그때와 똑같아요……."
호리는 입을 다물고 대꾸하지 않았다. 그리고 파피루스 한 장을 집어들고 무언가 쓰는 것이었다. 레니센브는 아무 생각없이 그저 바라보았다. 뿌듯함에 말조차 귀찮을 정도였다.
이윽고 그녀는 꿈꾸는 듯한 목소리로 말했다.
"파피루스에 글을 쓸 수 있다면 재미있을 거예요. 어째서 사람들은 글을 배우려고 들지 않는 걸까요?"
"절실하게 느끼지 않으니까요."
"그래요, 별로 필요없을지도 몰라요. 그래도 분명 재미있긴 할 거예요."
"그렇게 생각하세요, 레니센브? 당신이 글을 배워서 무슨 소용이 있겠습니까?"

레니센브는 고개를 갸우뚱하면서 천천히 대답했다.

"막상 그렇게 말씀하시니 할 말이 없군요."

"아직까지는 큰 저택에 서기 두세 명이면 충분하답니다. 그러나 언젠가는 이집트 전체가 수천, 수만 명의 서기들로 가득찰 때가 오리라고 생각됩니다. 우리는 막중한 시대의 선구자로 살아가고 있으니까요."

"그것 참 멋지군요."

"글쎄요, 어떨지 모르겠습니다."

"그건 왜죠?"

"레니센브, 보리 10부셸, 소 100마리, 밀밭 10, 이런 걸 기록해 두는 것은 간단하고 쉽습니다. 나중에는 쓰여진 글자가 진짜처럼 느껴져, 그걸 쓴 사람이나 서기들은 힘들여 밭갈고 보리 베고, 소를 모는 사람들을 업신여기게 될 겁니다. 그러나 밭이나 보리, 소는 '실제로' 존재하는 것이지, 종이에 잉크로 쓴 '표시'는 아니지요. 기록이며 편지가 불에 타고 서기들이 다 제갈길로 흩어져 버린다 해도 씨 뿌리고 추수하는 사람은 그대로 있고, 그들로 인해 이집트는 여전히 살아갈 수 있는 것이랍니다."

레니센브는 그를 유심히 바라보다가 문득 말을 걸었다.

"예, 당신이 무슨 말을 하고 있는지 알겠어요. 실제로 보고 만지고 먹는 것은 진실이며, '내 창고에는 240부셸의 보리가 쌓여 있다'라고 써놓는다 해도 실제로 갖고 있지 않는 한 아무 소용도 없다는 뜻이겠죠? 쓰려고만 한다면 거짓말도 쓸 수 있으니까요."

그녀의 진지한 표정에 호리는 미소지었다. 갑자기 레니센브가 말했다. "당신이 내 사자 인형을 고쳐 주었었지요…… 아주 옛날에. 기억 나세요?"

"예, 기억합니다."
"테티가 그 사자를 갖고 지금 놀고 있어요."
그녀는 잠시 말을 멈추었다가 다시 담담하게 말했다.
"케이가 저 세상으로 떠나갔을 때 저는 무척 슬펐지요. 하지만, 이렇게 친정으로 돌아와 보니 잃었던 행복을 다시 찾은 것 같아요. 이제 슬픔은 잊어버릴래요. 이곳은 모든 것이 예전 그대로고 달라진 게 없으니까 가능할 거예요."
"정말 그렇게 생각하나요?"
레니센브가 그를 흘끔 쳐다보았다.
"그건 무슨 뜻인가요, 호리?"
"내 말은, 계속 변하고 있다는 얘깁니다. 8년이란 세월은 결국 더도 덜도 아닌 8년 바로 그거니까요."
호리가 자신 있게 대답했다.
"아녜요, 여기는 아무것도 달라진 게 없어요."
"그럼, '달라져야 한다'고 말해야겠습니까?"
호리가 흥분된 목소리로 말했다.
"아녜요! 안 돼요! 나는 모든 것이 변하는 걸 원치 않아요."
"그렇지만, 당신도 케이와 결혼할 당시의 그 레니센브라고는 할 수 없을 텐데요."
호리는 고개를 저었다.
"레니센브, 본래의 모습으로 돌아갈 수는 없는 겁니다. 여기에 있는 이 되와 같아요. 처음에 반을 덜고 4분의 1을 더합니다. 10분의 1을 더하고, 거기다 다시 24분의 1을 더합니다. 그렇더라도 처음의 양과는 같을 수 없는 법이지요. 안 그래요?"
"하지만 나는 역시 레니센브인걸요."
"그러나, 당신에게는 항상 뭔가 덧붙여지고 있습니다. 따라서 서서히 다른 레니셴브로 변화되어 가는 거지요."
"아니에요. 잘못 알고 있는 거예요. 당신만 해도 옛날 그대로의 호리 ……."
"당신이 보기엔 그런 것 같지만, 실은 그게 아니랍니다."
"같아요. 야모스 오빠는 여전히 걱정거리를 싸짊어지고 안절부절 못해요. 큰 올케 역시 남편에게 대든다거나 카이트 언니와 깔개며 구슬 따위로 입씨름하는 건 여전하지요. 내가 집으로 돌아갈 때쯤이면 두 사람은 서로 웃고 있을 거예요. 싸우다가도 금방 화해할 수 있는 좋은 친구 사이니까요.

헤네트는 소리 안 나게 걸어다니면서 사람들 얘기나 엿듣고, 자기가 얼마나 성실하게 일하고 있는지를 불평섞어 내세우고요. 할머니는 할머니대로 모시 옷을 핑계삼아 하녀들에게 잔소리를 늘어놓고 계세요!

그래요, 하나도 달라진 게 없어요. 얼마 지나면 아버지가 돌아오세요. 그러면, 온 식구들은 시끌벅적 야단이겠지요. 아버지는, '너는 왜 이걸 안 했느냐.' '너는 이렇게 했어야 돼'라는 둥 꾸지람부터 하실 거고요.

그렇게 되면 큰오빠는 근심으로 얼굴이 찡그려질 거고, 작은오빠는 태연하게 웃기나 할 테고요. 아버지는 열여섯 살 된 막내의 응석을 그 애가 여덟 살일 때와 똑같이 받아 주실 거예요. 변한 건 조금도 없어요."
여기까지 단숨에 늘어놓고 나서 레니셴브는 한숨을 돌렸다.
호리가 한숨을 쉬더니 부드러운 목소리로 말했다.
"레니셴브, 당신은 모르고 있는 겁니다. 재앙은 밖에서 기습해 올 때도 있지만——그건 누구나 볼 수 있는 것이지요——내부에서부터 차츰차츰 괴어 썩어가는 수도 있답니다. 매일 조금씩 벌레먹기 시작한 과일이 나중엔 온통 썩어 문드러져서 떨어지게 됩니다. 병에 시달리다가 그렇게 되는 거지요."

레니센브가 그를 쳐다보았다. 그는 자기의 말에 도취되어 있는 듯이 보였다. 그녀를 상대로 이야기하고 있다기보다는 차라리 혼자의 생각에 깊이 빠져 있다고 하는 편이 정확한 표현일 것이다.

그녀는 소리치듯 말했다.

"호리, 도대체 무슨 말을 하고 있는 거지요? 자꾸 무서워져요."

"나도 두렵습니다."

"당신이 말하고자 하는 뜻이 뭐지요? 방금 재앙이라고 했나요? 그게 무슨 말이에요?"

그는 그녀를 뚫어져라 쳐다보다가 이윽고 미소를 띠고 대답했다.

"그 얘기는 잊어버리세요. 나는 농작물을 망쳐 버리곤 하는 병충해에 대해 생각하고 있었을 뿐입니다."

레니센브는 마음이 놓인다는 듯 한숨을 쉬었다.

"그래요? 다행이군요. 난 또 뭔가 불길…… 아니에요, 됐어요. 내가 뭘 생각하고 있었는지 나도 잘 모르겠어요."

제2장

홍수기 셋째달 4일

귀청이 따갑도록 째지는 목소리로 사티피가 야모스를 몰아세우고 있었다.

"당신, 자기 주장 좀 할 수 없어요? 분명히 말해 두지만요, 자기 소신을 끝까지 밀고 나가야지, 그렇지 않으면 누구도 당신의 가치를 인정하지 않는단 말예요. 아버님이 이래라저래라, 이건 왜 안 했느냐 하고 호통치실 때, 당신 어떻게 하지요? 그저 순한 양처럼 '예, 예.' 하며 변명을 늘어놓기 바쁘잖아요. 우선 그 시키시는 일만 해도 그래요. 도저히 불가능한 일을 종종 맡기신다고요. 아버님은 당신을 무슨 코흘리개 어린애쯤으로 취급하고 계세요! 마치 이피 도련님 또래의 말썽꾸러기나 되는 것처럼 말예요."

야모스는 조용히 말했다.

"아버님이 나를 이피에게 하듯 대하신 적은 없소."

사티피는 한층 독기를 품고 다른 화제를 끌어들였다.

"그럼요, 그렇겠지요! 아버님은 건방진 그 애송이에게 완전히 녹아 버렸으니까요. 이피 도련님에게는 이제 손 들어야겠어요.
 어깨에 힘만 주고 다니지, 어디 제 할 일 한번 하나요. 일만 시키면 자기에겐 벅차다느니 하며 엄살이나 피우고, 정말 못봐주겠어요. 아버님께서 도련님의 어리광을 너무 받아주시는 것 같아요. 편애를 하신다고요. 당신하고 소벡 서방님이 그 점에 대해 아버님께 꼭 말씀드리도록 하세요."
어깨를 움츠리며 야모스가 말했다.
"그게 도대체 무슨 도움이 되겠소?"
"당신과 얘기하다 보면 정말 미쳐 버릴 것만 같아요. 무슨 도움이 되겠냐니요? 정말 당신다운 말이네요! 당신은 줏대도 없고 뱃심도 없어요? 밑바닥을 전전하며 인생 다 산 사람 같이. 아버님이 하시는 말씀이라면 벌벌 떠니 하는 말이에요!"
"나는 진정으로 아버지를 존경하오."
"그래요, 아버님께서도 그걸 아시니까 그렇게 이용하시는 거예요! 당신은 자신이 지지 않아도 될 십자가를 메고 있는 거라고요. 소벡 서방님처럼 당신도 해야 할 말은 아버님께 분명하게 말씀드려서, 다시는 당신을 우습게 보지 않도록 만드셔야 돼요. 소벡 서방님은 누구에게도 거침이 없잖아요."
"물론 그렇다고 해도, 생각 좀 해봐요, 사티피. 아버님이 신임하고 있는 사람은 소벡이 아니라 나요. 아버님은 소벡을 조금도 신임하고 있지 않소. 늘 내 판단을 믿으시지, 소벡의 말은 들으시려고도 않는단 말이오."
"그러니까 당신이 아버님과 공동 경영자가 되란 말예요! 아버님이 나가 계시면 모든 게 당신 손에 달려 있어요. 농사일도 그렇고, 묘소지기 일도 그래요. 그런데, 실제로 당신이 쥐고 있는 권한이란 무엇 하나 제대로 된 게 없잖아요.

위아래를 분명히 해둬야 해요. 당신 나이도 이제 중년인데, 여태 어린아이 취급이라니, 잘못돼도 한참 잘못된 거예요."
야모스가 자신 없는 듯 대답했다.
"아버님은 자신의 소유를 자신의 손으로 지키시고 싶은 거요."
"그거예요. 아버님은 온 집안 식구들이 모두 아버님에게 의존하고 있는 모습이 기쁘신 거지요. 그래야 모두들 아버님이 명령하는 대로 따를 테니까 말예요! 그런 옳지 못한 증세가 나날이 더욱 심해지시니 탈이죠. 이제 아버님이 돌아오시면 당신도 대담하게 맞서야만 해요. 아예 서류까지 작성해서 확약을 받도록 하세요. 합당한 위치를 달라고 요구하세요."
"아버님은 내 말에 귀기울이시지도 않을 거요."
"그렇다면 들어주시도록 만들어야지요. 아휴, 만일 내가 남자였다면! 내가 당신 입장이었다면 충분히 해낼 수 있을 거예요. 나는 문득문득 무슨 벌레와 결혼했나 싶을 때가 있다고요."
야모스의 얼굴이 붉어졌다.
"알겠소. 할 수 있는 데까지 해보리다. 어쩌면 내가 만일 아버님께 말씀드려…… 아버님께 여쭈면……."
"여쭙다니요? 요구해야 돼요. 누가 뭐래도 당신은 맏아들이에요. 아버님이 일을 맡길 사람은 당신뿐이라고요. 소벡 서방님은 너무 덜렁거려서 아버님의 신임을 못 받고 있어요. 또, 이피 도련님은 너무 어리잖아요."
"그러나 호리가 있지."
"호리는 가족이 아니잖아요. 아버님께선 호리의 판단에 의존하시지만, 자신의 살붙이가 아닌 남에게 집안 살림을 맡기실 리가 있어요? 당신 제 말 잘 들어요. 당신은 너무 나약하고 물렁물렁해요. 당신네 집안은 핏줄에 붉은 피가 아니라 우유가 흐르고 있나 봐요.

당신은 아내나 자식들 걱정은 눈곱만큼도 하지 않아요. 아버님이 세상을 떠나시기 전에는 적당한 위치에 서지도 못할 위인이라고요."

야모스가 무거운 표정으로 말했다.

"당신, 나를 경멸하고 있군. 그렇지 않소, 사티피?"

"당신은 나를 화나게 만들어요."

"잘 알겠소. 어쨌든 아버님이 돌아오시면 그렇게 말씀드리지. 약속하겠소."

사티피가 숨을 씨근거리며 중얼거렸다.

"예, 그래요. 그러나 당신이 어떻게 말씀드리느냐, 문제는 그거예요. 사내 대장부답게 하느냐, 아니면 생쥐처럼 하느냐?"

2

카이트는 막내딸 앙크와 놀고 있었다. 앙크는 이제 겨우 걸음마를 시작했다. 카이트는 아이 앞에서 무릎을 꿇고 웃으면서 어르고 있었고, 아이는 겁을 먹은 채 한 발씩 앞으로 나가더니 드디어 어머니의 두 팔 안으로 비틀거리며 안겼다. 카이트는 소벡에게 아이의 걸음마 하는 모습 좀 보라고 했으나, 남편은 그 잘생긴 이마에 주름을 지으면서 무관심했다.

"어머, 소벡. 당신, 보고 있지도 않는군요. 자, 귀여운 꼬마야, '아빠 미워'해 봐. 네가 걷는 모습을 전혀 거들떠보시지도 않는구나."

소벡이 귀찮은 듯 말했다.

"나는 딴 생각을 하고 있었소. 걱정거리가 하나 생겨서 생각 좀 해야겠는데."

카이트는 몸을 젖혀서 앙크가 손가락으로 헝클어뜨린 자기의 머리

제2장 29

카락을 검은 눈썹 위로 쓸어올리며 물었다.

"왜요, 무슨 일이 생겼어요?"

카이트는 별 관심 없이 기계적으로 물었다.

소백은 화가 나서 대답했다.

"요컨대, 내가 신임을 받고 있지 못하다는 얘기오. 아버님은 너무 연로하시고 너무 구식 사고방식을 갖고 계시지. 집안 살림 모두 사사건건 참견하시고 명령하시고……. 나를 믿고 맡기시는 일이란 게 도대체 없단 말이오."

카이트는 고개를 끄덕이며 모호하게 중얼거렸다.

"예, 그래요. 그건 좋지 않은 일이지요."

"야모스 형님이 조금이라도 줏대가 있어 내 편에 서준다면야 아버님 눈을 뜨게 할 가능성도 있겠는데, 형님은 겁이 많으시거든. 아버님 말씀이라면 그저 그대로만 따르니, 내 참 한심해서."

카이트는 아이에게 구슬 부딪치는 소리를 내주면서 중얼거렸다.

"그래요, 맞는 말이에요."

"아버님이 돌아오시면, 이번 재목에 관해서는 내 판단대로 처리했노라고 말씀드릴 참이야. 그 대금은 기름으로 받는 것보다 아마(亞麻)로 받는 편이 훨씬 나았다고 말이오."

"저는 당신 말이 옳다고 확신해요."

"그러나 아버님은 자신의 방법만을 고집하실 거야. 돌아오시면 큰 소리로 호통을 치실 게 뻔하지. '대금은 기름으로만 받으라고 했잖아! 내가 나가기만 하면 집안 꼴이 엉망이라니까. 너는 아무짝에도 쓸모없는 멍텅구리야'라고 하시겠지. 대체 내가 몇 살인 줄로 아시는 거지? 아버님은 내가 이미 어엿한 사내로 성장했고, 자신은 이미 한물 간 세대라는 걸 인정하지 않으시는 분이야. 조금이라도 모험적인 거래는 도대체 하지를 않으시니, 어디 그래서야 사업을 잘 할 수 있겠어?
　돈을 모으려면 얼마쯤은 위험한 고비도 넘길 줄 알아야 하는거야. 나는 선견지명도 있고 패기도 있어. 하지만, 우리 아버님은 그 둘 다 없으니."
카이트는 앙크를 돌보며 중얼거렸다.
"맞아요, 당신은 용기도 있고 머리도 비상해요."
"아버님이 돌아오셔서 무슨 꼬투리라도 잡으시면, 나도 이번만은 내가 생각하고 있는 바를 거침없이 쏟아놓을 작정이오. 나에게 재량권을 주지 않으신다면 당장 끝장이야. 이 집을 나가는 거지."
카이트는 아이에게 손을 내밀고 있다가 갑자기 고개를 홱 돌렸다.
"나가다니요, 어디로요?"
"어디면 어때. 잔소리만 많고 자기 말만 옳다고 믿는 아버님에게 1년 365일 꾸중이나 듣고 기도 못 펴고 사는 것엔 이젠 신물이 났어."
카이트가 대뜸 날카롭게 소리쳤다.
"아니, 안 돼요, 소벡."
그는 카이트를 뚫어져라 바라보았다. 그녀의 그 앙칼진 말투에 비로소 그녀가 어떤 사람인가 생각난 것 같았다. 그는 아내를 단지 자기 말에 쉽게 수긍하는 그런 여자인 줄 알고 있었을 뿐, 살아 있어 생각하는 인간으로 존재한다는 것을 곧잘 잊곤 했다.
"뭘 말하고 싶은 거야, 당신?"
"당신이 어리석은 짓을 하도록 내버려 두지는 않겠다는 얘기예요. 여기 토지는 모두 아버님 소유예요. 땅도, 논도, 가축, 나무들, 아마 밭도 모두! 아버님이 돌아가시면 그 모두가 우리들의 소유예요. 당신과 야모스 아주버님과 우리 아이들 것이 된다는 말이에요. 당신이 만일 아버님과 다투고 결별한다면 아마 아버님은 당신 몫을 아주버님이나 이피 도련님에게 나눠 주실 거예요. 지금도 아버님은 도련님을 지나치게 편애하고 계세요. 이피 도련님 역시 그 사실을 너무 잘 알고 있기 때문에 아버님 비위를 맞추고 있고요. 당신은 이피 도련님이 은근히 바라는 대로 되면 안 돼요. 당신이 아버님에게 맞서서 싸우다가 뛰쳐나가면 도련님 소원대로 되는 걸 왜 몰라요. 우린 아이들 걱정까지 해야 되잖아요?"

소벡은 아직도 그녀를 빤히 바라보고 있었다. 그러다가 의외라는 듯이 웃어 버렸다.

"여자란 항시 남자를 깜짝깜짝 놀라게 하는 재주를 갖고 있나 봐? 당신에게 그런 괄괄한 면이 있을 줄은 미처 몰랐소."

카이트는 엄숙한 얼굴로 다시 말했다.

"아버님과 결코 다퉈선 안 돼요. 혹시라도 말대꾸하지 마세요. 그리 오래 남지도 않았어요. 참는 편이 차라리 나아요."

"그래, 당신 말이 옳을지도 모르겠군. 하지만, 이와 같은 상태가 앞으로 몇 년이나 계속되는지 예측할 수 없어. 아버님이 우리를 경영에 함께 참여할 수 있도록 해주신다면야……."

카이트는 도리질했다.

"결코 그렇게 하실 분이 아니세요. 우리가 아버님 소유의 양식을 먹고, 그 분 한 사람에게 매달려 있으며, 당신이 없으면 우리 모두 길거리에 나앉게 된다는 생각에 만족해 하고 계시는 분이세요."

소벡은 이상하다는 듯이 그녀를 보았다.

"당신, 이제 보니 아버님을 좋아하지 않는 모양인데."

카이트는 뒤뚱뒤뚱 걷고 있는 아이에게로 향했다.

"자, 우리 귀여운 아가씨…… 이리 온, 이건 네 인형이란다. 자, 어서, 이리 와 봐."

소벡은 고개 숙인 그녀의 검은 머리카락을 굽어보았다. 그리고 어리둥절한 표정을 지으며 밖으로 나갔다.

3

에사는 손자 이피를 불러오게 했다.

이피는 생김새는 깔끔했지만, 어딘지 불만스러운 표정의 젊은이였다. 그는 우두커니 선 채 할머니의 장광설을 듣는 둥 마는 둥 하고 있었다.

에사는 엷은 막이 씌인 듯한 탁한 눈으로 이피를 쏘아보면서 카랑카랑한 목소리로 그를 나무랐다. 에사의 시력은 이미 보잘것없었으나, 그래도 필요할 때에는 무엇이건 꿰뚫는 예리함을 갖고 있었다.

"듣자 하니 네가 이것도 저것도 다 하기 싫다면서 그저 방자하기만 하다던데…… 황소나 돌보면서 야모스와 함께 하는 일은 싫다느니, 농사짓는 데도 가기 싫다느니 하면서 말썽을 부린다며? 너같이 어린애가 벌써 이러쿵저러쿵 말이 많으면 앞으로 이 세상은 어떻게 되겠느냐?"

"전 이제 어린애가 아닙니다. 어엿한 성인이라고요. 왜 어린애 다루듯이 하는 거죠? 저에게는 한마디 말할 권리도 주지 않고 이것 해라 저것 해라 명령만 하잖아요. 더구나 특별히 보수를 줄 생각도 없으면서 1년 내내 제게 일을 시키기만 해요. 야모스 형은 대체 자기가 뭔 줄 알고 그러는 거죠?"

"네 형이다. 네 애비가 집에 없는 동안은 네 큰형 야모스가 가장이라고 할 수 있지."

"야모스 형은 어리석어요. 굼뱅이에다 멍청이죠. 제가 형님보다 훨씬 똑똑해요. 작은형도 자기가 마치 굉장한 천재라도 되는 줄 아나 본데, 마찬가지로 어리석어요. 아버지가 보내신 편지에는 저에게 제가 하고 싶어하는 일을 시키라고 써……."

에사가 그의 말을 잘랐다.

"그럴 수는 없다."

"……게다가 먹을 것과 마실 것도 풍족히 주라고 하시면서, 만일 제가 만족해하지 않는다는 얘기가 들리면 호되게 야단치실 거라고 쓰여 있었어요."

이야기하며 그는 씩 웃었다. 교활해 보이는 웃음이었다. 에사가 힘주어 말했다.

"너는 정말 떡잎이 노란 말썽꾸러기로구나. 네 애비가 돌아오면 그렇게 말해 줘야겠다."

"안 돼요, 할머니! 그러시지 않으시겠죠?"

그의 미소가 어리광을 피우는 듯하면서 뻔뻔스럽게 바뀌어 갔다.

"할머니와 저는 이 집안에서 가장 우수한 두뇌를 갖고 있어요."

"뻔뻔스럽기는."

"아버지는 할머니 판단을 믿으시며, 또 할머니가 현명하시다는 걸 알고 계시죠."

"그야 그렇겠지, 사실이니까. 그렇다만, 그런 얘긴 네가 하지 않아도 이미 알고 있는 사실이야."

이피는 웃었다.

"할머니, 제 말 좀 들으세요."

"그게 무슨 소리냐, 네 말을 들으라니?"

"아시겠지만, 형들은 요즘 무척 불만스러워하고 있습니다. 아마 알고 계실 겁니다. 헤네트가 죄다 일러바쳤을 테니까. 큰형수님은 야모스 형만 보면 시도 때도 없이 충동질이고, 소벡 형은 목재를 팔 때 실수한 것 때문에 아버지에게 꾸중들을까봐 노심초사하고 있는 형편이지요. 그러다 보니 결국 1, 2년 내에는 제가 아버지와 공동 경영자가 될 거라는 계산이 나오는 거죠. 아버지는 제 말이라면 모두 들어 주시거든요."
"네가? 제일 어린 네가 말이냐?"
"나이가 무슨 상관이에요. 권력을 쥐고 계신 분이 아버지인걸요. 아버지를 어떻게 구워 삶느냐는 저만 알고 있지요."
"그런 망측한 소리를……."
이피는 작게 속삭였다.
"할머니는 바보가 아니세요. 아버지는 겉으로는 큰소리 치셔도 속은 허약하다는 걸 할머니도 아실 거예……."
그는 갑자기 하던 말을 멈췄다. 에사가 고개를 세우고 그의 어깨 너머를 유심히 보고 있었기 때문이다. 그가 뒤를 돌아보았다. 헤네트가 그의 바로 뒤에 서 있었다. 헤네트는 늘 그렇듯이 축 처지고 칭얼거리는 목소리로 말했다.
"임호테프 주인님이 마음 약한 분이시라니요? 도련님이 그런 말을 하셨다는 걸 아시면 아버님께서 좋아하시겠어요?"
이피는 곧 부자연스런 미소나마 띠어야 했다.
"설마 아버지께 그런 말을 고해바치지는 않겠지? 헤네트…… 이봐요, 헤네트…… 약속해 줘……. 오, 헤네트."
헤네트는 에사가 있는 쪽으로 미끄러지듯 다가갔다.
"저는 이 집안에 평지풍파를 일으키고 싶지는 않답니다. 그건 도련님도 아시겠지요. 저는 이 집안 식구 모두를 위해 몸과 마음을 바쳐 일만 해온 사람입니다…….

저는 결코 말을 옮기거나 해코지하지는 않습니다. 다만 그 사람이 자신의 주장을 말한 것이라 생각됐을 때는 문제가 다르지만요."
"나는 그저 할머니께 우스갯소리를 한 거였어. 그뿐이라고. 아버지에게 내가 직접 해명하겠어. 그럼, 아버지는 내가 진정으로 그렇게 생각하고 있지 않다는 걸 믿으실 거야."

그는 헤네트에게 고개를 까딱해 보이고는 밖으로 나갔다.

헤네트는 그의 뒷모습을 보면서 에사에게 말했다

"좋은 도련님입니다……. 훌륭하게 성장하셨지요. 말은 또 얼마나 잘하는지……."

에사가 날카롭게 말했다.

"저 아이의 말은 불안해. 저 애의 사고방식이 아주 내 마음에 걸린단 말야. 임호테프가 저 녀석의 어리광을 너무 받아 주고 있는 모양이야."

"누구든 응석을 받아 주고 싶어지게 만드시죠. 잘생기셨고 매력도 넘치니까요."

"생긴 값이라도 했으면 좋으련만, 이건 그저 말썽꾸러기니, 쯧쯧!"

그녀는 잠시 말을 잃고 있다가 천천히 다시 말했다.

"헤네트…… 나는 걱정이 돼."

"걱정이시라니요, 뭐가 걱정되시죠? 이제 곧 주인님께서 돌아오실 테고, 그러면 매사가 수월하게 진행되리라 생각되는데요."

"글쎄, 잘 모르겠어."

그녀는 다시 한 번 잠자코 있다가 말했다. "야모스는 집에 있나?"

"방금 전에 현관 쪽에 계시는 걸 뵈었지요."

"가서 내가 좀 보잔다고 전해."

헤네트는 밖으로 나가 현관 옆에 서서 바람을 쐬고 있는 야모스에게 에사의 말을 전했다. 야모스는 곧 할머니에게 갔다. 에사가 갑작스레 물었다.

"야모스, 이제 곧 네 아버지가 돌아오겠지?"

야모스의 점잖은 얼굴이 밝아졌다.

"예, 어서 돌아오셨으면 좋겠습니다."

"모든 게 다 제대로 돼 있느냐? 일은 잘 진행되고 있고?"
"아버지가 지시하신 것은 손닿는 대로 다 했습니다."
"이피는 어떻게 된 게냐?"
야모스가 한숨지었다.
"아버지는 그 애에게 너무 관대하신 것 같습니다. 그건 그 애를 위해서도 좋지만은 않지요."
"아버지에게 그 얘기를 솔직하게 여쭈어라."
야모스는 의아해했다.
에사가 강하게 말했다.
"내가 도와주마."
야모스가 또 한숨을 쉬었다.
"때때로 어려운 일들만 쌓여가는 것 같이 느껴질 때가 있어요. 그것도 아버님이 돌아오시면 다 해결되겠지요. 아버님은 결단도 빠르시고 매사 추진력이 있으시니까요. 아버님이 안 계시는 동안 아버님 지시대로 따르기란 매우 어려운 게 사실입니다. 특히, 제겐 실권도 없고 그저 대신……"
에사가 천천히 말했다.
"너는 착한 애다. 효심도 지극하고 마음도 따뜻하구나. 거기다 좋은 남편이고. 전해 내려오는 격언에 남자는 아내를 사랑하고, 집을 마련하고, 먹여 주고, 옷으로 따뜻하게 해주고, 예쁘게 꾸밀 수 있도록 귀한 향수를 주고, 살아 있는 동안 기쁨을 주어야 한다고 했다. 너는 이런 걸 잘 지켜 주고 있어. 그러나 이보다 좀더 나은 격언이 있다는 걸 아느냐? '아내가 주인이 되는 것을 삼가라'라는 것이지. 내가 너라면 이 격언을 명심하겠다……"
야모스는 할머니를 바라보다가 몹시 얼굴을 붉히며 그 자리를 물러났다.

제3장

홍수기 셋째달 14일

온 집안이 귀가하는 주인을 맞기 위해 바삐 돌아갔다. 주방에선 이미 수백 개의 빵이 구워졌고, 지금은 오리가 통째로 구워지고 있으며, 주방 가득 파나 마늘 등 여러 가지 양념 냄새가 코를 찔렀다. 여자들은 큰소리로 일을 시키고 있었고, 하인들은 이리저리 뛰다시피 했다.

여기저기서 중얼거리는 소리가 들렸다.

"주인님…… 주인님이 오셔."

레니센브는 양귀비꽃과 연꽃으로 식탁을 장식하는 걸 도우면서 가슴 뿌듯해 오는 행복감을 느낄 수 있었다. 아버지가 돌아오신다! 지난 2~3주간 그녀는 차츰 예전의 생활에 익숙해져가고 있었다.

호리가 말한 그 어쩐지 찜찜했던 기분은 이미 깨끗이 잊었다. 그녀는 옛날과 같은 레니센브였고——야모스, 사티피, 소벡, 카이트, 모두 옛모습 그대로다——그리고, 오늘 저녁엔 예전처럼 임호테프가 돌아오는 것을 환영하는 잔치를 준비하느라 부산스럽고 시끌벅적한 것이다.

 아버지에게서는 이미 '해지기 전에 도착한다'라는 전갈이 와 있었다. 배가 닿는 대로 곧 알리도록 하인 한 명을 강가로 보내놓은 참이다.

 드디어 강 쪽에서 아까 보낸 하인의 목소리가 높고 선명하게 들려왔다.

 레니센브는 들고 있던 꽃다발을 버려 둔 채 다른 사람들과 함께 달려갔다. 모두들 서둘러 선창으로 향했다.

 야모스와 소벡은 벌써 마을사람들, 어부, 농부들과 섞여 있었다. 사람들은 흥분한 듯 외치며 배를 가리켰다.

 네모나고 커다란 돛을 달고 지붕까지 있는 유람선이 북풍에 돛을 맡기고 빠른 속도로 강을 거슬러 올라온다. 이윽고 레니센브가 아버지의 모습을 알아볼 수 있는 거리로 그 배는 다가왔다. 그는 연꽃을 들고 앉아 있었다. 어떤 여자가 그 옆에 있었다. 노래 부르는 여자일 거라고 그녀는 짐작했다. 강변의 환호성이 더욱 고조되었다. 임호테프는 손을 흔들어 답했다. 뱃사람들이 닻을 내렸다.

 "어서 오세요, 주인님!"

 여기저기서 환호 소리와 주인의 무사함을 신께 감사드리는 소리. 임호테프가 땅에 내려서자, 가족들은 큰소리로 안부 인사를 올렸다.

 "네이스의 아들, 소벡 신(테베 시의 아홉 번째 신)께서 그대의 뱃길을 보살펴주셨음을 감사드립니다."

 "그대를 우리에게로 인도해 주신 프타 신(멤파이트 시의 일등 신), 멤파이트 벽의 남쪽에 계신 프타 신께 영광을"

 "두 나라를 비추시는 리 신(태양신, 가장 높이 받들여짐)께 감사기도 드리옵니다."

 흥분에 싸인 레니센브는 몸을 앞으로 내밀었다. 임호테프는 점잖은 모습으로 자세를 고쳤다. 레니센브는 문득 생각해 보았다.

제3장 39

'어머, 아버지는 참 작으시구나. 난 좀더 크신 줄 알고 있었는데.'

한 줄기 실망 같은 것이 그녀의 몸속을 뚫고 지나갔다. 아버지는 실제로 작아진 것일까? 아니면, 그녀의 기억이 잘못된 것일까? 그녀의 기억 속에 남아 있는 아버지는 좀더 위엄 있는 모습이었다. 독재자처럼 군림하고, 누구에게든 닥치는 대로 설교하고, 이따금 그녀가 속으로 웃을 수밖에 없는 말을 하는, 특별한 개성을 지닌 걸출한 인물이었다.

그런데 그녀 눈앞에 나타난 모습은 그저 작은 키에 알맞게 살이 붙은——스스로는 상당한 인물처럼 행세하고 있어도 남의 눈에는 별 볼일 없는 한 노인에 불과했다. 아니면 내 눈이 어떻게 되기라도 했단 말인가? 이런 방정맞은 생각을 하다니, 이게 웬일이지!

임호테프는 격식을 차린 거창한 인사를 끝내고는 사적인 인사를 시작했다.

그는 자식들을 돌아가며 포옹했다.

"음, 야모스, 좋아 보이는구나. 내가 떠나 있는 동안 성실히 집안일을 돌보았겠지. 소벡, 여전히 활기 있는 모습이로구나. 오, 이피야. 내 사랑하는 이피. 좀 떨어져 서 보렴. 그새 컸구나. 이젠 다 큰 어른이로구나. 다시 너와 함께 있을 수 있으니 기쁘기 그지없다.

레니센브! 귀여운 녀석——잘 돌아왔다. 사티피, 카이트, 너희들 역시 내 귀여운 딸들이나 마찬가지지……. 어, 헤네트 충직한 헤네트……."

헤네트는 무릎을 꿇고 임호테프의 무릎을 끌어안으면서 남들이 다 보도록 기쁜 눈물을 흘렸다.

"너를 다시 보게 되어 기쁘다. 건강하고? 헤네트, 언짢은 일은 없었더냐? 언제나 헌신적이지. 진심으로 기쁘구나.

아, 호리, 명석한 호리. 장부와 펜을 들면 아무도 너를 당해낼 수가 없지. 일은 잘 꾸려가고 있을 테지? 암, 그래야지."

마침내 그 긴 인사가 끝나고 수선스런 기운도 잠잠해질 즈음해서 임호테프는 손을 들어 모두를 조용히 시킨 다음, 큰소리로 분명하게 말했다.

"아들들, 딸들, 그리고 그 밖의 여러 친구들, 나는 지금 모두에게 전하고 싶은 말이 있다. 10년이라는 긴 세월을 나는 어떻게 보면 쓸쓸하다고 할 생활을 해왔다.

내 아내——야모스와 소벡의 어미——와 이피의 어미되는 두 번째 아내는 오래 전 오시리스 곁으로 가 버렸기 때문이다.

그래서 사티피, 카이트, 나는 새로운 연인, 너희들의 어머니가 될 사람을 데려왔다. 너희와 함께 살게 될 것이다. 이 사람이 나의 연인 노프레트다. 너희들도 이 사람과 좋은 사이가 되어 주길 바란다. 노프레트는 멀리 북쪽 멤피스(카이로에 가까운 대도시, 고대의 수도)에서 나와 함께 왔으며, 내가 다시 집을 비우게 될 때에는 너희들과 같이 있게 될 것이다."

그는 얘기하면서 한 여인의 손을 잡아끌었다. 그녀는 그의 옆에 섰다. 그녀의 머리는 뒤로 길게 늘어뜨려져 있었고, 눈은 작았다. 젊고 다소 오만해 보였으나 아름다웠다. 레니센브는 적잖이 놀랐다.

"아니, 너무 젊어…… 어쩜, 나보다 어려 보이는데."

노프레트는 조용히 서 있었다. 입술에 살짝 미소를 띠고 있었는데, 그 미소는 애교스럽다기보다는 오히려 빈정거림에 가까웠다.

그녀는 짙은 갈색 눈썹과 구릿빛 피부, 그리고 길고 숱이 많아 눈을 가릴 정도의 속눈썹을 지닌 여자였다. 가족들은 꿀먹은 벙어리처럼 아무 말도 못하고 그저 빤히 바라보고만 있었다. 임호테프는 다소 짜증스럽다는 듯이 말했다.

"자, 이리 와서 노프레트를 환영해 주렴. 아버지의 연인에게 어떻게 인사드려야 하는지도 모르는 게냐?"

대충 소란스런 인사말이 오고갔다.

임호테프는 불안감을 숨기려해서인지 일부러 쾌활한 목소리로 말했다.

"자, 이제 됐다. 노프레트…… 사티피와 카이트, 레니센브가 그대를 안내할 게요. 트렁크는 어디 있지? 아마 배에서 내렸을 거요."

둥근 뚜껑이 달린 여행 가방 몇 개가 배에서 내려지고 있었다. 임호테프가 노프레트에게 말했다.

"그대의 보석과 옷이 무사한가 보오. 저기로 가서 그것들을 정리하도록 하시오."

여자들이 자리를 뜨자 그는 아들들에게 말했다.

"어떠냐, 토지 관리는 다들 잘되고 있겠지?"

"네크테에게 빌려 준 아래쪽 밭이……."

야모스가 설명을 시작하자 아버지가 말허리를 잘랐다.

"상세한 얘기는 그만하자. 나중에 차근차근히 듣기로 하지. 오늘은 기쁜 날이다. 내일은 나하고 너, 호리, 셋이서 일을 시작하자꾸나.

이피, 이리 와 보거라. 집까지 함께 걷도록 하자. 그새 키가 컸구나, 나보다 더."

소벡은 찌푸린 얼굴로 아버지와 이피의 뒤를 따라가다가 야모스의 귀에 대고 속삭였다.

"보석이니 옷가지라고 하시는 말, 들었지요? 북쪽 부동산 수익이 보석과 옷 따위로 바뀌어 버렸단 얘깁니다. 우리들의 몫이 말이죠."

야모스가 작게 말했다.

"쉿! 아버지가 들으셔."

"들으시라지요. 저는 형님처럼 아버지를 무서워하지 않아요."

헤네트는 임호테프의 방으로 가서 목욕 준비를 서둘렀다. 그녀의 얼굴 가득 웃음이 번지고 있었다.

임호테프는 짐짓 꾸몄던 호탕함을 풀며 말했다.

"자, 헤네트, 내 선택에 대해 어떻게 생각하지?"

그는 강권으로 이번 일을 이행할 작정이었음에도 불구하고, 노프레트의 등장이 상당히 논란을 일으킬 수도 있다는 걸 무시할 수 없었다. 특히, 여자들끼리가 힘들다는 것을 그도 익히 알고 있었다. 거기서 헤네트는 예외이다. 놀랍도록 충직한 여자다. 그를 실망시키는 일은 결코 없다.

"아름답습니다. 정말 아름다운 분이시더군요. 머리카락이랑 팔과 다리가 얼마나 아름다우신지! 주인님과는 천생연분이 아닌가 합니다. 그 이상 무슨 말씀을 더 드릴 수 있겠어요. 돌아가신 마님께서도 주인님께서 그처럼 훌륭한 짝을 만나게 된 것을 저승에서도 기쁘게 생각하실 거예요."

"헤네트, 정말 그렇게 생각하나?"

"그럼요. 마님의 상을 당한 지도 꽤 오래 되셨으니 다시 한번 여생을 즐기시는 것도 좋으실 겁니다."

"너는 그 사람을 잘 알고 있었지……. 나 역시 사나이로서의 인생을 즐길 때가 되었다고 생각한다. 하지만, 어…… 음…… 며느리들이며 딸이며…… 그 애들이 혹시나 꺼려하는 게 아닐는지."

"그러면 오히려 그분들에게 손해가 될 뿐이지요. 이 집안 사람들은 모두 주인님께 의지하며 살고 있지 않습니까?"

"그건 그렇지, 그건 그래."

"주인님 덕분에 먹고 입고 부족함 없이 안락하게 살아가고 있죠. 이런 편안한 생활은 전적으로 주인님 노고의 결과랍니다."

"그건 사실이야. 나는 가족들을 위해 1년 열두 달 일에 매달려 있어. 때론 그런 사실을 알기나 하는지 괘씸해질 때가 있기도 하지."
헤네트가 고개를 끄덕이더니 말했다.
"모르고 있는 사람들에게는 그걸 깨닫도록 해야 합니다. 저야 보잘 것없는 미물이지만, 주인님의 은혜를 한시도 잊은 적이 없습니다. 그렇지만 자식들이란 애물단지인데다 소견이 좁아서, 모든 게 제가 잘나서 된 것처럼 믿기 십상이랍니다. 그리고, 자신들은 주인님의 지시에 따라 일하고 있을 뿐이란 걸 종종 까맣게 잊곤 하지요."
"옳은 말이다. 나는 항상 헤네트, 너의 똑똑함을 익히 알고 있단다."
헤네트가 한숨을 쉬었다.
"다른 사람들도 그렇게 생각해 준다면……"
"무슨 일이냐? 누가 너에게 불친절하게 굴던?"
"아니, 아닙니다. 그렇다는 게 아니라…… 문제는 제가 하루 종일 일해도 그저 당연하게만 생각한다는 거지요. 저야 물론 기쁜 맘으로 일을 해내지요. 그래도 따뜻하게 수고한다는 말이라도 한마디 해준다면 얼마나 보람이 있겠습니까?"
"나는 늘 고맙게 생각하고 있단다. 그리고 여기는 네 집이란 사실을 꼭 기억하거라."
"주인님께선 너무도 자상하십니다."
그녀는 잠시 사이를 두었다가 덧붙였다.
"노예들이 욕실에 따뜻한 물을 준비해 놓고 기다리고 있습니다. 그리고 노마님께선 주인님이 목욕하신 뒤 옷을 갈아입고 오시라고 말씀하셨습니다."
"음, 어머니? 그래, 물론 그래야지……."
임호테프는 잠깐 어쩔 바를 몰라 했다. 그는 자기의 당황한 모습을 애써 감추며 재빨리 말했다.
"그래야지, 나도 그러려고 했거든. 내 곧 간다고 어머님께 전해 다오."

2

에사는 주름이 많은 최고급 드레스를 입고 짓궂은 호기심으로 아들을 바라보았다.
"어서 와라, 임호테프. 듣자 하니 혼자 온 게 아니라면서?"
임호테프는 긴장했던 자세를 풀고 쑥스러운 듯 말했다.
"아, 벌써 들으셨군요?"
"그럼, 온통 그 얘기로 집안이 시끄러울 정도다. 꽤 예쁜 색시라면서? 나이도 젊고?"
"열아홉입니다. 뭐, 못생긴 편은 아니고요……."
에사가 웃었다. 심술맞은 노파의 웃음이었다.
"아, 좋겠구나. 나이먹은 바보보다 더한 바보는 없다니까."
"어머니, 무슨 말씀을 하시는 건지 전 정말 모르겠습니다."
에사가 차분하게 대답했다.
"너는 줄곧 바보짓만 했어, 임호테프."
임호테프의 표정이 굳어지더니 화가 난 듯 말하기 시작했다. 평상시 그는 자기의 권위에 도취하여 만족스러울 수 있었으나, 어머니 앞에서만은 항상 자존심이 산산조각나고 마는 것이었다.

어머니 앞에서 그 자신은 하잘것없는 존재로 초라하기 일쑤였다. 장님과 같은 시력에도 불구하고 짓궂게 번뜩이는 그녀의 눈빛은 어김없이 그를 당혹스럽게 만들었다.

아들의 능력에 대해서도 그녀는 결코 높이 평가하려 들지 않는다. 물론 그는 스스로에게 자신의 평가가 옳고 어머니의 의견에는 특별히 신경을 쓸 필요가 없다고 다짐하지만, 그런데도 그녀의 모습은 그의 행복한 자만심을 번번이 무너뜨렸다.

"사내로 태어나서 연인을 집에 데려온 게 뭐 크게 잘못된 겁니까?"

"전혀 잘못됐다고 볼 수 없지. 사내란 대개 바보니까."

"여기서 왜 바보가 끼어들어야 하는 건지 도대체 이해할 수 없습니다."

"그 여자가 이 집안에 들어오면, 그래 집안 꼴이 제대로 돼나갈 성싶으냐? 사티피와 카이트는 정신없이 제 남편만 들볶을 게다."

"며늘아이들과 무슨 상관입니까? 그 애들이 타박할 권리가 어디 있습니까?"

"그야 없지."

임호테프는 골이 나서 왔다갔다하며 씨근거리기 시작했다.

"제가 하고 싶은 걸 이 집안에서 못할 이유가 뭡니까? 아들 며느리를 거둬 먹이는 건 바로 접니다. 그 애들이 이제껏 먹고 살 수 있었던 건 제 덕분 아닙니까? 애들 역시 끊임없이 그렇게 말하고 있지 않습니까?"

"넌 너무 지나치게 그 점을 강조하고 있다."

"제 말은 사실입니다. 죄다 저만 바라보며 살고 있으니까요. 하나도 빠짐 없이 말입니다."

"그렇게 하는 게 좋다고 생각하는 게냐?"

"어머님께선 그럼 제가 많은 식솔들을 부양하는 게 나쁘다는 말씀인가요?"

에사가 한숨을 지었다.

"모두들 너를 위해 열심히 일하고 있잖니? 그 점을 명심하거라."

"어머니는 절더러 그 애들을 농땡이나 부리게 내버려 두라는 말씀입니까? 열심히 일하는 건 당연지사예요."
"그 애들은 모두 제 몫을 담당할 수 있는 사내야. 최소한 야모스와 소벡은 이미 오래 전에 제구실을 할 수 있었어."
"소벡은 전혀 판단력이 없는 애입니다. 뭘 시켜도 실수투성이에요. 거기다가 이따금씩 뻔뻔스럽기 그지없죠. 야모스는 착한 아이인데……."
"착한 애였던 시절은 이미 옛날 얘기다."
"그런데도 제가 일일이 챙겨주지 않으면 잘 알아듣지 못한답니다. 제가 사사건건 신경을 써줘야 한다고요. 어느 구석이고 제가 간섭하지 않으면 되는 일이 없어요. 집을 떠나 있을 때에도 서기를 통해 여러 가지 지시를 편지로 띄워야 할 지경입니다.

저는 쉴 새가 없어요. 잠도 충분히 잘 수가 없고요! 그러다가 집으로 돌아와서 조금 쉴라치면 또 복잡한 일들이 터지는 겁니다. 어머니마저 제가 연인을 만든 걸 탐탁히 여기시지 않습니다. 사내라면 흔히들 하는 일이 아닌가요? 어머니가 진노하시는 것은……."
에사가 아들의 말을 가로막았다.
"나는 화내고 있는 게 아니다. 단지 흥미로워할 뿐이지. 집안에 앉아 좋은 구경거리를 즐길 수 있을 테니 말이다. 그러나 이것만은 말해 두지. 북쪽에 다시 가게 되거든 그 여자도 데려가야만 한다."
"그녀가 있어야 할 곳은 이곳, 바로 제 집입니다. 그리고 누구라도 감히 그녀를 괴롭힌다면 화를 면치 못할 것입니다."
"못살게 굴고 말고의 문제가 아니다. 기억해 둬야 할 것은 마른 장작에는 불을 붙이기가 쉽다는 사실이야. 전해 내려오는 말에, '여자가 있는 곳에 좋은 일이 없다'라는 말이 있지 않느냐."
에사는 잠시 쉬었다가 천천히 말을 계속했다.

"노프레트는 아름답다면서? 그러나 이런 말이 있지. '남자는 여인의 미끈한 몸매에 바보가 된다. 하지만 한 순간이 지나면 빛바랜 루비와 같이 되는 것을'……."

인용을 하면서 그녀의 목소리가 깊어졌다.

"'하찮은 일, 작은 일, 헛된 꿈…… 마지막으로 죽음이 오지…….'"

제4장

홍수기 셋째달 15일

임호테프는 말없이 목재 판매에 관해 소벡의 설명을 듣고 있었다. 그의 얼굴이 점점 벌겋게 되더니 관자놀이의 혈관이 꿈틀거리고 있었다.

소벡의 담담하던 표정이 조금씩 흔들리기 시작했다. 처음에 그는 배짱대로 이 얘기를 밀어붙이려고 했으나, 차차 일그러지는 아버지의 표정을 보고는, 자신도 모르는 새 더듬거리면서 우물쭈물하고 있었다.

임호테프는 더 이상 참을 수 없다는 듯 소벡의 말을 중단시켰다.

"오냐, 그래, 그래. 너는 나보다 더 많이 알고 있다고 생각했단 말이지? 내 지시를 따르지 않고. 하긴, 항상 그 모양이었지. 내가 코앞에서 감시하지 않으면……."

그는 한숨지었다

"내가 없으면 넌 대체 어떻게 살아갈지 도무지 상상도 안 되는구나!"

소벡은 고집스럽게 계속했다.

"훨씬 유리한 기회였습니다. 저는 모험을 택했죠. 사람이 항상 신중하고 조심성만 있어서야 무슨 일을 이루겠습니까!"

"네 놈에겐 신중한 데라곤 손톱만큼도 없다! 소벡, 너는 항상 칠칠치 못하고 쉽게 포기하는 못된 버릇이 있고, 네 판단은 항상 틀려 있어."

"제가 제 판단대로 무슨 일을 할 만한 기회라도 줘 보셨습니까?"

임호테프는 냉랭히 대꾸했다.

"너는 이번에 그렇게 했지. 내 명령을 거역하고……."

"명령이라고요? 저라고 언제나 명령만 받아야 하는 겁니까? 저는 이제 다 컸다고요."

임호테프는 분노를 참지 못하고 터뜨려 버렸다.

"누가 너를 먹여 살리지? 누가 네게 옷을 입혀 주는 게냐? 대체 누가 네 앞길을 염려해 주지? 이 모든 안락함이 다 누구 덕분인데? 가뭄으로 강줄기가 말라가고 우리가 굶주림에 허덕이게 됐을 때 북쪽에서 여기 남쪽으로 음식을 보내 온 건 내가 아니었냐? 네가 이렇게 모든 걸 신경써 주는 아버지를 둔 건 행운이다. 그런데 내가 너희들에게 바라는 건 뭐지? 그저 한 가지 최선을 다해 일하고 내가 시키는 대로만 순종하면 되는 거다."

소벡도 소리쳤다.

"그래요, 우리들은 노예처럼 일하게 되어 있습니다. 그래야만 아버지는 그 첩을 위해 금과 보석 따위들을 살 수 있겠지요."

임호테프는 아들에게로 다가갔다. 그는 화가 머리끝까지 나 있었다.

"무례한 놈 같으니라고! 그게 애비한테 하는 말버릇이냐? 조심하지 않으면 더 이상 내 집에 발붙이지 못하게 하겠다. 넌 쫓겨날 수밖에 없을 거야!"
"아버지야말로 조심하지 않으신다면 전 나가겠습니다. 저도 다 생각이 있습니다, 좋은 생각이. 이런 구석에서 처박혀 있지 않고 제 생각대로 일을 추진해 나가면 부자가 되는 것은 시간 문제입니다."
"그래, 할 말은 다한 거냐?"
임호테프가 불길한 어조로 말했다. 소벡은 다소 기가 꺾인 듯 투덜거리며 대답했다.
"예, 이제 제 얘기는 끝났습니다. 지금은요."
"그럼, 나가서 소떼를 살펴 줘라. 지금 게으름 피우고 있을 때가 아니다."
소벡은 화가 난 채 돌아서서 나가 버렸다. 노프레트가 조금 떨어진 곳에 있다가, 그가 지나가자 소벡을 흘끗 쳐다보며 웃었다.
소벡의 얼굴이 시뻘겋게 상기되었다. 그는 화가 치밀어 대뜸 그녀 앞으로 다가섰다. 그러나 그녀는 경멸의 빛이 역력한 눈을 가늘게 뜬 채 그를 빤히 쳐다볼 뿐이었다.
소벡은 뭔가를 중얼거리더니 그냥 몸을 돌려 가던 곳으로 가버렸다.
노프레트는 다시 소리를 내어 웃으면서 임호테프에게 천천히 다가갔다.
임호테프는 이제 야모스에게 관심을 돌렸다. 그는 신경질적으로 다그치고 있었다.
"소벡이 그 따위로 일을 처리하는 동안 넌 대체 뭘 하고 있었던 게냐? 너는 어떻게든 그걸 막았어야 했어. 그 애는 물건 판매에는 전혀 문외한이라는 걸 모르고 있느냐? 그 녀석은 뭐든 자기 생각대로 척척 되는 줄 착각하고 있단 말이다."
야모스는 송구스럽다는 듯 대답했다.

"아버님은 제 어려움을 모르고 계십니다. 목재 매매건은 소벽에게 일임하라고 하셨잖습니까? 그러니 저야 그 애 판단에 맡길 수밖에요."

"판단? 판단이라고 했냐? 그 녀석이 무슨 판단을 할 수 있어? 그 녀석은 단지 내 지시에 따르기만 하면 되는 거야. 너는 그걸 감독하는 거고."

야모스의 얼굴이 붉게 상기되었다.

"제가요? 그렇지만 제겐 아무런 권한도 주지 않으시지 않았습니까?"

"권한이라니? 나는 네게 나를 대신할 권한을 주었다고 생각하는데."

"그렇더라도 그건 실제적인 권한은 못 됩니다. 가령, 제가 아버지의 공동경영자라면 진정한 권한⋯⋯."

노프레트가 곁에 왔으므로 그는 말을 그쳐 버렸다. 그녀는 하품을 하면서 양귀비꽃을 만지고 있었다.

"연못 옆에 있는 정자에 가보지 않을래요, 임호테프? 거기가 시원해요. 과일과 맥주는 갖다 놓으라고 제가 미리 일러났지요. 이제 더 시키실 일은 없는 거죠?"

"아직 조금만 더 기다려, 노프레트. 잠깐이면 돼요."

노프레트는 낮고 부드러운 목소리로 속삭였다.

"'지금 곧' 가요, '당장' 가고 싶어요⋯⋯."

임호테프는 즐거우면서 쑥스러운 듯한 표정을 지었다. 야모스는 아버지가 다시 말을 꺼내기 전에 얼른 말했다.

"하던 얘기를 먼저 마무리짓겠습니다. 중요한 얘깁니다. 저, 아버지께 부탁이 있습니다."

노프레트는 야모스를 어깨로 밀면서 임호테프에게 정면으로 말했다.
"당신은 자신의 집에서도 원하는 대로 못하시나요?"
임호테프가 야모스에게 말했다
"애야, 차후에 다시 이야기하자꾸나. 나중에 찬찬히."
그리고 그는 자신의 첩과 함께 가버렸다. 야모스는 사라지는 그들의 뒷모습에 시선을 준 채 현관 앞에서 멍청히 서 있었다. 사티피가 집 안에서 나오더니 그에게로 왔다.
"어떻게 됐어요, 여보? 아버님께 잘 말씀드렸어요? 그래, 아버님은 뭐라고 하셨는데요?"
야모스는 푹 꺼져라 한숨을 쉬었다.
"너무 서두르지 말아요, 당신. 때가…… 아직 때가 덜 찼소."
사티피는 발끈 성을 냈다.
"암요, 그렇겠지요. 당신 말은 매일 그 말이 그 말이에요. 언제나 그런 식이라니까. 당신은 아버님을 겁내고 있는 거죠? 겁먹은 양처럼 아버님께 복종만 하고…… 좀 사내답게 아버님께 나서지도 못해요!
저와 약속한 거 잊지 않으셨겠지요? 우리 둘 중에선 차라리 제가 더 용감해요. 당신 입으로 약속했어요. '아버님께 요구하겠다, 즉시, 바로 첫날에.' 그런데 어떻게 됐지요?"
그녀는 잠시 그쳤다. 할 말이 끝나서가 아니라 숨을 돌리기 위해서. 그러나 야모스가 중간에 끼어들었다.
"당신은 잘못 알고 있소, 사티피. 내가 말을 시작하려는데…… 누가 훼방을 놓았어."
"훼방을? 누가 말예요?"
"노프레트."
"노프레트! 그 여자가요? 당신 아버님은 장남과 사업상의 얘기를 할 때 첩이 끼어드는 것을 용납하지 않았어야 했어요. 여자는 남자들의 사업에 끼어들어선 안 돼요."

야모스는 방금 사티피가 말한 격언을 그녀 스스로 지켜줬으면 하고 바랐다. 그러나 그는 말할 기회가 없었다. 그의 아내는 하던 말을 계속해 나갔다.

"아버님은 아까 그 자리에서 그 사실을 그녀에게 분명히 해두었어야 해요."

야모스는 무표정하게 대꾸했다.

"아버님은 조금도 싫은 내색을 않으시더군."

"그런 망신거리가! 아버님은 완전히 그 여자에게 잡히셨군요. 그 여자에게 맘대로 지껄이고 뭐든 할 수 있게 허용하고 계시니 말예요."

야모스는 골똘히 생각에 잠긴 채 말했다.

"그 여자 정말 예쁘던데······."

사티피가 코웃음쳤다.

"오, 아주 잘생겼더군요. 그러나 예의라곤 전혀 없어요. 교양도 전혀 없고. 우리에게 무례하게 굴고서도 미안한 기색이 전혀 없더라니까요."

"어쩌면 '당신'이 그녀에게 무례했던 건 아닌가?"

"저는 예의껏 하고 있어요. 카이트와 저는 온갖 예절을 다 갖춰 그녀를 대한다고요. 그 여자가 아버님께 불평할 만한 일은 결코 없어요. 저와 카이트는 우리들의 때를 기다리고 있을 뿐이지요."

야모스는 날카롭게 쳐다보았다.

"당신, 무슨 말을 하는 거요, 당신의 때를 기다리다니?"

사티피는 몸을 움직이며 의미심장한 웃음을 지었다.

"제 말뜻은 여자들만 알지요. 당신은 이해하지 못해요. 우리는 우리의 방식을 갖고 있어요. 우리들의 무기를요! 노프레트도 그 오만한 태도를 좀 고치는 게 살기 편할 거예요. 결국 여자의 생애란 뭐죠? 집안에 처박혀 지내는 거잖아요. 다른 여자들 사이에서 부대끼면서."
사티피의 말투에선 묘한 뉘앙스가 풍겼다. 그녀가 덧붙여 말했다.
"아버님이 항상 여기에만 계시는 거는 아니잖아요. 북쪽에 있는 토지를 보시러 다시 떠나셔야 돼요. 그러면 우리가 뭔가를 보여 주게 될 거예요."
"사티피……."
사티피는 웃었다. 차갑고 카랑카랑한 웃음 소리를 남기고 그녀는 다시 집안으로 사라졌다.

2

연못가에서 아이들은 이리저리 뛰어다니며 놀고 있었다. 단정하고 잘생긴 야모스의 두 아들들은 아빠보다는 엄마 쪽을 닮아 보였다. 그리고, 소벡의 애들이 세 명――막내는 아직 걸음마를 배우는 아기였다. 그리고 침착하고 예쁘게 생긴 네 살박이 테티.
그 애들은 깔깔거리고 소리치며 공을 던졌다――때때로 토닥토닥 싸우기도 하고 징징 짜기도 하며, 높고 성가신 목소리로 재잘거린다.
노프레트를 옆에 앉히고 맥주를 홀짝거리고 있던 임호테프가 중얼거렸다.
"애들이 얼마나 물가에서 놀기를 좋아하는지 내 기억에도 항상 그랬던 것 같아. 그런데 왜들 저렇게 시끄러운지, 원."
노프레트가 얼른 말을 받았다.
"예, 그래요. 애들만 없다면 참 평화로울 텐데…… 당신이 여기 계신 동안만이라도 다른 곳으로 가서 놀게 할 수 없으세요? 무엇보다도 집안의 가장이 휴식을 취할 때에는 적당한 조치가 취해져야 해요. 그렇지 않아요?"

"난…… 글쎄……."

임호테프는 주저했다. 그런 생각은 처음이지만, 기분이 좋아졌다. 그는 불분명하게 말했다.

"난 저 애들이 노는 걸 별로 괘념치 않소."

그는 다소 힘없이 덧붙였다.

"저 애들은 자기들 좋을 때는 언제고 여기 와서 노는 게 습관이 되어 있지."

"당신이 집을 떠나 있을 때는 모르지만, 제 생각엔 임호테프, 당신이 가족들과 집안을 위해 일하고 계시다는 점을 생각해서라도 당신의 권위와 중요성을 더욱 인식시켜야 한다고 봐요. 당신은 너무 신사적이고…… 너무 순하세요."

임호테프는 한숨을 내쉬며 말했다.

"그것이 늘 내 약점이었지. 나는 격식 따위에 비중을 두지 않았으니까."

"그러시니까 저 여자들…… 당신 며느리들이 당신이 베푸는 친절을 이용하고 있잖아요. 당신이 여기에 머무르실 동안에는 조용하고 정숙하라고 일러 두시는 게 좋을 거예요.

제가 카이트에게 말해서 그녀의 아들들이나 다른 애들을 다른 데에 가서 놀도록 하겠어요. 그렇게 되면 당신은 여기서 편안함과 만족스러움을 즐기실 수 있을 거예요."

"당신은 사려 깊은 여자야, 노프레트. 정말 귀여운 아가씨로군. 당신은 언제나 나의 편안함을 염려해준단 말이야."

노프레트가 중얼거렸다.

"당신이 기뻐하시니 저도 기뻐요."

그녀는 일어서서 카이트가 있는 곳으로 갔다. 카이트는 연못가에서 아이들의 장난감 배를 가지고 애들과 함께 놀아주고 있었다. 그녀의 장난꾸러기 둘째 아들로 보이는 꼬마가 그 배를 연못에 띄우려는 참이었다.

노프레트가 카이트에게 쌀쌀맞게 말을 걸었다.

"아이들을 데리고 가주겠어요, 카이트?"

영문을 모르는 카이트가 의아한 듯 노프레트를 올려다보았다.

"데려가다니요? 그게 무슨 말인데요? 여기는 아이들이 늘 노는 곳인걸요."

"안 돼요, 오늘은. 아버님은 조용히 쉬고 싶어하세요. 그런데 이 아이들은 너무 시끄럽군요."

카이트의 얼굴이 홍당무가 되었다.

"말버릇이 험하시군요, 노프레트! 아버님은 여기서 손주들이 뛰노는 모습을 보시는 걸 좋아하세요. 아버님께서 직접 그렇게 말씀하셨답니다."

"오늘은 아니에요. 이 소란스런 애들을 집으로 데리고 들어가게 하라고 내게 말씀하셨지요. 그래야 나와 편히 쉬실 수 있다고 말이에요."

"당신과……"

카이트는 거기에 대해 뭔가 더 말하려다가 갑자기 그만두었다. 그리고는 일어나서 임호테프가 반쯤 기대어 앉아 있는 곳으로 걸어갔다. 그녀의 뒤를 노프레트가 따라갔다. 카이트는 앞뒤 재지 않고 말을 꺼냈다.

"아버님의 연인이 절더러 그러는데, 애들을 데리고 다른 데로 가라고 하셨다면서요? 왜죠? 애들이 잘못이라도 저질렀나요? 무슨 이유 때문에 애들을 내쫓으시는 거죠?"

노프레트가 슬쩍 말참견을 하고 나섰다.

"한 집안의 어른이 원하시는 건데, 그것으로 충분한 이유가 되지 않나요?"

임호테프는 기분이 상해 말했다.

"그래, 맞다. 왜 내가 일일이 이유를 대야 하지? 이게 누구의 집이냐, 응?"

"애들을 쫓아 버리고 싶은 건 제 생각엔 바로 이 여자일 것 같네요."

카이트는 돌아서서 노프레트의 위아래를 훑어보았다.

"노프레트는 내 건강을 생각해 주느라고 그런 거야. 내가 기분좋게 쉬게 하려고. 가족들 중에 그런 데까지 신경을 써주는 사람은 아무도 없었어. 헤네트 정도만 예외일까."

"그럼, 아이들은 더 이상 이곳에서 놀면 안 된다는 말씀인가요?"

"내가 여기서 쉬고 있을 때엔 안 된다."

카이트는 갑자기 울화가 치미는 걸 느꼈다.

"어째서 이 여자가 아버님과 아버님의 핏줄 사이를 갈라놓는 걸 내버려 두시는 거죠? 왜 이 여자는 이제까지 우리가 젖어온 이 집 습관을 방해하려는 거죠?"

임호테프가 갑자기 야단치기 시작했다. 그는 위신을 세워야 할 필요를 느낀 것이다.

"여기에서 누가 어떻게 해야 할지는 바로 내가 정한다. 네가 아니고! 너희들은 모두 한통속이 되어 멋대로 한단 말이야. 너희들이 편할 대로만 일을 꾸민단 말이다. 그리고 내가, 이 집의 가장인 내가 집에 돌아와도 내가 뭘 원하는지에는 아무 관심도 없어.

내 다시 말해 두지만, 나는 이 집 주인이다. 나는 너희들이 행복해지는 걸 보기 위해 끊임없이 계획을 세우고 일을 해나간다. 그렇다고 내가 감사를 받아 봤냐, 존경을 받아 봤냐? 아니!
 처음에는 소벡이 거만하고 건방진 말을 지껄이더니, 이번에는 카이트, 네가 내게 덤비는 게냐?
 내가 왜 너희들의 뒤를 돌봐주는 거지? 조심하도록 해라. 그렇지 않으면 나는 너희들을 도와주지 않겠다. 소벡이 떠나겠다고 하더니…… 그럼, 너와 아이들도 그 애와 함께 나가 버리든지."
잠시 동안 카이트는 한마디도 않고 서 있었다. 그녀의 둔하고 다소 멍청한 얼굴에선 아무 표정도 읽을 수 없었다. 그녀는 모든 감정이 거세된 듯한 목소리로 말했다.
"아이들을 데리고 집으로 가겠어요……."
그녀는 한두 발자국을 떼어놓다가 노프레트 곁에 멈춰섰다. 그리고는 낮은 목소리로 말했다.
"이게 모두 당신 때문이에요, 노프레트. 난 잊지 않을 거예요, 예, 결코 잊을 수 없을 거예요……."

제5장

홍수기 넷째달 5일

임호테프는 묘소지기 제관으로서의 의식적인 의무를 다하고서야 한숨 돌릴 수 있었다. 그의 성격은 세세한 면에까지 매우 꼼꼼했기 때문에 의식도 매우 세밀하게 치렀다. 술을 따르고 향을 피웠으며, 음식과 마실 것을 관습대로 공양했다.

그는 의식을 마치고 근처 바위굴집 시원한 그늘에서 자기를 기다리고 있을 호리에게로 갔다. 임호테프는 토지의 소유주일뿐 관리인은 호리였다.

두 사람은 이마를 맞대고 사업에 대해 의논하기 시작했다. 물가의 동향, 수확물, 가축, 목재 따위에서 얻은 수익에 대해 의논했다.

약 30분이 지나서 임호테프는 만족스러운 듯 고개를 끄덕였다.

"호리, 자네는 장사 수완이 비상하군."

호리가 미소지었다.

"그럴 수밖에 없지요. 저는 꽤 오랫동안 주인님 밑에서 일해 왔으니까요."

"그것도 매우 충실히 했지. 그건 그렇고, 또 하나 자네와 의논할 게 있네. 이피 말인데, 그 애는 자기 위치가 너무 낮다고 불평하고 있어."

"그는 아직 너무 어립니다."

"하지만, 대단한 능력을 보여 주고 있네. 그 애 생각엔 늘 불공평하다고 느끼나 보더군. 가령 소벡은 거칠고 위압적이며, 야모스는 소심하고 겁이 많아서 질색이라는 거야. 이피는 패기가 있는 녀석이니까, 남의 명령이 싫다는 거지. 거기에 덧붙여서, 명령할 수 있는 권한을 가지고 있는 사람은 아버지인 나뿐이라고 하더구먼."

"그건 그렇습니다. 그래서 떠오른 생각인데요, 이곳의 결점은 바로 거기에 있지 않나 생각됩니다. 기탄 없이 여쭈어도 되겠습니까?"

"물론이지, 호리. 자네가 하는 말은 항상 의미 깊고, 거듭 생각한 끝에 하는 말이지 않나."

"그럼, 말씀드리겠습니다. 주인님께서 출타중이실 때 남아 있는 사람 중 누군가가 실권을 갖고 있어야 한다고 봅니다."

"나는 자네와 야모스에게 이곳의 일을 일임했을 텐데……."

"주인님께서 안 계시는 동안 주인님 대신 저희가 일하는 건 압니다. 그러나 그것으로는 불충분합니다. 그보다는 아드님 중에서 한 분을 공동경영자로 임명하시는 게 더 좋지 않을까요? 법률상의 계약서를 작성해서 말입니다."

임호테프는 인상을 찌푸리며 왔다갔다하고 있었다.

"어느 녀석을 추천하고 싶은가? 소벡은 위풍당당하지. 그러나 그 애는 반항적이거든. 나는 그 애를 믿을 수가 없어. 그 녀석의 성깔은 좋지 않아."

"저는 야모스를 생각하고 있습니다. 그는 주인님의 장남이지요. 신사적이고 따뜻한 성품을 지녔습니다. 무엇보다 주인님께 헌신적이고."

"그래, 그 애는 좋은 성품을 가지고 있지. 그러나 너무 소심하고, 너무 양순하단 말야. 누구에게나 쉽게 꺾이지. 이피가 조금만 더 나이를 먹었어도……."

호리가 얼른 대답했다.

"너무 어린 사람에게 권한을 주는 것은 위험합니다."

"그래, 사실이야. 어쨌든 호리, 자네가 한 말을 생각해 보겠네. 야모스는 확실히 좋은 놈이야. 말을 잘 듣는 아이지……."

호리는 점잖게, 그러나 힘주어 말했다.

"그렇게 하십시오. 그게 현명하실 겁니다."

임호테프가 의아하다는 듯 그를 쳐다보았다.

"호리, 자네 뭐 꺼림칙한 게 있나?"

호리가 천천히 대답했다.

"방금 말씀드린 대로 너무 어린 사람에게 실권을 주셔도 위험하지만, 그것이 너무 늦어도 위험하기는 마찬가지입니다."

"명령에 복종하는 버릇만 들어서 자신이 정작 명령을 내릴 때는 그게 잘 안 된다는 뜻인가? 그래, 어쩌면 그럴 수도 있겠군."

임호테프는 한숨지었다.

"한 집안을 다스린다는 건 어려운 일이야! 특히 여자들을 다스리긴 더욱 힘들지. 사티피는 어찌 해볼 수도 없는 성질이고, 카이트는 잔뜩 골이 난 얼굴이 되기 일쑤고. 그러나 노프레트에게는 깍듯이 대하라고 분명히 일러두었네. 내 생각에는……."

그는 하던 말을 뚝 그쳤다. 노예 한 명이 오솔길을 부리나케 올라오고 있었다.

"무슨 일이냐?"

"주인님! 배가 도착했습니다. 카메니라는 서기가 멤피스에서 전갈을 보내왔습니다."

임호테프는 당황해서 일어났다.

"또 문제군. 리 신이 하늘 나라로 항해하는 것만큼 무슨 일이 생긴 게 틀림없어. 내가 조금만 신경을 안 써도 모든 게 잘못돼가거든."

그는 발을 구르며 좁은 길로 내려갔고, 호리는 그의 사라지는 뒷모습에 시선을 박은 채 아무 말 없이 앉아 있었다. 그의 얼굴이 수심으로 그늘졌다.

2

레니센브가 나일 강가를 산책하고 있는데 사람들이 시끄럽게 수선을 떨며 선창 쪽으로 달려가고 있었다.

그녀 역시 달려가 그들과 섞였다. 배 한 척이 강변에 와 닿아 있었고, 갑판 위에는 밝은 햇살을 뒤로 한 채 한 젊은 사내가 서 있었다. 갑자기 그녀의 심장이 멈출 것 같았다.

미쳐 버릴 것 같은, 환상적인 생각이 그녀의 가슴을 뛰게 했다. 그녀는 생각했다.

'저건 케이야. 케이가 땅속에서 다시 살아온 거야.'

그러나 이내 그녀는 이처럼 신빙성 없는 생각을 한 자신을 비웃었다. 왜냐하면, 그녀의 기억 속에서 케이는 늘 나일 강을 떠다니는 사람이어서, 지금 그녀의 눈앞에 있는 사나이는 케이와 비슷한 체형의 젊은이였기에 그녀는 환상을 본 것에 지나지 않았으니까.

이 사나이는 케이보다 젊고 수수하며 우아한 자태와 미소를 머금은, 곱상하게 생긴 남자였다.

그는 카메니라는 이름을 가진 서기였는데, 아버지의 북쪽 토지에서 온 사람이라고 했다. 노예 한 명이 임호테프를 부르며 황급하게 뛰어갔고, 카메니는 집으로 인도되어 식사와 술을 대접받았다.

임호테프가 당도하자 두 사람 사이에 여러 가지 이야기가 오고갔다.

두 사람의 대화 내용은 언제나처럼 헤네트의 입을 통해 여자들에게도 곧 알려졌다. 레니센브로서는 헤네트가 어떻게 그렇게 빨리 알아낼 수 있는지 이해할 수 없었다. 헤네트가 전한 말에 의하면, 카메니는 임호테프에게 고용된 서기이며——임호테프 사촌 형의 아들이라고 했다——그는 어떤 부정 행위를 발견했는데, 장부상의 부정으로 이 사건이 여러 곳과 관련되어 있고, 또 소유지의 회계 담당자도 연관되어 있으므로 카메니가 직접 이곳으로 내려와 보고하는 게 좋으리라고 판단했다는 것이다.

레니센브는 문제의 초점에는 그다지 관심이 가지 않았다. 다만 이러한 부정 행위를 발견해 낸 걸로 봐서 카메니는 꽤 머리가 좋은 사람일 거라고, 아버지 역시 그에게 만족할 게 틀림없다는 정도의 생각을 했다.

임호테프는 곧바로 북쪽으로 떠나야 했다. 그는 약 2개월쯤은 일체 여행을 않기로 작정했었지만, 이번 사태로 어서 그쪽으로 가봐야 할 처지가 된 것이다.

그는 온 집안 식구들을 모아 앉혀 놓고 숱하게 많은 지시와 명령을 하달했다. 이렇게 해봐라, 저렇게 해봐야 한다. 야모스는 무슨 수를 써서라도 이렇게 해야 한다. 소벡은 어떤 것에 대해 최대한 사전 조사를 해봐야 한다. 기타 등등……

레니센브는 모든 일이 하나도 변한 게 없다고 생각했다. 야모스는 열심히 귀를 기울이고 있었고, 소벡은 다소 부은 얼굴이다. 호리도 여전히 조용하고 사무적인 모습을 보였다. 이피의 요구는 보통때보다도 훨씬 단호하게 거절되었다.

"네가 별도 수당을 받기에는 너무 어리다. 큰형의 말대로 하거라.

그 애가 내가 바라는 거며 지시한 사항을 잘 알고 있으니까."
그리고 그는 맏아들의 어깨를 토닥거리며 말했다.
"야모스, 너를 믿는다. 내가 다녀온 뒤에 공동경영자 문제를 다시 한 번 차근히 의논해 보도록 하자."
야모스는 기뻐서 얼굴이 달아올랐다. 그는 용기가 나는 듯 어깨를 폈다.
임호테프가 말을 계속했다.
"내가 떠나 있는 동안 모든 일에 실수 없도록 수시로 살피고, 노프레트가 옳은 대우를 받는지, 존경과 위신이 지켜지는지 그런 것도 신경써야 한다.

그 사람 일은 네게 맡기마. 네가 집안 여자들의 행동도 단속해야 할 테니까. 사티피에게 험담을 삼가도록 이르고, 소벡에게도 자기 마누라를 조심시키도록 전해라. 레니센브도 노프레트에게 예절바르게 행동하고.

또, 헤네트를 괴롭힌다면 내가 용서할 수 없다. 이따금씩 여자들이 헤네트를 괴롭힌다는 걸 알고 있다. 그 여자는 이 집에서 오래도록 일해왔기 때문에 남들이 꺼려 하는 궂은 일도 말없이 해낸다. 얼굴이 예쁘지도 않고 머리가 재빠르게 도는 여자도 아니지만, 무엇보다 충직한 하녀라는 것을 잊지 말도록.

나를 위해 여태껏 자기 몸을 돌보지 않고 열심히 일만 해온 사람이야. 그녀를 멸시하거나 헐뜯는 사람이 있으면 내가 용서치 않을 게다."
야모스가 말했다.
"아버님이 하신 말씀이 다 옳습니다. 그러나 헤네트가 공연한 입을 놀려서 말썽을 일으킬 때가 종종 있기는 하지요."
"무슨 소리! 여자는 대개 그래. 헤네트라고 다른 여자들과 다를 게 뭐 있겠냐. 카메니는 여기에 있도록 해라. 서기가 한 명쯤 더 있어서 호리를 돕는 것도 좋다고 생각하니까. 그리고 야이라는 여자에게 빌려 준 그 땅 문젠데……."

임호테프는 다시 얘기를 늘어놓기 시작했다. 계속하던 얘기를 겨우 끝내고 떠날 채비도 갖춰지자 갑자기 임호테프의 얼굴이 불안해졌다. 그는 노프레트를 불러 근심스런 목소리로 말했다.

"혼자 남아 있어도 괜찮겠소, 노프레트? 뭣하면 같이 가도 좋은데?"

노프레트는 고개를 저으며 미소를 띠었다.

"오래 머무르시는 건 아니겠죠?"

"3개월…… 어쩌면 4개월쯤 걸릴지도 모르겠소. 정확히는 말할 수 없지만."

"예, 그렇게 하세요. 별로 오래 걸리지 않는데요, 뭐. 여기 남아 있어도 상관없어요."

임호테프는 우쭐해서 말했다.

"야모스, 아니, 집안 식구들 모두에게 당신을 깍듯이 대하도록 얘기해 뒀소. 당신에게 무슨 좋지 않은 일이라도 생기면 내가 용서하지 않겠다고 말이오."

"당신 분부대로 따를 거예요, 임호테프."

그녀는 잠시 말이 없다가 덧붙였다.

"이 집안에서 제가 믿을 수 있는 사람은 대체 누구일까요? 당신을 위해 진정으로 헌신할 수 있는 사람 말예요. 가족 이외의 사람 중에서요."

"호리…… 나의 충직한 호리. 그는 여러 면으로 보아 내 오른팔이오. 교양도 있고 분별력도 있는 사람이지."

노프레트가 천천히 얘기했다.

"그 사람과 야모스는 형제처럼 친하지요, 아마."
"카메니도 있지. 그 역시 서기로 일하고 있소. 그에게 당신 곁에 있으라고 일러 놓겠소. 뭐든 불편한 일이 있으면 그에게 받아쓰도록 해서 내게 보내면 되지 않소?"
노프레트는 고개를 끄덕였다.
"그거 좋은 생각이군요. 카메니는 북쪽에서 왔으니 저희 아버지를 알겠군요. 그 사람이라면 이 집 가족들이 하라는 대로 따라 하지만은 않을 거예요."
임호테프가 큰소리로 말했다.
"그리고 헤네트, 헤네트가 있었군."
노프레트가 생각에 잠겨 말했다.
"예, 헤네트가 있었네요. 당신이 지금 헤네트에게 말해 주세요, 제 앞에서요."
"그것 참 좋은 생각이오."
헤네트를 불러오도록 하인을 보내자, 그녀는 쪼르르 달려왔다. 그녀는 임호테프와의 이별을 잔뜩 슬퍼하고 있었다. 임호테프는 그녀의 징징거리는 소리를 끊고서 얘기했다.
"그래, 알았다. 나의 충직한 헤네트. 그러나 이런 일은 늘 있어 왔어. 나는 잠깐이라도 편안한 휴식을 취할 수 없는 몸이야. 나는 한시도 쉬지 않고 가족들을 위해 일해야 돼. 그렇다고 가끔씩이라도 가족들이 내게 감사를 표한 적도 없지만.

지금 네게 긴히 할 얘기가 있어 불렀다. 네가 진심으로 내게 성심을 다하고 있음을 잘 알고 있다. 내가 널 단단히 믿고 있으니까 부탁하고 싶은 거야. 무슨 말인지 알겠지? 여기 있는 노프레트를 잘 보살펴 주기 바란다. 내겐 매우 귀중한 사람이란다."
헤네트는 말했다.

"누구든지 주인님께 소중하면, 저에게도 소중하답니다."

"아주 좋아. 그럼 너는 노프레트의 편의를 위해 온 정성을 기울여 주겠지?"

헤네트는 노프레트에게로 향했다. 노프레트는 가느다란 눈을 뜨고 헤네트를 바라보고 있었다.

"당신은 참으로 아름답군요, 노프레트. 그것이 문제지요. 남들이 질투하는 원인이 거기에 있어요. 그러나 저만은 당신을 보살펴 드리겠습니다. 그들이 하는 말이며 행동을 낱낱이 고하겠습니다. 그 문제는 제게 맡겨 주세요!"

두 여인의 시선이 잠시 마주쳤다.

헤네트가 다시 말했다.

"제게 맡기셔도 됩니다."

한 줄기의 미소가 노프레트의 입가를 스쳤다. 좀 묘한 미소였다.

"예, 무슨 말인지 알겠어요, 헤네트. 당신을 믿어 봐도 좋을 것 같네요."

임호테프가 목청을 가다듬더니 말했다.

"그럼 모두 잘된 거지? 그래, 모든 게 만족이다. 체계적인 조직, 그것이 늘 내 강점이지."

그때 칼칼한 웃음소리가 들려왔다. 임호테프가 돌아다보니 에사가 방문 앞에서 쏘아보고 있었다. 그녀는 지팡이에 몸을 기댄 채 평소보다 더욱 심통맞은 표정이었다.

"오, 어쩌면 내 아들이 저렇게도 잘났을까!"

"지체해서는 안 되겠어. 호리에게 당부해 놓을 것도 좀 있고……."

으스대듯 중얼거리면서 임호테프는 서둘러 방을 나갔다. 그는 어머니와 마주치기가 두려웠던 것이다. 에사는 헤네트에게 고개를 끄덕여 보였다. 헤네트는 미끄러지듯 다소곳이 방에서 나갔다.

노프레트가 일어났다. 그녀와 에사는 서로를 바라보며 서 있었다.
에사가 말을 꺼냈다.
"그러니까, 내 아들이 너를 남겨두고 간단 말이지? 그러나 노프레트, 너도 그 애와 함께 가는 게 좋을 것 같다."
"그이는 제가 여기에 남기를 바라세요."
노프레트는 부드럽고 순한 목소리로 대답했다. 에사는 찢어질 듯한 웃음을 웃어댔다.
"가고는 싶은데 허락받지를 못했다는 거냐? 왜 너는 그 앨 따라가고 싶어하지 않는 거지? 도저히 네 심사를 모르겠다. 여기 남아서 무슨 소득이 있다고.

너는 도시에서 살던 애야. 아마 여행도 다녀봤겠지. 왜 여기같이 매일매일 단조롭게 이어지는 생활을 택한 게냐? 내 솔직히 말한다만, 너를 싫어하는 사람들 속에서 어떻게 배겨내려고?"
"그럼, 어머님께서도 절 싫어하시나요?"
에사가 고개를 저었다.
"아니, 나는 너를 싫어하지 않는다. 나이가 들어서 희미하게 보이지만 난 아직 아름다운 것을 보고 즐길 수는 있지.

넌 예쁘구나, 노프레트. 그 모습이 내 눈을 즐겁게 해주는구나. 니의 미모 때문이라도 네가 잘 되길 바란다. 그래서 경고해 둔다만, 내 아들과 함께 북쪽으로 떠나거라."
다시 노프레트는 아까 한 말을 반복했다.
"그이는 제가 여기 남아 있길 원하는 걸요."
그 양순한 말투에는 확실히 비웃음이 깃들어 있었다. 에사가 날카롭게 말했다.
"여기 남아 무슨 꿍꿍이속을 채워 보겠다는 게냐? 내가 의아해하는 게 뭔 줄 아니? 여하튼 네가 그렇게 생각한다니 어쩔 수 없지.

그러나 조심하도록 해라. 신중하게 행동해. 그리고 아무도 믿어선 안 되느니라."

그녀는 갑자기 몸을 돌려 방을 나갔다. 노프레트는 잠자코 서 있었다. 아주 천천히 입술이 열리더니 고양이 같은 미소가 번졌다.

제6장

겨울 첫째달 4일

레니센브는 이제 묘소에 올라가는 것이 버릇이 되다시피 했다. 어떤 때는 야모스와 호리가, 때로는 호리 혼자 있었고, 어쩌다 아무도 없을 때도 있었다.

레니센브는 이상하게도 그곳에만 가면 마음에 평온을 되찾는 것이었다. 평화로운 기분…… 무엇인가로부터 벗어난 듯한 해방감 같은 것.

그녀에겐 호리 혼자 있을 때가 가장 좋았다. 그의 진지함과, 부담 없이 그녀를 맞아들이는 그의 태도에는 그녀를 만족시키는 이상야릇한 무언가가 있었다.

그녀는 바위굴집 입구의 그늘에 앉아 무릎 한쪽을 세워 두손으로 깍지를 끼고는 초록색 띠를 두른 듯한 경작지들을 하염없이 바라보았다. 그리고, 검푸른 빛으로 흐르는 나일 강과 더 멀리 부드러운 담갈색과 크림빛, 분홍빛이 희미하게 섞인 지평선 너머를 바라보는 것이다.

이곳에 처음 올라와 본 것이 몇 달 전이었다. 그때는 여자들만 복작거리는 그 팽팽한 긴장감에서 벗어나고 싶어서 조용한 곳을 찾아 나섰다가 이곳을 발견했던 것이다. 지금도 그녀에겐 도망치고 싶은 마음이 있다. 그렇지만, 전처럼 집안의 성가신 문제나 짜증스러운 환경에서 다른 곳으로 도피하고픈 그런 단순한 감정은 아니었다. 그것은 좀더 분명하고 불길한 것이었다.

어느 날인가 그녀는 호리에게 말했다.

"나는 두려워요······."

"왜 두려운 거죠, 레니센브?"

그는 진지하게 그녀를 살펴보며 물었다. 레니센브는 몇 분간 생각에 잠겨 있더니 천천히 입을 열었다.

"전에 내게 해줬던 말을 기억하시나요? 두 가지 재난····· 하나는 밖에서부터 오는 거고, 또 다른 하나는 내부에서 생기는 재난이 있다고 한 것 말이에요."

"예, 기억합니다."

"나중에 설명하시길 당신이 말한 것은 과일이나 농작물을 해치는 질병에 대한 거라고 했지만, 나는 그 이후로도 그 생각을 떨쳐 버릴 수가 없었어요. 그건 사람에게 있어서도 마찬가지일 거라는 생각이에요."

호리는 천천히 고개를 끄덕였다.

"당신 역시 그걸 깨달았군요······. 그래요, 당신 생각이 맞습니다."

레니센브가 대뜸 말했다.

"지금 무슨 일인가가 벌어지고 있어요. 저기 우리 집안에 들이닥쳤어요. 악마가 침입했지요······. 밖으로부터! 그리고 난 재난을 가져온 그 악마가 누군지도 알아요. 바로 노프레트예요."

호리가 천천히 말했다.

"그렇게 생각하나요?"
레니센브는 힘주어 고개를 끄덕였다.
"예, 그래요. 나는 알고 얘기하는 거예요. 들어 보세요, 호리. 언젠가 내가 여기 왔을 때 이 집은 심지어 사티피와 카이트의 싸움까지도 전과 다름없는 모습이라고 했었지요? 그건 사실이에요.

그렇지만 호리. 그들의 싸움은 진짜 싸우는 것은 아니었어요. 내 생각에 두 올케 언니는 그런 걸 즐겼다고 봐요. 그들의 소일거리였을 뿐이었지요. 두 여자는 둘 다 서로에게 정말 화내는 건 아니었어요!

그러나 지금은 그게 아니에요. 그들은 그저 무례하고 불쾌한 말을 늘어놓는 게 아니라, 상대방을 정말로 상하게 하려는 마음으로 헐뜯게 된 거예요. 그리고 그 말이 상대를 해친 것을 알고는 기뻐하는 거지요!

그건 무시무시한 일이에요. 호리, 무서워요! 어제 사티피는 어찌나 화가 났는지 기다란 금침으로 카이트의 팔을 찔렀다고요. 며칠 전에는 카이트가 끓는 기름이 가득 담긴 무거운 요리냄비를 사티피의 발에 떨어뜨렸어요.

그런 일은 여기저기에서 일어나고 있어요. 사티피는 밤이 깊도록 남편에게 바가지를 긁는데, 그게 우리 방까지 또렷이 들려온다고요. 큰오빠는 병든 것처럼 피곤에 지쳐 버렸어요.

그리고 작은오빠는 읍내에 내려가 여자들과 어울리고, 술독에 빠졌다가 돌아와서는, 자기 머리가 얼마나 좋은지 떠벌리기만 하는 거예요!"
"그런 사실들은 나도 알고 있습니다. 그러나 그것과 노프레트와 무슨 상관이 있습니까?"
"왜냐하면 그게 다 그녀가 한 짓이니까요! 그 모두가 그녀가 던진 한마디 말——약삭빠른 말——에서 비롯되는 거니까요. 그 여자의 말은 소를 잡을 때 사용하는 망치 같아요. 게다가, 영악해서 상대가 무슨 말에 발끈 성을 낼지 뻔히 알고 있지요. 문득 헤네트가 그녀에게 가르쳐 주는 게 아닐까 하는 생각이 들 때도 있어요……."

생각에 잠긴 호리가 말했다.

"예, 그럴지도 모르겠군요."

레니센브는 오한에 몸을 떨었다.

"나는 헤네트가 마음에 안 들어요. 그 여자가 슬금슬금 다니는 게 너무 혐오스러워요. 그 여자는 자기가 우리를 위해 일하고 있다고 하지만, 우린 아무도 그 여자가 일하는 것이 탐탁치 않아요. 어째서 어머니는 하필 그런 사람을 데려다가 그토록 아껴주셨을까요?"

호리가 그저 그러려니 하듯 말했다.

"헤네트가 제 스스로 그렇게 내세우고 다닐 뿐이랍니다."

"어째서 헤네트는 노프레트 뒤를 졸졸 따라다니면서 고자질이나 해서 그녀의 환심을 사려하는 걸까요? 아, 호리, 난 정말 두려워요! 난 노프레트가 싫어요! 그녀가 제발 없어져줬으면 좋겠어요. 그 여자는 아름답지만 야비한 악녀에요!"

"마치 어린애 같군요, 레니센브."

그리고 호리는 재빨리 덧붙였다.

"노프레트가 지금 이리로 오고 있어요."

레니센브는 고개를 돌렸다. 그들은 노프레트가 벼랑으로 난 오솔길을 따라 천천히 올라오고 있는 모습을 지켜보았다. 그녀는 자기 혼자 웃으면서 낮은 목소리로 콧노래를 흥얼거리고 있었다.

그들이 있는 곳에 다다르자, 그녀는 주위를 죽 둘러보더니 두 사람을 보고 웃음을 띠었다. 그 웃음은 호기심에 가득 차 흥미 있어하는 그런 웃음이었다.

"그러니까 여기가 바로 당신이 날마다 빠져 나와 있는 곳이군요, 레니센브?"

레니센브는 대꾸하지 않았다. 그녀는 화가 나 있었다. 숨을 곳을 잃어버린 어린아이가 느낌직한 패배감 같은 것이 그녀를 휘저었다.

노프레트는 새삼 주위를 둘러보며 말했다.

"여기가 바로 그 유명한 묘소라는 덴가요?"

호리가 대답했다.

"그렇습니다, 노프레트."

노프레트는 그를 바라보았다. 그녀의 고양이처럼 생긴 입술에 미소를 흘리면서.

"내가 알기로는 호리, 당신이 여기에서 돈벌이할 생각을 처음 했다지요? 당신의 사업 수완이 꽤 상당하다고 들리더군요."

그녀의 목소리에는 어렴풋이 장난기가 녹아 있었다. 그러나 호리는 거기에 동요됨 없이 차분하고 진지한 미소를 지었다.

"우리 모두에게 이익을 가져다 주지요…… 죽음은 항상 이익을 가져다 줍니다……."

노프레트는 공양물을 차려놓은 상과 사당(祠堂) 입구, 장식된 문을 둘러보며 몸을 떨었다. 그러고는 비명에 가까운 소리를 질렀다.

"난 죽음이라면 질색이에요."

호리의 조용한 목소리가 말했다.

"그러시면 안 됩니다. 이곳 이집트에서는 죽음이란 부(富)의 주요 원천이랍니다. 당신이 걸고 있는 보석도 죽음을 통해 얻어지는 거지요, 노프레트. 죽음이 당신을 먹이고 입혀줍니다."

그녀는 그를 빤히 쳐다보았다.

"무슨 뜻인가요?"

제6장 75

"제 말은 임호테프님은 묘소지기 제관이라는 사실입니다. 임호테프님의 토지와 많은 가축들, 모시와 보리 등 모두가 묘소에 기증된 거랍니다."

그는 입을 다물고 있다가 다시 진지한 표정으로 이야기를 계속했다.

"우리 이집트 사람들은 이상한 백성들이지요. 우리는 삶을 사랑합니다. 그렇기 때문에 일찍부터 죽음에 대한 준비를 하는 겁니다. 죽음은 이집트의 부에 이바지하는 거지요. 피라미드에, 무덤에, 묘소 기증에 말입니다."

노프레트가 자지러질 듯한 목소리로 외쳤다.

"죽음에 대한 얘기는 이제 그만 좀 해둬요, 호리! 그런 얘긴 싫단 말예요!"

"그 이유는 당신 역시 이집트인이기 때문입니다. 당신이 삶을 사랑하기 때문에, 그리고 때때로 죽음의 그림자를 피부 가까이 느끼기 때문에 그런 겁니다……."

"그만!"

그녀는 호리에게서 몸을 돌렸다. 그러고는 어깨를 움츠리고 방향을 바꿔 오솔길로 내려가기 시작했다. 레니센브는 만족한 듯 한숨을 내쉬었다. 그러고는 어린아이처럼 말했다.

"저 여자가 가버리니 좀 살 것 같군요. 당신은 그녀에게 겁을 준 거예요, 호리."

"예, 그래요. 레니센브, 당신도 무섭습니까?"

"아…… 아뇨."

레니센브는 다소 불분명하게 말했다.

"어쨌거나 당신 말은 맞아요. 이제껏 그런 걸 생각해 본 적은 없었지만, 우리 아버지는 묘소지기임에는 분명하니까요."

호리는 쓸쓸한 기분으로 이야기를 시작했다.

"온 이집트가 죽음에 휩싸여 있습니다! 그 이유가 뭔지 당신은 아십니까? 그것은 우리가 육체의 눈은 가졌으되 마음의 눈을 갖지 못했기 때문입니다. 이 세상 밖의 삶, 죽음 저 너머의 삶을 상상할 수 없기 때문이지요. 우리들은 단지 우리들이 알고 있는 연속선상에서만 볼 수 있는 거니까요. 신에 대한 참된 믿음도 갖고 있지 못합니다."

레니센브는 놀라움에 찬 눈을 동그랗게 뜨고 그에게 말했다.

"어떻게 그런 얘기를 할 수 있죠, 호리? 우리에게는 많고 많은 신이 있어요. 너무 많아 이루 헤아릴 수 없을 지경으로요. 바로 어젯밤 서로 어느 신을 좋아하는지에 대해 얘기했잖아요.

소벡 오빠는 사크메트 신을 좋아한다고 했고, 카이트는 항상 메스켄트 신에게 기도를 드린다고 했어요. 카메니는 토스 신에게 간구한다고 하더군요. 서기니까 그렇겠지요.

사티피는 매의 머리 모양을 한 호루스 신과 우리를 지켜주신 메레스거를, 야모스 큰오빠는 만물을 창조한 프타 신을 숭상한다고 했고요. 나는 이시스 신(오시리스의 누이동생이자 아내임)이 좋아요.

그리고 헤네트는 이 지방의 신인 아문 신이 최고라고 말했지요. 제관 중에 한 예언자가 말한 바로는 머지않아 이집트에선 아문 신이 가장 훌륭한 신이 될 거라고 했다는군요. 그것 때문에 아직 신분이 낮은 헤네트도 공양물을 바치고 있다는 거예요.

그 밖에 태양의 신 리도 있고, 죽은 사람의 심장을 저울로 달아본다는 오시리스 신도 있지요."

레니센브는 숨이 차서 말을 멈췄다.

호리는 그녀에게 미소지었다.

"그렇다면, 레니센브, 신과 인간의 차이는 뭐라고 생각하십니까?"

그녀는 그를 빤히 쳐다보다가 말했다.

"신은, 그들은 신비한 힘을 갖고 있지요."

"그게 전부입니까?"

"뭘 말하고 싶은 거죠, 호리?"

"내가 말하는 것은 당신이 말하는 신이란, 보통의 사람들이 할 수 없는 특이한 일을 할 수 있는 사람과 별로 다를 바 없다는 점입니다."

그녀는 알 수 없다는 표정으로 그를 바라보다가는 아래쪽 골짜기를 보고 깜짝 놀랐다.

"저걸 좀 보세요, 노프레트가 소벡 오빠와 얘기하고 있는데요. 그녀가 웃고 있어요, 어쩜."

그녀는 갑자기 숨이 막히는 듯했다.

"아니, 아무것도 아니에요. 오빠가 그 여자를 때리려고 하는 줄 알았어요. 그녀가 집으로 들어가고 있어요. 소벡 오빠는 이리로 올라오고요……."

소벡은 붉으락푸르락하는 얼굴로 올라와서는 대뜸 소리쳤다.

"저 여자는 악어도 안 물어가나! 아버지는 바보가 되셨나봐, 저런 여자를 첩으로 맞다니!"

호리가 호기심에 찬 목소리로 물었다.

"그녀가 뭐라고 하던가요?"

"매양 하던 대로 날 놀리더군! 아버님이 내게 목재 매각에 관한 일을 맡기셨냐고 묻는 거야. 저 여자의 목을 비틀어 놓는 건데!"

그는 돌담을 따라 서성거리다가 돌 하나를 집어들고 아래 골짜기를 향해 냅다 던졌다. 돌이 벼랑에 떨어져 구르는 소리가 그의 기분을 조금은 위로해주었나 보다. 그는 좀더 큰 돌덩이를 집어올리려다가 갑자기 펄쩍 뒤로 도망쳤다. 돌 밑에서 뱀이 또아리를 틀고는 목을 쳐들고 있었던 것이다. 뱀은 스르르 달아나려 했다. 코브라였다. 소벡은 그 무거운 돌을 들고 힘을 다해 코브라에게 던졌다. 정확하게 명중한 돌이 뱀의 등을 파열시켰다. 그래도 소벡은 계속 돌을 던졌다. 눈을 번뜩이며 돌을 내리치면서도 뭐라고 씩씩거리고 있었다. 그 소리는 레니센브에게도 들릴만한 것이었다.

레니센브가 소리쳤다.

"소벡 오빠, 그만, 그만둬요. 벌써 죽었단 말예요!"

소벡은 돌을 내던지고는 씩 웃었다

"독사 한 마리가 이 세상에서 사라졌군."

그는 다시 킬킬거리며 웃기 시작했다. 기분이 좋은지 발걸음도 가볍게 아래로 내려갔다.

레니센브는 혼잣말처럼 중얼거렸다.

"작은오빤 살생을 즐기는 것처럼 보이는군요!"

"그런 것 같군요."

호리의 어조에는 놀란 듯한 느낌은 전혀 없었다. 이미 알고 있는 일에 동의하는 듯한 태도였다.

레니센브는 그에게 시선을 주고는 음미하듯 이야기했다.

"뱀은 위험하지요. 그러나 그 코브라는 아름다웠어요······."

그녀는 짓이겨져 널부러져 있는 뱀의 주검을 살펴보았다. 가슴이 오싹했다.

호리가 옛일을 더듬는 듯 이야기를 시작했다.

"우리가 어렸을 때, 소벡이 야모스에게 덤빈 적이 있었답니다. 야모스가 물론 한 살 위였지만, 동생인 소벡의 힘이 더 셌지요.

소벡은 돌로 형의 머리를 쳤습니다.

주인 마님께서 부리나케 달려와선 둘을 뜯어말렸지요. 그때 마님

께선, '그런 짓 하면 안 돼, 소벡. 위험해. 아주 큰일날 짓이야!'
라고 큰소리를 치셨습니다."
그는 잠시 쉬었다가 계속했다.
"마님은 참으로 아름다운 분이셨지요. 어린 제게도 그렇게 느껴지더군요. 당신과 꼭 닮았습니다, 레니센브."
레니센브는 마음까지 훈훈해지는 기분을 느꼈다.
"나하고요? 야모스 오빠는 그때 많이 다쳤겠네요?"
"아닙니다. 상처는 컸지만 별로 심각할 정도는 아니었지요. 그런데 이튿날엔 소벡이 호되게 앓았습니다. 식중독이었다고 기억됩니다. 마님께선 소벡이 너무 흥분한 데다가 직사광선을 너무 오래 쬐었기 때문이라고 말씀하시더군요. 한창 무덥던 여름이었으니까요."
레니센브는 생각에 잠기며 말했다.
"소벡 오빠는 성미가 불 같아요."
그녀는 다시 한 번 죽어 있는 뱀의 시체를 보고는 진저리를 쳤다.

2

레니센브가 집으로 돌아왔을 때 카메니는 파피루스 두루마리 한 권을 들고 현관에 앉아 있었다. 그는 노래를 부르고 있었다. 레니센브는 잠깐 멈추고 그 노랫말에 귀를 기울였다.

나는야 멤피스로 가려네
진리의 신 프타에게 가려네
나 프타에게 말하리
'오늘밤 그리운 님 보내옵소서'
강물은 잘 익은 술
프타는 강물 속의 갈대

사크메트는 연꽃
에아리트는 그 싹
네페르템은 그 꽃망울
나 프타에게 말하리
'오늘밤 그리운 님 보내옵소서'
아름다운 연인과 함께 먼동이 터오고
멤피스는 아름다운 얼굴에 바쳐진
사랑의 사과 한 접시

그는 고개들어 레니센브를 보고는 싱긋 웃었다.
"내 노래가 마음에 듭니까, 레니센브?"
"무슨 노래예요?"
"멤피스의 사랑 노래입니다."
그는 레니센브를 바라보며 부드럽게 노래했다.

그녀의 두 팔은
페르세어 가지를 담뿍 안고
그녀의 머릿결은 향수에 젖어
땅과 하늘에 계시는 주(主)의
공주와도 같아라.

레니센브의 얼굴이 발갛게 상기되었다. 종종걸음을 쳐서 집안으로 들어가다가 노프레트와 부딪칠 뻔했다.
"뭐가 그렇게 바빠요, 레니센브?"
노프레트의 목소리엔 가시가 돋쳐 있었다. 레니센브는 깜짝 놀라 어둠 속의 상대를 살펴보았다. 노프레트의 얼굴에 미소는 없었다. 얼굴 표정은 침침한데다 팽팽한 긴장감이 감돌고 있었으며, 두 손은 옆으로 깍지를 끼고 있었다.

"미안해요, 노프레트. 당신을 미처 보지 못했어요. 밝은 바깥에 있다가 어두운 곳에 들어와서 그래요."

"그래요, 여긴 어둡죠……."

노프레트는 잠시 끊었다가 다시 말했다.

"바깥이 즐거울 거예요. 현관 말예요. 카메니의 노랫소리가 들리잖아요. 그는 노래를 잘하죠, 그렇잖아요?"

"예, 그래요. 잘 부르더군요."

"그런데 왜 마저 들어주지 않고 들어왔나요? 카메니는 실망했을 거예요."

레니센브의 뺨이 다시 뜨거워졌다. 노프레트의 쌀쌀맞고 비웃는 듯한 눈길이 그녀를 당황하게 만들었다.

"레니센브, 당신은 감미로운 사랑의 멜로디가 싫은가요?"

"내가 좋아하든 싫어하든 그게 당신과 무슨 상관이 있는 거죠, 노프레트?"

"이제야 작은 고양이가 발톱을 세우는군요."

"무슨 뜻이죠?"

노프레트는 웃었다.

"당신은 보기보단 멍청하지 않군요, 레니센브. 그래, 카메니가 잘생겼다고 생각진 않나요? 그렇다면 그도 기뻐할 게 틀림없는데."

"어쩔 수 없는 속물이군요."

레니센브는 내뱉듯 말했다. 그녀는 노프레트를 내버려 두고 집 안으로 뛰어 들어갔다. 노프레트의 조롱하는 웃음소리가 들려왔다

그러나 그 웃음소리는 사라지고 그녀의 머릿속에 생생히 떠오르는 소리가 있었다. 그녀의 얼굴에 시선을 못박고 노래부르던 카메니의

목소리와 그 노랫말이 메아리쳐 오는 것이었다…….

3

그날 밤에 레니센브는 꿈을 꾸었다. 그녀는 케이와 함께 사자(死者)의 배를 타고는 노를 젓고 있었다. 케이는 뱃머리에 서 있어서 뒤통수밖에 볼 수 없었다.

먼동이 틀 무렵 케이는 고개를 돌려 레니센브를 바라보았다. 그런데, 그는 케이가 아닌 카메니였다. 바로 그때 뱃머리에 조각된 뱀의 머리가 꿈틀거리기 시작했다. 그건 살아있는 뱀, 코브라였다.

레니센브는 생각했다.

'저것은 무덤에서 죽은 사람의 영혼을 갉아먹던 뱀이다.'

그녀는 공포에 떨었다. 그리고, 그때 뱀의 얼굴과 노프레트의 얼굴이 겹쳐지는 것을 목격했다.

"노프레트…… 음…… 노프레트……."

그녀는 비명을 지르면서 깨어났다.

그녀가 정말로 비명을 지른 것은 아니었다. 모두 꿈이었다. 그녀는 뛰는 가슴을 진정시키며 스스로에게 다짐했다. 아무것도 사실이 아니라고. 바로 그때 불쑥 떠오르는 기억이 있었다.

'어제 소벡 오빠가 뱀을 죽일 때 중얼거린 말이 그거였어. 오빠는 '노프레트……'라고 말했었지.'

제7장

겨울 첫째달 5일

레니센브의 꿈은 그녀를 깊이 잠들지 못하게 했다. 언뜻 잠이 들었다가 도로 깨어 아침이 될 때까지 푹 잘 수 없었다. 그녀는 불길한 재난이 닥쳐오리라는 막연한 예감에 사로잡혔다.

그녀는 일찍 일어나 집을 나섰다. 종종 그랬듯이 그녀의 발길은 그녀를 나일강 쪽으로 인도했다.

벌써 일을 나온 어부들은 큰 고깃배를 타고서 힘차게 노를 저어 테베 쪽으로 가고 있었다. 다른 배들은 미풍에 돛을 펄럭이고 있었다.

무엇인가 레니센브의 마음을 휘젓는 게 있었다. 뭐라고 딱 꼬집어 말할 수 없는 그 어떤 것이 그녀의 가슴을 찔렀다.

"느껴지긴 하는데…… 어렴풋이……."

그러나 자기가 뭘 느끼고 있는지 표현할 수 없었다. 다시 말해, 그녀의 감각에 맞아떨어지는 한마디가 생각나지 않는 것이었다.

"나는 원한다……. 그런데 뭘 원한다는 거지?"

그녀가 바라고 있는 것이 케이일까? 그러나 케이는 죽었다. 이제 다시는 돌아올 수 없는 사람이다.

그녀는 혼자 중얼거린다.

"케이 생각은 더 이상 하지 말아야 돼. 그게 무슨 소용이야? 모든 게 끝났어. 그뿐이야."

그때 그녀의 눈에 테베 쪽으로 가고 있는 배를 바라보며 서 있는 한 사람의 모습이 들어왔다. 그 모습엔 스산한 기운이 감돌고 있었다. 미동도 않고 꼿꼿하게 선 모습에서 풍겨오는 고독의 냄새에 레니센브는 깊은 감동을 받았다. 뒤늦게 그 사람이 노프레트임을 안 뒤에도 그 인상은 바뀌지 않았다.

노프레트는 나일 강을 바라보고 있었다. 노프레트가 홀로, 생각에 잠겨 있다니…… 무슨 생각에 골똘해 있는 걸까?

레니센브는 사실상 노프레트에 대해 아는 것이 너무 없다는 사실을 깨닫고는 조금 충격을 받았다. 집안 사람들은 노프레트의 자라온 과거 환경이나 생활에 대해 흥미나 호기심을 갖기도 전에 그녀를 다만 한 사람의 적으로, 침입자로 여기고만 있었던 것이다.

레니센브는 문득 생각해 보았다. 낯선 고장에 와서 친구도 없이 혼자서 자기를 미워하는 사람들에게 둘러싸여 있는 노프레트는 굉장히 슬플 것이다. 천천히, 레니센브는 노프레트의 곁으로 걸어갔다. 노프레트는 고개를 돌려 잠깐 눈길을 주었을 뿐, 다시 고개를 돌려 나일 강 줄기만을 바라보는 것이었다. 그녀의 얼굴에선 아무 표정도 읽을 수 없었다.

레니센브가 조심스럽게 먼저 입을 떼었다.

"강에 배가 많군요."

"그렇군요."

레니센브는 까닭 없이 그녀와 친해지고 싶은 충동에 이끌려 말을 계속했다.

"당신의 고향도 역시 이런 모습이었나요?"
노프레트는 짧게 웃었다. 차라리 고통스럽다는 듯한 웃음을.
"전혀 아니에요. 우리 아버지는 멤피스의 상인이죠. 멤피스는 활기에 찬 즐거운 곳이에요. 음악과 노래와 춤이 있는 곳이지요.

아버지는 여행을 즐기시는 분이세요. 나는 아버지를 따라 시리아에 갔죠. '가젤의 코'를 넘어 비블로스까지 갔었죠. 아버지와 함께 큰 배를 타고 넓은 대해를 항해했어요."

그녀는 자랑스러운 듯 열심히 얘기했다. 레니센브는 말없이 서 있었으나, 차츰 관심이 쏠리고 이해할 수 있는 마음이 깊어지는 것 같았다.

"당신에겐 이곳이 좀 무료하게 느껴지겠네요?"
노프레트가 쓴웃음을 지었다
"여기는 죽어 있어요. 죽어 있다고요. 밭을 갈고, 씨를 뿌리고, 추수하고, 가축을 기르고, 농작물에 대해서나 이러쿵저러쿵하고."

레니센브는 노프레트의 옆모습을 보면서 그녀는 무슨 생각을 하고 있을까 생각해 보았다.

그러자 불현듯 분노와 한탄, 절망의 커다란 파도가 노프레트에게서 자신에게로 밀려오는 것을 생생히 느낄 수 있었다.

레니센브는 생각했다.
'이 여자는 나처럼 젊어. 아니, 더 어릴지도 모르지. 그런데 저 늙은이, 섬세하고 친절하긴 하지만, 그보다는 어리석기 그지없는 저 늙은 우리 아버지의 첩이니······.'

그녀는 노프레트에 대해 무엇을 아는가? 아무것도 모른다. 그녀가 어제 호리 앞에서 '노프레트는 예쁘고 야비한 악녀'라고 말했을 때 호리는 뭐라고 했던가?

"레니센브, 당신은 어린애 같군요."

어제 그녀가 한 말은 아무 의미도 없는 것이었다. 한 인간을 그렇게 속단할 수 없는 거니까! 어떤 비애와 괴로움, 어떤 절망이 그녀의 차가운 미소 뒤에 감춰져 있는 걸까? 레니센브 자신은——아니, 집안 사람 모두가 노프레트에게 적의를 갖고 있지 않았던가!

레니센브는 수줍은 어린아이처럼 말을 걸었다.

"당신은 우리들을 무척이나 미워하고 있을 거예요. 왜 그런지도 알아요. 우리가 너무도 불친절했으니까요. 그러나 지금부터라도 늦지 않았어요. 우리…… 당신과 나는 서로 자매처럼 지낼 수 없을까요? 당신은 친했던 사람들과 멀리 떨어진 이곳에서 혼자뿐이잖아요. 내가 도울 게 없을까요?"

그녀는 앞뒤 없이 말을 이어가다가 그만 입을 다물었다. 노프레트가 천천히 돌아보았다.

몇 분 동안 그녀의 얼굴엔 아무 표정도 떠오르지 않았다. 레니센브의 생각엔 잠시 동안 그녀의 눈에 부드러움이 어리는 걸 본 것 같았다. 이른 아침의 고요, 투명하고 평화로운 정경 속에서 노프레트는 주저하고 있었다. 어쩌면 레니센브의 말이 그녀의 내부 한 귀퉁이에 남아 있던 부드러운 속마음을 건드렸는지도 모른다.

묘한 순간이었다. 레니센브가 두고두고 잊지 못할 순간이었다.

그때 차츰 노프레트의 표정이 달라졌다. 얼굴에는 악의가 가득차더니 눈동자가 이글거렸다. 그녀의 눈이 증오와 적의로 타오르는 것을 보고 레니센브는 자기도 모르게 한 발 물러섰다.

노프레트는 목소리를 깔고 쏘아붙였다.

"저리 가요! 당신들에게선 아무것도 기대하지 않아요. 멍청한 바보들, 당신들 모두 바보라고요……."

그녀는 잠시 사이를 두었다가 요란한 발소리를 내며 집으로 향했다.

레니센브는 천천히 그녀를 따라갔다. 정말 이상스럽게도 노프레트의 말이 그녀를 화나게 하지 않았다. 노프레트가 한 말들은 그녀의 증오와 회한의 그늘진 심연을 열어 보인 것에 지나지 않았으므로……. 그것은 이제껏 그녀가 경험해 보지 못한 것이었다. 레니센브는 노프레트가 느끼고 있음직한 감정들이 얼마나 고통스러울까 하는 생각을 하다가 머리가 혼란스러워지는 것을 느꼈다.

노프레트가 대문에 들어서서 정원을 지나려는데, 카이트의 아이 하나가 공을 주으려고 그녀 있는 곳으로 뛰어왔다.

그녀는 화를 내며 그 아이를 밀쳐냈고, 밀쳐진 아이는 땅에 쓰러져 엉엉 울어댔다.

레니센브는 달려가 우는 아이를 일으켜 세우고는 화를 내며 말했다.

"무슨 짓이에요, 노프레트! 보세요, 당신이 다치게 했어요. 턱이 까졌잖아요."

노프레트가 깔깔거리며 웃었다.

"그럼, 날더러 이런 개구쟁이 녀석들이 다치지 않게 주의하란 말이에요? 왜요? 이 애들의 어머니는 내 기분을 다치지 않게 하려고 신경을 쓰던가요?"

카이트는 딸애의 울음소리가 나자 집에서 뛰어나왔다. 달려와서는 아이가 다친 것을 살피더니 노프레트에게 몸을 돌렸다.

"악마, 독사! 사악한 것! 기다려 봐. 너에게 우리가 어떻게 할지 똑똑히 봐두라고!"

그녀는 온 힘을 팔에 모아 노프레트의 얼굴을 힘껏 때렸다. 레니센브는 소리를 지르며 카이트가 또 때리려는 팔을 붙잡고 싸움을 말렸다.

"카이트, 카이트, 이러면 안 돼요!"

"그게 무슨 소리야? 노프레트가 뭐나 되나? 여기에 있는 많은 사람들 속에서 혼자일 뿐인데."

노프레트는 잠자코 서 있기만 했다. 볼에는 카이트의 손자국이 빨갛게 남아 있었다. 카이트의 팔찌에 있던 장식에 긁혔는지 눈가에 붉은 피가 방울져 있었다.

그런데 노프레트의 표정은 레니센브에게는 알 수 없는 것이었다. 그렇다. 그건 그녀를 오싹하게 하는 그런 표정이었다. 노프레트는 전혀 화내지 않았다. 차라리 눈에는 야릇한 승리의 빛이 반짝이고 있었으며, 입술은 고양이처럼 양끝이 위로 올라가 만족한 웃음을 짓고 있었다.

"고마워요, 카이트."

노프레트는 한마디 던지더니 집 안으로 사라졌다.

2

눈을 내리깔고 가벼운 콧노래를 흥얼거리던 노프레트는 헤네트를 불렀다.

헤네트는 달려와서 우뚝 멈춰 서더니 놀라 소리를 쳤다. 노프레트는 헤네트를 조용하도록 시킨 다음 말했다.

"카메니를 불러와요. 펜과 잉크와 파피루스를 가져오라고 이르고, 주인님께 편지 쓸 일이 있다고 전해요."

헤네트의 시선이 노프레트의 볼에 찍힌 손찌검 자국에 고정됐다.

"주인님께…… 예, 알겠습니다……."

대답하고 그녀는 물었다.

"누가 그렇게 했나요?"

"카이트."

노프레트는 조용히 미소지으며 아까의 기억을 떠올렸다. 헤네트는 고개를 설레설레 저으며 혀를 찼다.

"이럴 수가…… 정말 이럴 수가…… 틀림없이 주인님께 알려드려야 합니다……. 예, 주인님께서 아셔야 하고말고요……."

노프레트가 담담하게 말했다.

"헤네트, 당신과 나는 비슷한 생각을 하고 있었군요. 그럴 거라고 생각은 했었지요."

그녀는 자신의 리넨 옷에 붙어 있던 자수정을 금으로 세팅한 장식에서 떼내어 헤네트의 손에 쥐어 주었다

"헤네트, 당신과 나는 임호테프의 행복을 진심으로 바라고 있어요."

"이런 건 저에겐 과분합니다. 당신은 정말 자상하시군요. 참으로 잘 다듬어진 물건이에요."

"임호테프와 나는 충성된 일꾼에겐 꼭 감사를 표하지요."

노프레트는 조용하게 웃으면서 눈을 가늘게 떴다. 역시 고양이 같은 모습이었다.

"자, 이제 카메니를 불러와요. 아, 당신도 같이 와요. 당신도 카메니와 함께 증인이 되어야 할 테니까."

카메니는 내키지 않는다는 듯 일그러진 얼굴로 왔다. 노프레트가 도도한 어투로 말했다.

"임호테프가 떠나기 전에 당신에게 지시한 사항을 잊지는 않았겠지요?"

"예."

"지시에 따를 일이 생겼어요. 거기 앉아서 이제 내가 말하는 것을 받아써 주세요."

여전히 내키지 않는다는 듯한 카메니를 보고 그녀는 덧붙여 말했다.

"당신이 이제 쓸 내용은, 당신이 직접 눈으로 목격하고 귀로 들은 거예요. 내 말엔 헤네트가 증인이 돼 줄 거예요. 편지는 비밀리에 속달로 부치도록 하세요."
카메니가 천천히 대꾸했다.
"별로 마음에 내키지가 않는군요……."
노프레트가 화를 냈다.
"난 레니센브의 험담을 하려는 게 아니에요. 그 여자는 마음이 약하고 우유부단한데다가 좀 멍청한 구석이 있긴 하지만, 나를 해치려고는 않아요. 그러니 그런 염려는 안 해도 좋아요."
카메니의 구릿빛 얼굴이 더욱 붉어졌다.
"그런 게 아니라……."
노프레트가 말을 가로챘다.
"나도 알아요. 자, 그러니…… 이제 당신의 일을 이행하도록 하세요. 쓰세요."
노프레트가 부드러운 목소리로 말했다. 헤네트도 옆에서 거들었다.
"자, 쓰세요. 저도 이번에 얼마나 놀랐는지 몰라요. 너무 끔찍해요. 주인님께선 마땅히 아셔야 합니다. 그분께는 그럴 권리가 있어요. 별로 유쾌한 일은 아니지만 임무는 임무니까요. 저는 항상 그런 생각을 갖고 있답니다."
노프레트는 재미있다는 듯 웃었다.
"나도 그렇게 생각해요, 헤네트. 당신은 당신이 할 일을 다해야 하는 거예요! 카메니 역시 자기의 소임을 다하면 되는 거고요. 그리고 난…… 나는 내가 하고 싶은 일을 하면 되는 거죠."
그러나 아직도 카메니는 망설이고 있었다. 그의 얼굴은 부루퉁하니 화가 나 있었다.
"별로 하고 싶지 않은 일인데요. 노프레트, 좀더 생각할 시간을 갖는 편이 좋을 것 같습니다."

"당신이 나한테 그런 말을 할 수 있는 건가요?"

카메니는 그녀의 화난 목소리에 기가 죽은 듯했다. 그는 그녀의 시선을 피했다. 그러나 부루퉁한 표정은 여전했다.

"조심해요, 카메니. 나는 임호테프에게 커다란 영향력을 끼칠 수 있는 사람이에요. 그분은 내 말이라면 껌벅 죽는다고요. 하긴 당신을 꽤 믿고 있는 모양이지만……."

그녀는 의미심장하게 말을 끊었다.

카메니가 따지듯 물었다.

"날 위협하고 있는 겁니까, 노프레트?"

"아마 그럴지도 모르죠."

잠시 동안 그는 성난 얼굴로 그녀를 노려보았다. 그렇지만, 결국 고개를 떨어뜨렸다.

"당신 말대로 하겠소, 노프레트. 하지만…… 그래요, 언젠가는…… 당신은 후회하고 말 거요."

"카메니, 당신이 나를 위협하는 건가요?"

"당신에게 경고하고 있을 뿐……."

제8장

겨울 둘째달 10일

하루하루가 저물었고, 때로 레니센브는 꿈속에서 사는 게 아닌가 싶을 때도 있었다.

그녀는 더 이상 노프레트에게 쑥스러워하면서 말을 거는 일은 하지 않았다. 그녀는 노프레트에게 막연한 두려움 같은 것을 느끼고 있었다. 노프레트에겐 자신이 공감할 수 없는 무언가가 있었다.

정원에서의 일이 있었던 날부터 노프레트는 달라졌다. 레니센브가 알아차릴 수 없는 일종의 자기 만족 같은 것이 노프레트에게서 느껴졌다. 이따금씩 노프레트를 매우 수심에 가득찬 여자로 보았던 자신의 눈이 우스웠다는 생각도 들었다. 노프레트는 여기에서의 삶에, 자기 자신에게, 그리고 주위 환경에 대단히 흡족해 하는 것 같았다.

그러나 실제로 그녀의 환경은 보다 더 악화되어 있었다. 임호테프가 떠난 뒤, 노프레트는 집안 사람들을 분열시키고 이간질하는 것을 자기 계획대로 이루었다. 최소한 레니센브가 보기에는 그랬다.

하지만, 지금은 온 식구들이 뭉쳐서 이 침입자에 맞서고 있었다.

사티피와 카이트 사이의 마찰도 없어지고, 사티피가 남편을 못살게 구는 일도 자취를 감췄다. 소벡도 예전처럼 건들거리지 않고 신중해졌다. 막내 이피도 형들에게 더 이상 불손한 태도를 보이거나 말을 함부로 하지 않았다. 다시 말해, 가족들간에 새로운 협동의 모습이 생겨난 것이다. 그렇다고 이런 조화로운 모습이 레니센브를 안정시켜주지는 못했다. 이런 협동의 모습 저변에는 노프레트의 그 집요하고 악착 같은 음모가 도사리고 있었기 때문이다.

사티피와 카이트는 더 이상 노프레트와 부딪치려 하지 않고, 아예 피했다. 두 사람 모두 노프레트와는 말을 하지 않았으며, 그녀가 나타나면 아이들을 데리고 다른 곳으로 가버리는 것이었다.

그럴 즈음 괴상하고 불쾌한 작은 사고들이 일어나기 시작했다. 노프레트의 리넨으로 만든 옷이 다리미질에 타버리고 다른 옷들도 물감으로 얼룩져 있었다. 때로는 옷 속에 날카로운 가시가 들어 있을 때도 있었고, 침대 옆에 전갈이 놓여 있을 때도 있었다. 그녀의 요리에 조미료가 너무 들어가서 먹을 수 없게 되어 있는 경우도 있었고, 양념이 전혀 되어 있지 않은 적도 있었다. 심지어 그녀의 빵 속에 죽은 쥐가 들어 있었던 일도 있었다.

그것은 조용하고 야비하며 치사한 박해였다. 드러나는 것도 없고 종잡을 수도 없는…… 본질상 여자가 꾸민 듯한 말없는 시위였다.

그 무렵, 하루는 에사가 사티피와 카이트, 레니센브를 불러모았다. 세 여자가 에사의 방에 들어가 보니 이미 헤네트가 와 있었다. 예의 그 비굴한 태도로.

에사는 항상 그렇듯이 야릇한 표정을 지으며 그들을 살펴보았다.

"하! 영리한 손주며느리와 손녀딸이 왔구먼. 너희들은 자신들이 대체 무슨 짓들을 하고 있는지를 알고나 있느냐? 노프레트의 옷을 망쳐 놓고, 먹을 수 없는 음식을 차려놓고…… 도무지 어쩌려고들

그러는지 몰라!"
사티피와 카이트는 미소를 띠었다. 그리 유쾌하지만은 않은 미소였다.
사티피가 먼저 물었다.
"노프레트가 불평하던가요?"
에사는 집안에서 항상 쓰고 있는 가발을 살짝 올리며 대답했다.
"아니, 그 애는 아무 말도 안 했다. 그래서 더 걱정이 되는 게야."
사티피가 고개를 세우고는 당당히 말했다.
"걱정 같은 건 안 해요, 우린."
에사가 말을 가로막았다.
"그건 너희들이 바보이기 때문이다. 노프레트는 너희 셋 중 누구보다도 똑똑한 애야."
사티피가 말했다.
"글쎄요, 두고 봐야겠는데요."
그녀는 기분이 좋은 듯 흐뭇해 하는 모습이었다.
에사가 물었다.
"너희들, 무슨 작당들을 하고 있는 게지?"
사티피의 얼굴이 굳어졌다.
"할머님께선 늙으셨어요. 물론 저희들은 존경한다고 말할 수 있지요. 그러나 이 일은 남편과 자식을 둔 저희들에게는 할머님이 생각하시는 그런 문제가 아니에요. 저희들이 직접 이 문제를 해결하고 싶을 따름이에요. 우리를 싫어하고 받아들일 줄 모르는 그런 여자를 어떻게 길들여야 하는지, 그 방법을 저희들은 알고 있답니다."
에사가 이죽거리며 말했다.
"좋은 말이다. 아주 좋아. 하지만, 좋은 말은 맷돌을 가는 노예 계집애에게서도 들을 수 있지."

뒤에 있던 헤네트가 한숨을 쉬며 참견했다.
"할머님 말씀이 지당하세요."
에사가 그녀를 돌아보며 말했다.
"헤네트, 노프레트가 요즘 돌아가고 있는 일에 대해 뭐라더냐? 너는 알 게야. 너는 항상 그 여자 시중을 들고 있는 모양이니."
"저는 임호테프 주인님의 분부대로 하고 있을 따름이죠. 물론 좀 꺼림칙하지만요. 여하튼 주인님의 명령인걸요. 제가 그 일을 하고 있어 할머님께서 어떻게 생각하실는지 모르지만……."
에사는 그 어눌한 목소리를 자르며 말했다.
"네 말은 잘 알겠다. 언제나 열심히 일하고 있는데도 고맙단 소리 한마디 못 들어 봤다는 거 아니냐? 노프레트가 뭐라고 하더냐? 내가 묻고 싶은 건 그거야."
헤네트가 고개를 저었다.
"아무 말도 없으세요. 그저 웃기만 하시죠."
"그럴 거야."
에사는 옆에 놓여 있던 접시에서 대추를 집어 조금 깨물어 보더니 한 알을 씨째 입에 넣었다. 그리고는 별안간 심술이 난 목소리로 꾸짖었다.
"너희들은 진짜 멍텅구리들이구나, 모조리 다. 힘을 갖고 있는 건 노프레트지 너희들이 아냐. 너희들은 노프레트가 쳐놓은 덫에 걸려든 거야. 오히려 노프레트를 즐겁게 해주는 결과를 초래하고 있단 말이다!"
사티피가 반박했다.
"말도 안 돼요! 노프레트는 많은 사람들 중에 혼자예요. 개밥의 도토리죠. 그녀가 무슨 힘이 있겠어요?"
에사가 으스스한 분위기로 말했다.

"늙은 남자와 결혼한 젊고 아름다운 여자의 힘이란다. 그게 무시하지 못할 힘이란 것을 나는 알지."
그리고 홱 고개를 돌리더니 말했다.
"내가 무얼 말하는지 헤네트는 알고 있겠지!"
헤네트는 놀라 움찔했다. 그리고 한숨을 내쉬더니 손바닥을 비비기 시작했다.
"주인님은 그 여자를 무척 사랑해 주시지요. 사실이에요. 예, 정말 그래요."
에사가 그녀에게 명했다.
"주방에 가서 대추와 시리아산 포도주를 가져오너라. 그래, 벌꿀도 가져오고."
헤네트가 주방으로 가자 에사가 말했다.
"뭔가 불길한 예감이 들어. 나는 그 냄새를 맡을 수 있지. 사티피, 네가 이번 일을 지휘하고 있는 모양이다만, 제 꾀에 제가 넘어가는 일이 없도록 해라. 네가 머리를 굴리고 있는 동안 노프레트의 함정에 빠지지 않도록 조심하는 게 좋을 게야."
그녀는 등받이에 몸을 기대고 눈을 감았다.
"내 충고는 이것으로 끝났다. 자, 이제 가서 일들 봐라."
세 여자는 연못을 향해 걸어갔다. 걸으면서 사티피가 어이없다는 듯 말했다.
"우리가 노프레트의 함정에 빠질 거라니? 내 참 기가 막혀서. 할머님은 너무 연로하셔서 가끔 엉뚱한 생각을 하시게 되나 봐. 노프레트를 손아귀에 넣은 것은 바로 우린데 말야. 그 여자가 아버님께 일러바칠 명분이 될 만한 증거는 하나도 남기지 않았어. 게다가 노프레트가 이곳에서 견뎌내기 힘들게 만들 방법도 준비되어 있거든."

레니센브가 거의 울부짖다시피 말했다.

"언니는 잔인해요. 잔인하다고요."

사티피는 재미있다는 듯 쳐다보았다.

"아가씨, 노프레트를 아끼는 체 꾸미지 마세요."

"난 그녀를 좋아하지 않아요. 그러나 언니의 말은 꼭 앙심을 품고 있는 것처럼 들려요."

"나는 우리 애들과 야모스를 생각해서 이러는 거예요. 나는 마음이 약하지도, 굴욕을 참아 넘길 여자도 아니에요. 나에겐 야심이 있어요. 기꺼이 그 여자의 목을 딸 수도 있어요. 하지만, 그게 그리 간단한 일만은 아니더군요. 아버님의 화를 돋우면 모든 게 수포로 돌아가니까요. 하지만…… 결국엔…… 어떻게 잘될 거예요."

2

뜻밖에 날아든 임호테프의 편지는 청천벽력과도 같았다. 말문이 막힌 야모스, 소벡, 이피 세 사람은 다만 멍하니 편지를 읽고 있는 호리의 얼굴만 쳐다보았다.

내 연인에게 무슨 좋지 않은 일이 생기면, 야모스, 네게 그 책임을 묻겠다고 말한 바 있었지? 이번 일로 너는 나에게 반기를 든 것이고, 나도 너를 받아들일 수 없다. 네가 내 사람 노프레트를 아껴 주지 않는다니, 나도 너를 한 지붕 아래 둘 생각이 없다. 너는 나의 피를 받은 자식이 아니라고 생각하겠다. 소벡과 이피도 마찬가지다. 모두 내 첩에게 해로운 짓만 했기 때문이다. 이 사실을 카메니와 헤네트도 인정하고 있다.

나는 너희들을 하나도 남김없이 내 집에서 내쫓아 버릴 작정이다! 이제껏 나는 너희들을 먹여 살렸다. 하지만, 더 이상은 도와

주지 않겠다.

호리는 한숨을 돌린 뒤 계속 읽어 나갔다.

　묘소지기 제관 임호테프가 호리에게 띄운다. 충성된 자네가 건강하고 평안하게 지내고 있는지 궁금하다. 나의 어머니 에사, 딸 레니센브에게도 안부 전하기 바란다.
　헤네트에게도 안부 전해라.
　내가 도착할 때까지 묘소 일을 책임져 줄 것을 신신당부한다. 그리고 노프레트가 내 아내의 자격으로 내 재산 모두를 공유한다는 내용의 서류를 준비해 놓도록 해라. 내 아들 야모스와 소벡은 내 공동경영자로 삼지 않겠고, 그 애들의 부양도 이젠 않겠다. 그들이 내 사람에게 불손했으므로, 그들과는 혈연의 정을 끊으려고 한다. 내가 돌아갈 때까지 그곳의 모든 관리를 자네에게 위임한다.
　가족들이 내 연인에게 못되게 구는 것만큼 나쁜 일도 없다. 이피에게도 경고하여, 앞으로 내 첩에게 조금이라도 해코지를 하면 그 애도 내 집을 떠나야 한다는 걸 명심하도록 일러주기 바란다.

모든 게 정지해 버린 듯한 침묵이 흘렀다. 마침내 소벡이 떨치듯 일어섰다.
"어째서 이렇게 되었지? 아버지는 무슨 말을 들은 거야? 누가 아버지에게 이런 거짓말을 늘어놓은 거야? 우리가 이러고도 가만히 있어야 되는 거냐고? 우리와 인연을 끊고 모든 재산을 첩에게 주겠다고? 절대 그럴 순 없어!"
호리가 침착하게 나섰다.
"길 가는 사람 누구에게 물어 봐도 옳다고 말하는 사람은 없을 겁니다. 그게 합당한 처사라는 소리는 못 듣지요. 그러나 법률적 권리는 아버님에게 있는 겁니다. 그분 마음대로 서류는 작성될 수 있는 거니까요."

"그 여자가 아버지를 홀렸어. 가무잡잡하고 거만한 뱀이 아버지에게 주문을 건 거야!"

야모스는 아직도 영문을 모르겠는지 그저 중얼거리고만 있었다.

"믿을 수 없어. 설마 그럴 수가."

이피가 정신없이 소리쳤다.

"아버지는 제정신이 아니에요. 돌아버리셨다고요! 그 여자 꾐에 넘어가 나까지 외면하시다니!"

호리가 가다듬은 목소리로 말했다.

"주인님은 이제 곧 돌아오십니다. 그러마고 하셨으니까요. 그때쯤에는 어느 정도 진정을 하시겠지요. 말씀처럼 속으로도 그렇게 생각하고 계시지는 않을 거라고 봅니다."

누군가의 짧고도 불쾌한 웃음소리가 들려왔다. 사티피가 웃고 있었다. 그녀는 여자들의 거처로 통하는 문가에 선 채 그들을 지켜보고 있었다.

"그러니까 우리가 할 수 있는 일이란 게 그것뿐이란 말이군요. 과연 뛰어난 호리다워요. 잠자코 기다려 보잔 말이지요?"

야모스가 힘이 빠져 말했다

"우리가 할 수 있는 일이 그밖에 뭐가 있겠소?"

사티피의 목소리가 높아지더니 소리를 질렀다.

"그밖에 무슨 일? 대체 당신 핏줄 속엔 뭐가 흐르고 있는 거죠? 우유? 야모스, 당신은 남자도 아니에요! 그러나 소벡 서방님, 당신마저 이런 부당한 일을 그저 구경이나 하시진 않겠지요? 칼을 심장에 꽂기만 하면 그것으로 그 여자는 더 이상 우릴 어쩌지 못하잖아요."
야모스가 뛰어들었다.
"사티피, 그러면 아버지가 우릴 용서하실 것 같소?"
"그런 말밖엔 못하시는군요. 죽은 첩과 살아 있는 첩은 달라요! 일단 그녀가 죽은 뒤엔 아버님 마음도 자식과 손주들에게 돌아설 수밖에 없는 거예요. 더구나 그녀가 어떻게 죽었는지 모르게 하면 되잖아요. 전갈에 물렸다고 하면 되는 거예요! 우리 모두 이 일에 가담하면 돼요. 그렇지 않나요?"
"결국 아버지는 아시게 될 거요. 헤네트가 일러바칠 게 뻔하잖소."
사티피가 신경질적으로 웃어댔다.
"구더기 무서워 장 못 담그는 격이로군요! 당신은 언제나 소심한 겁쟁이예요! 뒤에서 아이들이나 보살피며 가사나 돌보는 게 나을 거예요! 오, 신이여, 사내답지 못한 남자와 결혼한 저를 불쌍히 여기소서!

소벡 서방님은 어떻게 된 거지요? 거드름이나 피운다고 되는 일이 아니잖아요. 그러고도 패기 있는 남자라고 할 수 있나요? 결단력이 있다고요? 리 신 앞에 맹세해도 좋아요. 당신들 두 남자보다는 내가 더 용감하다고요."
그녀는 몸을 돌리더니 재빨리 나가 버렸다.
그녀의 뒤에 있던 카이트가 한 발 나서서 거들었다. 낮고 떨리는 목소리였다.
"사티피 형님 말이 맞아요! 형님이 당신들보다 용감하지요. 아주버님, 당신, 도련님…… 당신들은 어쩜 그렇게 무기력하게 대책 없이 앉아 있는 거예요?

소벡, 우리 애들은 어떻게 되는 거죠? 굶어 죽어도 좋아요? 좋아요, 당신들이 속수무책이라면 나라도 하겠어요! 당신들은 도무지 쓸 만한 남자들이 못 되니까요."

그러고는 그녀도 사티피가 사라진 쪽으로 나갔다. 소벡이 벌떡 일어섰다.

"그래, 에니드의 아홉 신께 맹세코 카이트의 말이 맞아. 남자로서의 할 일이 있는데, 우리는 탁상공론에만 골몰해 있으니."

그는 문가로 성큼성큼 걸어갔다.

호리가 그를 불렀다.

"소벡, 소벡, 어디로 가는 겁니까? 대체 뭘 하려고 하는 거지요?"

소벡은 그 잘생긴 얼굴에 냉혹한 표정을 떠올리며 소리쳤다.

"뭔가, 뭔가를 해야지. 그것만은 확실한 거야. 더구나 그것도 즐기면서 할 거란 말이지!"

제9장

겨울 둘째달 10일

레니센브는 현관을 나서서 손으로 눈을 가리고 잠시 멈춰 서 있었다. 갑자기 햇빛이 쏟아지는 밖으로 나와 눈이 부셨기 때문이다.

그녀는 알 수 없는 두려움에 가슴이 울렁거렸다. 그녀는 계속 같은 말을 중얼거리고 있었다.

"노프레트에게 알려줘야 해……. 그녀에게 말해줘야 하는데……."

그녀의 등 뒤로는 남자들의 말소리가 들려오고 있었다. 호리와 야모스의 소리가 간간이 섞여 있고, 이피의 높고 카랑카랑한 소년 같은 목소리도 들렸다.

"형수님들의 말이 맞아요. 이 집안에는 남자다운 남자는 하나도 없다는 게! 그러나 난 남자예요. 나이는 아직 어리지만, 정신 연령은 어른과 다름없지요. 노프레트, 그 여자는 나를 마치 어린애 다루듯 했고, 날 무시했습니다. 보십시오, 내가 어린애가 아니라는 걸 분명히 보여 주고 말테니. 아버지가 역정내신다고 해도 난 두려울 게 없습니다. 아버지는 속고 있어요. 그 여자는 아버지에게 주문을 걸고 있는 거예요. 그 여자만 없애 버린다면 아버지 마음은 다시 내게로 돌아올 거예요. 여기 나에게로 말이죠! 아버지가 가장 총애하던 아들은 바로 나니까요.

형님들도 나를 어린애로만 대하셨지요. 그러나 두고 보십시오. 본때를 보여 주겠어요!"

밖으로 뛰쳐 나가려다가 그는 레니센브와 부딪쳐 그녀를 쓰러뜨릴 뻔했다.

레니센브가 그의 소매를 잡아 세웠다.

"이피, 이피, 어디 가는 거야?"

"노프레트를 찾으러. 그 여자가 더 이상 나를 비웃는지 어떤지 봐야겠어."

"잠깐만 기다려, 제발 진정해. 우린 지금 성급하게 굴어선 안 돼."

이피가 비웃었다.

"성급하다고? 누님도 야모스 형과 같군요! 신중해라! 조심해라! 서두르면 아무것도 되지 않는다! 큰형님은 늙은 할망구예요. 그리고, 작은형님도 말로만 큰소리치는 거고. 누님, 날 내버려 둬요."

그는 레니센브에게 잡힌 자기의 옷소매를 빼내려고 했다.

"노프레트, 어디 있죠, 노프레트?"

헤네트가 어쩔 줄을 몰라 하면서 밖으로 나왔다.

"아이고, 이 일을 어쩌나? 야단났어요. 야단났어요. 우리는 이제 어떻게 되는 거지요? 돌아가신 마님이 뭐라 하시겠어요?"

"노프레트는 어디 있지, 헤네트?"

이피가 물었다.

레니센브가 소리를 질렀다.

"가르쳐 주지 말아요."

그러나 헤네트는 냉큼 대답했다.

"뒤쪽으로 나가셨어요. 삼밭 쪽으로."

이피는 집을 지나 그쪽으로 뛰어갔다.

레니센브가 한마디 했다.

"가르쳐 주지 말랬잖아요, 헤네트!"

헤네트가 투덜거렸다.

"당신은 이 늙은 헤네트가 못미더우시군요? 왜 저를 인정해 주지 않으세요. 노프레트 아씨는 저기…… 정자 안에…… 카메니와 함께 있답니다."

그녀는 정원 저쪽을 턱으로 가리키는 것이었다. 그러고는 일부러 목소리를 높여 다시 강조했다.

"카메니와 함께 있지요."

그러나 레니센브는 벌써 정원을 가로지르고 있었다.

테티가 연못 쪽에서 나무상자를 끌면서 엄마에게로 달려왔다. 레니센브는 자기 아이의 어깨를 양손으로 잡았다. 그러고는 가슴에 안으면서 생각했다. 그녀는 사티피와 카이트, 두 올케를 거세게 부추긴 힘이 무엇인지 알 것 같았다. 그들은 모두 제 아이들을 위해 투쟁하고 있는 것이다.

테티가 작은 목소리로 안달하듯 말했다.

"꽉 안지 마, 엄마, 답답해. 엄마 때문에 아프잖아."

레니센브는 테티를 놓아 주었다. 그녀는 천천히 정원을 지나갔다. 정자 저쪽 옆에 노프레트와 카메니가 서 있는 모습이 보였다. 그녀가 다가가자 그들은 고개를 돌려 그녀를 쳐다보았다. 레니센브는 단숨에 말했다.

"노프레트, 당신에게 알려 줄 게 있어서 왔어요. 조심해야 돼요. 잘 처신하지 않으면 위험해요."

야유하는 듯 재미있어하는 듯한 표정이 노프레트의 얼굴을 스쳤다.
"개들이 이제 짖어대기 시작했다는 건가요?"
"그들은 매우 화가 나 있는 상태예요. 당신을 다치게 할 수도 있어요."
노프레트는 고개를 저었다. 자신만만한 모습이었다.
"아무도 나를 다치게 할 수 없어요. 만일 그런 일이 있으면 곧바로 임호테프의 귀에 들어갈 텐데요. 그렇게 되면 즉시 보복이 있게 마련이죠. 그들도 이성을 되찾으면 아마 그 정도 염두에 둬야 한다는 걸 알게 되겠죠."
그녀는 웃고 있었다.
"멍텅구리들…… 쓸데없이 짓궂은 장난질이나 모욕이 뭐 대순가! 그 모두 내가 의도하던 바인데……."
레니센브가 천천히 말했다.
"그렇다면 이제까지 있었던 모든 일들은 당신이 꾸민 것이었나요? 그것도 모르는 나는 당신을 동정하고…… 그저 우리들이 당신에게 너무 친절하지 못하다고만 생각했으니! 이제 동정 따윈 않겠어요……

당신은 아주 나쁜 여자예요, 노프레트, 최후의 심판 날에 42가지의 죄를 부인한다 해도 당신이 '아무것도 나쁜 짓을 한 적이 없습니다'라고 말할 순 없을 거예요. '전 욕심이 많지 않았어요'라고도 못할 거예요. 그리고, 당신의 심장을 진리의 깃털과 함께 저울에 올려놓는다면 당신 심장이 훨씬 가볍다는 게 밝혀질 거예요."
노프레트의 얼굴이 일그러졌다.
"당신, 갑작스레 신앙심이 깊어지기라도 했나 보죠? 난 당신을 해치지는 않아요. 당신에 관한 한 나쁜 말은 한마디도 안 했어요. 카메니에게 물어보면 알 수 있을 거예요."

말을 마치고 그녀는 정원을 지나 현관 층계를 올라갔다.
레니센브는 카메니에게 몸을 돌렸다.
"그러니까 카메니, 당신이었군요? 우리가 이 지경이 되도록 그녀를 도와준 게."
카메니가 열띤 어조로 말했다.
"나에게 화났죠, 레니센브? 그러나 내가 어떻게 했어야 좋았겠습니까? 임호테프 주인님이 떠나시기 전, 노프레트가 부르는 대로 편지를 쓰라고 단단히 지시하고 가셨기 때문에 난 어쩔 도리가 없었습니다. 레니센브, 날 욕하진 마십시오. 달리 어쩔 방도가 없었어요."
레니센브가 힘없이 말했다.
"그래요, 당신을 탓할 수는 없지요. 당신은 그저 아버지의 명령에 복종할 수밖에 없었을 테니까요."
"나도 그 일을 안 하려고 했습니다. 그러나 진정코 말씀드릴 수 있는 것은 당신을 깎아내리는 말은 한마디도 쓰지 않았다는 겁니다."
"그런 건 신경쓰지 않아요!"
"그러나 나는 그럴 수가 없습니다. 노프레트가 내게 무엇을 시킨다 해도 당신을 난처하게 만들 말은 한 자도 쓸 생각이 없습니다. 레니센브, 제발 날 믿어 줘요."

레니센브는 혼란스러운 듯 머리를 흔들었다. 카메니의 열띤 변명 같은 것은 아무래도 상관없다는 생각밖에 들지 않았다. 그녀는 카메니가 자기의 기대를 저버렸다는 생각에 마음이 상하고 화가 났다.

그러나 실상 그는 피를 나눈 형제도 아니고 그저 남일 뿐. 아버지가 북쪽 어디에서 데려온 한 고용인에 지나지 않는다. 그는 새로 고용된 서기이며, 고용주의 명령에 그대로 따라야만 하는 것이 아닌가?

카메니는 계속 주장하고 있었다.

"나는 사실밖엔 쓰지 않았습니다. 거짓말은 결코 쓴 적이 없습니다. 맹세할 수 있습니다."

"물론 거짓말을 쓰지는 않았겠지요. 노프레트가 그렇게 어리석은 짓을 시키지는 않았을 테니까."

에사 할머니가 꿰뚫어본 대로였다. 사티피와 카이트가 자신있게 추진했던 가해 행위는 바로 노프레트의 의도에 발을 맞춘 꼴이 된 것이다. 아무도 노프레트의 그 고양이 같은 미소를 이해하지 못했던 이유도 바로 그것이다.

레니센브는 자기 머릿속의 상념을 좇다가 중얼거렸다.

"그녀는 나빠요. 예, 그래요!"

카메니도 동의했다. "예, 마귀예요."

레니센브는 의아한 듯 그를 바라보았다. "당신은 이곳에 오기 전부터 그녀를 알고 있었지요? 멤피스에서?"

카메니는 얼굴을 붉히더니 좀 당황해하는 것 같았다.

"잘은 모르지만…… 그녀에 대해 들은 적은 있지요. 자존심이 강한 소녀, 야심에 차 있고 좀 딱딱한 성품…… 거기다 남을 용서할 줄 모른다는, 뭐 그런 얘기였습니다."

레니센브는 갑자기 참을 수 없다는 듯 머리를 뒤로 세게 흔들었다.

"믿어지지 않아요. 아버지가 편지로 엄포놓으신 그대로 하실 리가 없어요. 지금은 노여워하고 계시겠지만…… 그래도 그런 부당한 일을 하시진 않을 거예요. 돌아오시면 모두 용서하실 거예요."

"주인님이 돌아오시면, 노프레트가 그분 마음이 변하지 않게 할 거라고 봅니다. 레니센브, 당신은 노프레트에 대해 모르고 있습니다. 그녀는 매우 영리하고, 결심했다 하면 그걸 꼭 기억했다가 이행하는 여자예요. 게다가 미모까지 갖췄지요."

레니센브도 동의했다.

"예, 그녀는 아름답지요."

그녀는 일어섰다. 노프레트가 아름답다는 생각을 하노라면 왠지 그녀의 마음이 아파 오는 것이다.

2

레니센브는 오후 시간을 아이들과 놀면서 보냈다. 아이들과 놀다보니 그녀 마음속의 알 수 없었던 고통들이 차츰 사라져갔다. 땅거미가 질 무렵에는 그 고통을 다 떨쳐 버릴 수가 있었다. 레니센브는 머리를 단정하게 뒤로 넘기고, 구겨진 옷을 매만지면서 사티피와 카이트가 왜 언제나처럼 나와보지 않는 걸까 하고 의아해 했다. 카메니는 벌써 정원에서 사라진 지 오래다.

레니센브는 집을 향해 천천히 발걸음을 옮겼다. 거실은 비어 있었다. 거실을 지나 여자들 방이 있는 쪽으로 걸어갔다. 에사 할머니는 자기 방 한 귀퉁이에서 고갯짓을 하고 있었고, 노예소녀들은 리넨 시트를 쌓아올리고 있었다.

주방에선 세모난 빵을 굽고 있었다. 그밖에 다른 사람은 없었다. 이상한 공허감이 레니센브의 마음을 무겁게 했다. 다들 어디로 간 거지?

호리는 아마 묘소로 올라갔을 것이다. 야모스는 호리와 함께 있거나 아니면 밭에 나가 있을지도 모른다. 소벡과 이피는 가축들을 돌보고 있든지, 어쩌면 옥수수 창고에서 일하는 중일 것이다. 그러나 사티피와 카이트는 어디에 있는 것일까? 그리고 그래, 노프레트는?

노프레트의 강한 화장품 냄새만이 그녀의 빈 방을 가득 채우고 있었다. 레니센브는 문가에 서서 작은 목침, 보석 상자, 수북하게 쌓여 있는 팔찌와 파랗게 윤이 나는 갑충석 *(옛 이집트에서 딱정벌레 모양으로 조각한 보석. 그 바닥 평면에 기호를 새겨 부적, 또는 장식품으로 썼음)*

으로 된 반지와 귀걸이들을 바라보았다. 향수, 화장품, 옷, 마직 천, 샌들…… 이런 모든 것들이, 여러 사람들과 함께 살면서도 낯선 침입자로 소외되어 있는 그들의 주인 노프레트를 연상시켜 주었다.

레니센브는 노프레트가 어디에 있는지 궁금했다.

그녀는 뒷문 쪽으로 천천히 걸어나가다가 들어오려는 헤네트와 마주쳤다.

"모두 어디 갔지, 헤네트? 이 집엔 할머니 말고는 아무도 없단 말이야."

"제가 어떻게 알겠어요. 저는 일만 하고 있었어요. 베짜는 일을 비롯해 여러 잡다한 일을 돌봐주고 있었어요. 저에겐 산책할 시간도 없지요."

레니센브의 생각에 그 말은 누군가가 산책을 갔다는 의미로 들렸다. 아마 사티피는 남편에게 일장 연설을 늘어놓기 위해 그를 쫓아 묘소에 올라갔을지도 모른다. 그렇다면 카이트는? 카이트가 이렇게 아이들을 오래 내버려 두다니, 그녀답지 않은 행동이다.

그리고 다시 그녀의 생각을 어지럽히는 이상하고도 불길한 의문이 떠올랐다. '노프레트는 어디 있는 것일까?'

그러는 그녀의 마음을 읽기라도 한 듯 헤네트가 대답했다.

"노프레트 아씨는 묘소에 올라가신 지 꽤 됩니다. 호리는 그 분과 잘 맞는 말동무니까요."

그녀는 짓궂은 웃음을 흘리며 레니센브의 곁으로 다가왔다.

"호리 역시 머리가 좋지요. 이번 일들로 제가 얼마나 괴로워했는지 레니센브 아씨도 알아주셨으면 해요. 그날…… 그러니까, 노프레트 아씨가 카이트에게 맞아 볼에 손자국과 핏방울이 맺힌 모습으로 저를 부르신 날 말입니다. 그녀는 카메니에게 편지를 쓰도록 시켰고, 저에게는 증인이 되어달라고 하셨지요.

저는 그런 것을 보고도 못 보았다고 잡아뗄 수는 없었어요! 그분은 진짜 영리하시더군요.

돌아가신 마님을 생각하면 정말……."

레니센브는 그녀를 밀치고 황금빛 저녁놀 아래로 걸어나갔다. 벼랑 위에는 산 그림자가 깊이 드리워지기 시작했다. 노을 속의 이 시간만큼은 환상의 세계처럼 황홀했다.

벼랑의 오솔길로 접어들자 레니센브의 발걸음이 빨라졌다. 묘소까지 올라가면 호리가 있다. 그렇다. 호리를 만날 수 있을 것이다. 어린 시절 장난감이 고장날 때면 언제나 그곳으로 호리를 찾아갔었지. 그래, 불안하거나 고민되는 일이 생겨도 그곳을 찾았었다. 호리는 벼랑 그 자체와도 같았다. 착실하고 확고한, 언제나 변함없는 모습……. 레니센브는 혼란스런 생각을 계속하고 있었다.

'호리와 얘기하면 모든 것이 잘 풀리곤 했지.'

그녀의 걸음이 더욱 빨라졌다. 거의 뛰다시피 했다.

그런데 예기치 않게도 사티피가 그녀에게로 오고 있는 것이 보였다. 사티피 역시 묘소에 올라갔던 것이 틀림없다. 그런데 사티피의 걸음새가 이상했다. 이리 비틀 저리 비틀 하면서 발을 헛디디는 모습은 레니센브가 이제껏 한 번도 본 적이 없는 것이었다.

레니센브를 본 사티피가 우뚝 걸음을 멈추더니, 손을 가슴에 얹었다. 레니센브는 가까이 다가가 그녀의 얼굴을 들여다보고는 깜짝 놀랐다.

"무슨 일이에요, 사티피 언니. 어디 아픈 데라도 있나요?"

사티피는 좌우를 살피더니 쉰 목소리로 대답했다.

"아니, 아니에요. 아무것도 아니에요."

"안색이 안 좋아요. 굉장히 놀란 사람 같아요. 무슨 일이라도 있었나요?"

"무슨 일이 일어났을라고요. 아무 일도 없었어요."

"어디 다녀오는 길이에요?"

"묘소에 올라갔었어요. 야모스를 찾으러. 그렇지만, 그이는 없더군요. 그곳엔 아무도 없었어요."

레니센브는 여전히 그녀를 응시하고 있었다. 사티피의 새로운 면을 발견한 것이다. 평소의 정열적이고 결단이 빠른 모습은 찾아볼 수 없는 또 다른 사티피.

"레니센브 아가씨, 가요. 우리, 집으로 돌아갑시다."

사티피의 가볍게 떨고 있는 손이 레니센브의 발을 재촉했다. 사티피는 레니센브가 올라가던 길을 되돌아가자는 것이었다. 그 손이 자신의 몸에 닿자 문득 반항하고 싶어졌다.

"싫어요, 나는 묘소에 올라가야겠어요."

"말했잖아요, 거기엔 아무도 없다고."

"나는 거기에 앉아 강을 내려다보고 싶어요."

"하지만, 곧 해가 질 텐데…… 너무 늦은 시각이에요."

사티피의 손가락이 레니센브의 팔을 움켜쥐었다. 레니센브는 그 손을 떨쳐 버리려고 안간힘을 썼다.

"그러지 마세요, 사티피 언니. 날 내버려 둬요."

"안 돼요, 돌아가요. 나랑 함께 돌아가야 돼요."

그러나 이미 레니센브는 그녀의 손을 뿌리치고 그녀를 밀쳐냈다. 그러고는 벼랑으로 향했다.

무슨 일이 일어난 거야. 본능적으로 그녀는 뭔가 심상치 않은 일이 있다고 느꼈다. 그녀의 걸음이 빨라지다가 나중엔 뛰었다.

그리고 그녀는 목격했다. 벼랑의 그늘진 구석에 누워 있는 시커먼 물체를. 그녀는 서둘러서 그 물체 옆으로 가까이 갔다. 그것을 살펴보는 그녀의 얼굴에 놀라는 기색은 없었다. 마치 예상한 대로 되었다는 듯한 표정이었다······.

 노프레트의 얼굴은 위로 향하고 있었고, 몸은 깨어지고 비틀려 있었다. 그녀의 눈은 떠져 있었으나, 더 이상은 아무것도 볼 수 없었다······.

 레니센브는 구부리고 앉아 차갑게 굳어 버린 볼을 만졌다. 그러고는 다시 몸을 일으켜 시체를 굽어보았다. 사티피가 그녀의 뒤로 오는 것도 거의 듣지 못했다.

 "그녀는 떨어졌을 거예요. 떨어졌어요. 벼랑의 비탈진 길을 따라 걷다가 떨어져······."

 레니센브는 생각했다. 그래, 그랬을 거다. 노프레트는 오솔길 위쪽에서 떨어졌고, 그녀의 몸이 석회암에 부딪친 뒤 다시 아래로 떨어진 것이리라.

 사티피가 말했다.

 "뱀을 봤을지도 몰라요. 그래서, 놀란 나머지······ 이따금씩 그 길목의 양지 쪽에 뱀이 자고 있을 때도 있으니까."

 뱀. 그래, 뱀이다. 소벡과 뱀. 등이 부러진 채 햇볕 아래 죽어 있던 뱀. 소벡이 눈을 번뜩이며······.

 그녀는 생각했다. '소벡······ 노프레트······'

 그때 호리의 목소리를 듣고 그녀는 안심했다.

 "무슨 일이 생겼습니까?"

 그녀는 돌아다보았다. 호리와 야모스가 함께 와 있었다. 사티피는 노프레트가 윗길에서 떨어진 게 틀림없다는 설명에 열을 내고 있었다.

 야모스가 말했다.

 "그녀는 우리를 찾아온 걸 거야. 그러나 호리와 나는 관개용 운하를 살펴보러 갔었거든. 최소한 한 시간쯤은 자리를 비웠을 거야.

지금 막 돌아와 보니 이 꼴이잖아."

레니센브가 말했다. 그리고는 자신의 목소리에 스스로 놀랐다. 자기 목소리가 너무 생소하게 들렸기 때문이다.

"소벡 오빠는 어디에 있나요?"

그녀의 물음에 호리가 날카로운 눈초리로 그녀를 바라보는 것을 느낄 수 있었다.

야모스는 모르겠다는 듯이 대답했다.

"소벡? 오후부터 줄곧 못 봤는데. 아까 화를 내면서 집을 나간 이후로는 안 보였어."

그 사이에도 호리는 레니센브를 바라보고 있었다. 그녀도 눈을 들어 그를 마주 보았다. 그녀는 호리가 눈길을 돌리고는 무슨 생각엔가 잠겨 노프레트의 시체를 내려다보는 것을 볼 수 있었다. 그녀는 그가 무슨 생각을 하고 있는지 확실하게 알 수 있었다.

그는 수상하다는 듯 중얼거렸다. "소벡?"

레니센브가 무의식중에 내뱉었다.

"아, 아니에요, 아니에요…… 아니……."

사티피가 다시 힘주어 말했다.

"이 여자는 저 길에서 굴러 떨어진 거예요. 이 윗길은 좁고…… 위험하니까……."

위험하다? 언젠가 한번 호리가 얘기한 게 있었는데? 꼬마였을 때의 소벡 오빠가 야모스 오빠에게 대들었는데, 지금은 돌아가신 어머니가 두 사람을 뜯어 말렸다는 이야기였다. 그때 어머니가 한 말이, "그러면 안 돼, 소벡, 그건 위험한 짓이야!"

소벡은 살생을 좋아한다.

"무슨 일을 하건 나는 그걸 즐기면서 하지……."

소벡은 뱀을 죽이고 있었지…….

소벡이 좁은 길목에서 노프레트를 만난다.
레니센브는 혼잣말로 중얼거렸다.
"우리는 몰라요, 알 수 없는 거예요……."
그때 그녀는 무거운 짐을 벗어놓은 듯, 알 수 없는 안도감을 느꼈다. 호리가 그 묵직한 목소리로 사티피의 주장에 동의함으로써 사티피의 말에 신빙성을 부여한 것이다.
"노프레트는 이 위험한 길에서 떨어진 게 틀림없습니다……."
그의 시선이 레니센브의 시선과 마주쳤다.
그녀는 생각했다.
'호리와 나는 알아…… 그래, 언제까지고 우리는 알고 있을 거야…….'
그녀의 목소리는 떨리고 있었으나 또랑또랑했다.
"그녀는 오솔길에서 굴러 떨어졌어요……."
그리고 야모스의 점잖은 목소리가 메아리처럼 멍멍하게 울려왔다.
"그녀는 오솔길에서 구른 게 틀림없어……."

제10장

겨울 넷째달 6일

임호테프는 에사와 마주앉아 있었다.

그가 답답하다는 듯 말했다.

"집안 사람들 모두 똑같은 얘기들만 하고 있습니다."

"그럼 최소한 편리하겠는데."

"편리하다…… 편리하다니요? 왜 그런 어울리지 않는 말씀을 하시는 건가요?"

에사가 짧게 웃었다.

"내 아들아, 네가 무슨 말을 하고 있는지는 '나'도 안다."

임호테프의 목소리가 단호해졌다.

"애들이 다들 사실대로 말하고 있는 건지, 그것부터 가려내야겠습니다."

"너는 마아트 여신이 아니야. 아누비스 신처럼 심장의 무게를 저울질해 볼 수도 없는 게다!"

임호테프는 제딴에는 다른 판단이라도 섰는지 고개를 흔들었다.

"단순한 사고였을까요? 제가 편지로 제 의사를 밝힌 것이 은혜를 모르는 녀석들에게는 충격적이었을 거라고 생각됩니다."
"그래, 정말 그랬겠지. 흥분해 있었거든. 그 애들이 거실에서 떠드는 소리가 여기 내 방까지 들릴 정도였으니까. 그런데 넌 정말로 그렇게 할 작정이었냐?"
임호테프는 자리가 불편한 듯 고쳐 앉으며 우물거렸다.
"홧김에 썼어요. 화나게도 됐지요. 그 애들에게 따끔하게 가르쳐 줄 필요성이 있다고 생각했거든요."
"다시 말해서, 그저 애들에게 겁을 주려고 했다는 말이로구나. 그러냐?"
"어머니, 지금은 그게 문제가 아니잖아요?"
"알았다. 너는 네가 무슨 일을 하는지도 모르고 일을 저지른 게야. 여전히 생각하는 게 멍청하구나."
임호테프는 애써 흥분을 억제했다.
"제 말은 그저 그 문제는 더 이상 얘기할 필요가 없다는 겁니다. 지금 문제가 되는 건 노프레트의 죽음입니다.

만일 우리 가족 중에 정신분열증이라도 일으켜 멋모르고 그녀를 해치고도 죄책감을 느끼지도 못하는 사람이 있다면…… 전…… 저는 정말 어떻게 해야 할지 모르겠습니다!"
"그러니 다행이지. 모두가 얘기하는 게 똑같으니 말이다! 다른 얘기를 귀띔해 주는 사람이 없지 않느냐?"
"물론 없습니다."
"그러니 이번 사고는 여기서 끝내는 게 좋지 않겠니? 네가 북쪽으로 떠날 때 그 여자도 함께 데리고 가야 했어. 내가 그때 그렇게 일렀건만……."
"그렇다면 어머니가 생각하시는 것도 역시……."

에사가 힘주어 말했다.
"내 눈으로 직접 보고——요즘 들어 시력이 영 시원치 않지만——내 귀로 직접 들은 사항과 어긋나지 않는 이상, 난 사람들의 말을 믿기로 했다. 넌 헤네트에게도 물어봤을 거야, 그렇지? 헤네트는 이 문제에 대해 뭐라고 하더냐?"
"그녀는 깊이 슬퍼하고 있더군요. 저를 위해 진심으로 슬퍼하고 있었어요."
에사가 눈썹을 치켜올리며 말했다.
"저런! 넌 정말 나를 잘 놀래킨단 말야."
임호테프는 부드러운 목소리로 이야기했다.
"헤네트는 무척 정이 많은 여자예요."
"확실히 그렇긴 할 게야. 게다가 그 여자는 혀를 잘 놀리거든. 네가 첩을 잃은 데 대해 그 애가 슬퍼하고만 있다니, 이번 일은 이쯤 끝내는 게 좋겠다. 네가 나서서 해야 할 다른 일도 많으니까 말이다."
임호테프는 까다롭고 잘난 체하는 평상시의 태도로 돌아왔다.
"예, 정말입니다. 제가 급히 봐줘야 할 여러 문제들을 갖고 야모스가 지금 거실에서 절 기다리고 있습니다. 제 결재가 필요한 일들이 많이 쌓여 있거든요. 어머님 말씀마따나 사사로운 슬픔 때문에 생활을 지탱해 나갈 주요 기능이 침해받아서는 안되겠지요."
그는 서둘러 나갔다.
에사는 잠시 조소를 띠더니 다시 심각한 표정이 되었다. 그녀는 한숨을 쉬면서 머리를 흔들었다.

2

야모스는 카메니와 함께 아버지를 기다리고 있었다. 호리는 미라 만드는 사람과 장의사 사람들과의 일이 끝나지 않아 같이 오지 못했다고 야모스가 설명했다.

노프레트의 사망 소식을 듣고 임호테프가 여행에서 돌아오기까지는 몇 주일이 걸렸고, 따라서 장례 준비는 거의 끝나 있었다. 소금물에 오래 담가 놓았던 시체는 거의 정상적인 형체로 되돌아왔고, 기름을 바르고 소금으로 닦은 뒤 헝겊으로 단단히 감아 관 속에 뉘었다.

야모스는 석묘 가까이에 작은 묘자리를 보아 두었으며, 뒷날 그곳에 아버지의 시신을 안치할 계획이라고 설명했다. 그는 계속해서 자기가 주문한 물품의 세부 품목에 대해 보고했고, 임호테프는 그것들을 승인했다.

그는 만족해서 말했다.

"아주 잘했다, 야모스. 네 판단은 매우 적절했고, 네 머리도 꽤 잘 돌아가는 걸 알겠다."

야모스는 기대하지 않았던 칭찬에 얼굴이 달아올랐다. 임호테프가 이어서 말했다.

"아이피와 몬투는 수고료가 비싼 미라 제조업자들이다. 그리고, 이 캐노픽 항아리들도 내가 볼 땐 너무 비싼 것 같다. 이렇게 사치할 필요는 전혀 없다. 계산서를 보니 비용이 너무 드는 게 거슬리더구나. 총독 집안에 고용된 자들은 이래서 나쁘다는 거야. 자기들 멋대로 터무니없는 값을 매기는 걸 당연시 한다니까. 별로 알려지지 않은 업자에게 주문하는 것이 훨씬 저렴할 게다."

"아버님이 부재중이실 때 그런 결정권은 제게 있었지만…… 제 생각으로는 그래도 아버지의 사랑을 한 몸에 입던 여인의 장례식인데, 너무 약소하게 할 수는 없다는 판단을 한 거죠."

임호테프는 아들이 기특한지 어깨를 두드려 주었다.

"방법이야 어떻든 그 마음가짐이 기특하구나. 평소에 네가 함부로 지출하지 않는 성미라는 걸 나도 잘 알고 있지. 이번 일로 네가 나를 위해 필요 이상의 돈을 들이고자 한 그 정성만은 고맙게 생각한다. 그렇지만 내가 돈 만드는 비법을 가진 것도 아니고…… 그리고 첩이란…… 어, 그러니까, 어험!…… 첩일 뿐이지.

내 생각엔 부적에 드는 비용을 줄이면 될 것 같다. 그리고 그 외에도 몇 군데 삭감할 곳이 있지……. 카메니, 그 견적서의 세부항목들을 읽어 보게나."

카메니는 파피루스 두루마리를 펼쳤다.

야모스는 안도의 한숨을 내쉬었다.

3

카이트는 느린 발걸음으로 연못가로 걸어갔다. 그곳엔 아이들이 엄마와 놀고 있었다.

거기에 멈춰 선 그녀가 먼저 말했다.

"사티피 형님 말이 맞았어요. 살아 있는 첩과 죽은 첩의 차이는 크군요."

사티피는 초점 없는 눈으로 카이트를 쳐다보았다. 레니센브가 그때 얼른 끼어들었다.

"카이트 언니, 그게 무슨 말이에요?"

"살아 있는 첩을 위해서는 아무리 많은 돈이라도 인색하지 않아요. 옷가지에 보석에 전재산을 상속하는 것 등등……. 그런데, 지금 아버님은 어떻게든 장례 비용을 줄이시려고 머리를 쓰고 계시거든요. 죽은 여자에게 필요 이상의 돈을 쓸 것까지는 없을 테니까. 그러니, 형님 말이 맞다고 할 수밖에요."

사티피가 중얼거렸다.

"내가 뭐라고 말했었지? 난 기억나지 않는데?"

카이트가 맞장구쳤다.

"그러는 게 좋아요, 나도 잊었어요. 그리고, 레니센브 아가씨도 마찬가지고요."

레니센브는 대꾸하지 않고 카이트를 바라보았다. 카이트의 목소리엔 뭔가가 있었다. 희미하게나마 위협과 협박의 분위기를 풍기는 불쾌한 그 무엇이.

레니센브는 항상 카이트를 다소 우둔한 여자로 여겨왔다. 순하고 얌전하고, 무시해도 좋을 정도로 하찮은 존재로. 그런데, 지금 레니센브의 생각엔 카이트와 사티피가 뒤바뀌지 않았나 싶은 생각이 드는 것이었다. 명령하기 좋아하고 공격적이던 사티피가 얌전해지다 못해 멍청해졌다. 그렇게 조용하던 카이트가 지금은 사티피에게 충고를 하고 있고.

그러나 레니센브는 사람의 성격이 그렇게 쉽사리 변할 수는 없다고 믿어왔다. 아니, 혹시 가능한 일일지도 모르지.

그녀는 혼란스러웠다. 카이트와 사티피가 최근 몇 주 동안에 정말 달라진 것일까? 또는 한 사람이 먼저 달라져서 다른 한 사람도 달라지게 된 것일까? 카이트는 공격적으로 되어 버린 것인가? 아니면, 사티피가 갑자기 의기소침해졌기 때문에 다만 상대적으로 그렇게 보일 따름인가?

사티피는 확실히 달라졌다. 그녀의 목소리는 이제 더 이상 카랑카랑하거나 심술궂지 않다. 그녀는 정원이나 집을 다닐 때 주눅이 든 채 소리 죽여 걸어다녔고, 그 걸음걸이에서도 전 같은 당당한 위세는 사라져 버렸다.

레니센브는 사티피의 변모를 그저 노프레트의 죽음으로 인한 충격 때문이라 생각했었다. 그러나 그때 받은 충격이 아직껏 후유증으로 남아 있다는 것은 아무래도 납득이 가지 않는다. 노프레트의 갑작스런 죽음을 드러내놓고 기뻐하는 편이 훨씬 사티피답다고 생각되었다. 그러나 막상 노프레트의 이름만 들어도 신경질적으로 움츠러든다. 남편 야모스도 아내의 잔소리며 간섭에서 풀려난 듯 매사에 전보다는 자유롭게 행동하고 있었다. 어찌 됐건 사티피의 변모는 좋은 결과를 가져왔다. 적어도 레니센브의 생각은 그랬다. 그러나 그녀의 의식 속엔 무언가 꺼림칙한 그늘이 희미하게 남아 있었다······.

불현듯 레니센브는 섬뜩한 기분에 정신을 차렸다. 카이트가 인상을 쓰고 자신을 바라보고 있었다. 그녀는 무슨 말을 하고는 레니센브의 대답을 기다리고 있는 것 같았다. 카이트가 반복해서 말했다.

"레니센브 아가씨도 역시 잊었나 보죠?"

갑자기 레니센브의 마음속에 욱 하고 반감이 치밀었다. 카이트나 사티피, 그 누구도 그녀가 무엇을 기억하고 말고에 대해 명령할 권한은 없지 않은가! 그녀는 반항적인 빛이 역력한 눈빛으로 카이트를 쏘아보았다.

카이트가 말했다.

"집안 여자들은 한결같은 입장을 취해야 돼요."

레니센브는 또렷하고 도전적인 목소리로 반문했다.

"왜죠?"

"우리의 이해 관계는 같기 때문이에요."

레니센브는 격렬하게 도리질했다. 그러고는 뒤죽박죽이 된 생각을 계속했다.

'나는 한 인간일 뿐 아니라 한 여자다. 나는 레니센브야.'

드디어 소리를 내어 말했다.

"그렇게 되기란 쉬운 일이 아니죠."

"아가씨는 말썽을 일으키고 싶은 건가요?"

"아뇨, 그런데 말썽이라니 그건 무슨 뜻인가요?"

"그날 거실에서 오갔던 얘기는 모두 잊어버리는 게 좋아요."
레니센브는 웃을 수밖에 없었다.
"카이트 언니는 어리석어요. 하인들과 노예들, 그리고 할머니…… 모든 사람들이 들었을 텐데요! 왜 있었던 일을 없었던 것처럼 꾸미려고 하는 거예요?"
사티피가 멍한 목소리로 말했다.
"우리는 화가 나 있었어요. 흥분해서 떠든 말을 액면 그대로 받아들이면 안 돼요."
그녀는 초조하게 덧붙였다.
"이제 그런 얘기는 그만둬요. 카이트, 레니센브 아가씨가 굳이 문제를 만들고 싶다면 그렇게 하도록 내버려 둘 수밖에 없어."
레니센브는 화가 났다.
"문제를 만들려는 게 아녜요. 다만 아닌 척 꾸미는 게 오히려 어리석다는 거지요."
카이트가 말했다.
"아니에요, 그 편이 현명한 방법이에요. 아가씨도 테티 생각을 하셔야지요."
"테티는 염려 말아요."
"모든 게 걱정 없지요. 이제 노프레트는 죽었으니까."
카이트는 웃고 있었다. 그 미소는 잔잔하고 조용하며 만족해하는 표정을 담고 있었다. 다시 레니센브는 속에서 꿈틀거리는 반발심을 느껴야 했다.

그렇다고는 해도 카이트의 말은 확실히 옳기는 하다. 노프레트가 죽은 지금, 모든 것은 다시 정상을 찾아가고 있다 사티피, 카이트, 그리고 레니센브 자신, 아이들…… 모두 안정되고…… 모두 평화스럽고…… 미래에 대한 걱정은 없다. 침입자, 훼방꾼, 위협적인 이방

인은 사라졌다. 영원히.

그런 지금에 와서 그녀가 노프레트의 문제로 씨름해야 하는 까닭은 무엇일까? 왜 호의를 갖고 있지 않았던 죽은 여자를 옹호하고픈 감정을 갖는 것일까? 노프레트는 나쁜 여자였고 이미 죽었다. 그대로 내버려 둬도 되는 것 아닌가? 왜 갑자기 연민…… 아니, 연민 이상의 무엇, 차라리 이해라고 할 만한 감정이 드는 것일까?

레니센브는 난감한 듯 머리를 흔들었다. 모두 자리를 떠난 뒤에도 레니센브는 뒤섞인 생각을 정리해 보려는 무모한 노력을 계속하며 물가에 앉아 있었다.

해가 많이 기울었다.

정원을 지나다가 그녀를 본 호리가 그녀 옆으로 다가와 앉았다.

"늦었군요, 레니센브. 해가 지려고 합니다. 안으로 들어가는 게 좋겠습니다."

그의 침착하고 조용한 목소리는 언제나처럼 그녀를 푸근하게 해주었다.

그녀는 궁금한 것이 있다는 듯 그에게로 몸을 돌렸다.

"이 집안의 여자들은 같은 입장을 고수해야 할까요?"

"누가 당신에게 그런 말을 했습니까, 레니센브?"

"카이트, 카이트와 사티피가……."

레니센브가 말을 멈췄다.

"그래서 당신은…… 혼자 곰곰이 생각해 보고 싶다는 거로군요?"

"아, 생각! 난 어떻게 생각해야 될지 모르겠어요, 호리. 모든 것이 머릿속에서 뒤엉켜 버렸어요. 사람들에 대해서도 혼란스러워요. 모든 사람들이 내가 생각했던 것과는 달라요.

사티피는 대담하고 단호하며 명령하기 좋아하는 성격이라고 생각해 왔어요. 그런데 요즘의 언니는 나약하고 우왕좌왕하고, 심지어 겁쟁이가 된 것 같아요. 사티피 언니의 참모습은 어느 쪽일까요? 사람이 달라진다는 게 하루 아침에 되는 건가요?"
"하루에는 안 되죠…… 불가능합니다."
"게다가 카이트 언니는…… 항상 순하고 순종적이었고, 누가 야단을 쳐도 가만 있었어요. 그랬던 언니가 요즘은 누구에게나 이래라저래라 하는 거예요. 심지어 소벡 오빠까지도 언니를 두려워할 정도예요. 그리고 야모스 오빠도 달라졌어요. 명령을 하고 그 명령에 따를 것을 강요하고 있다고요!"
"그런 달라진 모습들이 당신을 혼란스럽게 합니까?"
"그래요, 난 이해할 수 없거든요. 나는 이따금씩 헤네트마저 예전의 모습과는 전혀 달라진 게 아닌가 느껴져요."
레니센브는 자기가 너무 엉뚱한 소리를 한 게 아닌가 싶어 우스웠다. 그러나 호리는 웃지 않았다. 그는 계속 골똘히 생각에 잠긴 듯 심각한 표정을 풀지 않고 있었다.
"당신은 이제까지 사람에 대해 아주 깊이 생각해 본 적이 없었죠, 레니센브? 만일 깊이 생각해 봤다면 깨달을 수 있었을텐데……."
그는 잠시 쉬었다가 다시 계속했다.
"모든 무덤에는 가짜 출입구가 있다는 걸 알고 있겠죠?"
레니센브의 눈이 빛났다.
"예, 물론이에요."
"그건 사람들도 마찬가지라고 생각됩니다. 사람들은 남을 속이기 위한 거짓 문을 만드는 겁니다. 자기가 약하고 영향력이 없다고 의식되면 억지로 자기의 목소리를 높여 허세를 부린다거나, 자신의 조그만 권리라도 남용하게 되는 거죠. 그런 상태가 어느 정도 지속되다 보면 자신도 자기가 말한 만큼의 능력이 있다고 믿어 버리게 됩니다. 결국 자타가 공인하게 되는 거지요.

그러나 레니센브, 명심해 두세요. 그 가짜 문 뒤에는 바위뿐이라는 것을…… 언젠가 현실에 닥쳐서는 그 진리의 힘에 의해 결국 본래의 성품이 다시 표출되게 마련입니다.

카이트를 봅시다. 부드럽고 순한 성격으로 원하는 것들을 얻을 수 있었지요. 남편과 아이들을요. 멍청하게 보이는 것이 처신하기에 편하기 때문입니다. 그렇지만, 현실의 위험이 그녀 발등에 떨어지니까 그녀의 본성이 통겨나온 겁니다. 그녀는 달라진 게 아니지요. 그 강인함과 무정함은 전부터 있었던 그녀의 성격입니다."

레니센브는 어린애처럼 말했다.

"호리, 난 그게 싫어요. 그런 사실들이 날 두렵게 해요. 사람들이 내 생각과 다르니까요. 내 경우는 어떤가요? 난 늘 같은 모습이에요."

호리가 빙그레 웃었다.

"같습니까? 그럼 왜 당신은 오랜 시간 여기에 앉아 여러 가지 생각에 골머리를 썩이고 있는 겁니까? 옛날의 레니센브는…… 케이와 함께 여기를 떠났던 레니센브는…… 케이와 함께 여기를 떠났던 레니센브가…… 이랬었나요?"

"물론 아니죠. 그럴 필요가 없었으니까……."

레니센브가 하던 말을 그쳤다.

"아시겠죠? 당신 스스로도 그렇게 말하고 있습니다. 필요라는 말! 그건 현실을 살아가는 데 불가결한 말이지요. 당신은 예전처럼 드러나는 면만 보는, 생각 없는 아이나 사물의 겉모습만으로 그 가치를 판단하는, 그런 행복한 사람은 이미 아닙니다. 당신은 이 집안 여자들 중의 하나로 그치는 존재가 아닙니다. 당신은 혼자의 힘으로 생각하기를 원하고, 다른 사람들에 대해 고민하는 레니센브인 겁니다."

레니센브가 천천히 말했다.
"난 노프레트에 대해 고민하고 있었어요……."
"어떤 고민을 했습니까?"
"그녀에 대한 생각을 왜 떨쳐 버릴 수 없는지……. 그녀는 사악했고 잔인했어요. 우리를 괴롭혀서 지치도록 했고요. 그리곤 죽었죠. 어째서 난 그 사실을 그대로 내버려 둘 수가 없을까요?"
"그 문제에 대해 그대로 넘어갈 수가 없습니까?"
"예, 그대로 묻어두려 했어요. 그러나……."
레니센브는 계속할 수 없었다. 어쩔 줄을 몰라 하며 두 손으로 얼굴을 감쌌다.
"호리, 때로는 그녀를 알 것 같은 기분도 들어요."
"알다니요? 무슨 뜻입니까?"
"뭐라 설명하진 못하겠어요. 그러나 이따금씩 그런 생각도 들어요. 그녀가 바로 내 옆에 있는 듯하다고 할까, 내 느낌에…… 마치 내가 노프레트가 된 것 같은…… 그와 비슷한 기분이 드는 거예요. 그녀의 기분을 알 것 같아요.

그녀는 매우 불행했어요, 호리. 그때는 몰랐었는데, 이제야 알겠어요. 그녀는 그토록 불행했기 때문에 우리 모두를 상처받게 하고 싶었던 거예요."
"당신이 그런 걸 다 알 수는 없습니다, 레니센브."
"물론 그걸 다 이해할 순 없겠지요. 그러나 그걸 느낄 수는 있어요. 그 비참함, 그 괴로움, 진하디 진한 증오심……. 언젠가 그녀의 얼굴에서 읽을 수 있었지만 그걸 이해하진 못했어요!

그 여자는 누군가를 사랑했을 텐데, 뭔가 일이 잘 풀리지 않아서…… 가령 그 남자가 죽었다거나, 떠나 버렸다거나…… 그래서 그녀는 누군가를 괴롭히고…… 해치고 싶어졌을 거예요.

제10장 127

아! 당신이 무슨 말을 해도 좋아요. 난 내 생각이 옳다고 믿으니까요! 그녀는 늙은 우리 아버지의 첩이 되어 이곳에 오게 됐고, 우리들은 그녀를 싫어했지요. 그래서 그녀는 자기처럼 우리들도 불행하게 만들겠다는 생각을 한 거죠. 그래요, 이게 있는 그대로의 사실이에요!"
호리는 호기심에 찬 얼굴로 그녀를 바라보았다.
"레니센브, 당신은 매우 확신에 차서 말하고 있군요. 그렇지만 노프레트에 대해 잘 알고 있지는 않잖아요."
"그러나 제 말이 사실이라는 확신이 느껴져요. 나는 노프레트…… 그 여자를 느껴요. 이따금씩 그녀가 내 바로 곁에 있다고 느낀다니까요……."
"알겠습니다."
그들 사이에 침묵이 흘렀다. 사방에는 어둠이 깔려 있었다. 이윽고 호리가 조용히 말을 꺼냈다.
"당신은 노프레트가 우연한 사고로 죽었다고는 믿고 있지 않지요? 누군가 그녀를 떠밀었다고 생각하나요?"
레니센브는 자기의 생각이 말로 옮겨진 것을 듣자 강렬한 혐오감에 떨어야 했다.
"아니, 싫어요. 그런 식으로 말하지 마세요."
"그러나 레니센브, 그렇게 말하는 편이 낫습니다. 당신의 머릿속에 그런 생각이 있다면 말입니다. 당신은 그렇게 생각하고 있는 거죠?
"예…… 그래요!"
호리는 생각에 잠기듯 머리를 숙였다. 그러고는 말을 이었다.
"그리고 당신은 그 장본인이 소벡이라고 짐작하고 있는 거지요?"
"다른 사람 누가 그런 짓을 할 수 있겠어요? 그가 뱀을 죽이던 모습을 당신도 기억하시겠죠? 게다가 그날——그녀가 죽은 날——오빠가 거실을 나가기 전에 뭐라고 말했었는지도 기억하시겠죠?"
"그가 한 말은, 그래요, 기억해요. 그러나 그렇게 말했다고 해서 꼭 실제로 그렇게 한다고는 할 수 없지요."
"그렇지만 당신은 그녀의 죽음이 타살이었다는 생각에는 이견이 없는 거죠?"
"그래요, 레니센브. 나도 그렇게 생각합니다. 그러나 결국 그건 하나의 의견에 불과합니다. 증거가 없으니까요. 앞으로 증거를 찾아낼 수도 없을 것 같고요. 주인님께 단순한 사고사로 처리하도록 말씀드린 이유도 거기에 있습니다. 어떤 사람이 노프레트를 밀어뜨렸다 해도 그가 누구인지 우리는 끝내 알 수 없을 테니까요."
"그러니까 그게 소벡 오빠는 아니란 말씀인가요?"
"그렇습니다. 그러나 아까도 말씀드렸듯이 우리는 결코 알 수 없습니다. 그러니까 거기에 대한 생각은 이제 그만두는 것이 좋겠습니다."
"그렇지만…… 소벡 오빠가 아니라면…… 누가 그랬다고 생각하시죠?"
호리가 고개를 저었다.
"떠오르는 생각이 있다 해도…… 틀린 생각일지도 모릅니다. 그러니 얘기하지 않는 편이 좋겠습니다……."
"그러나 그러면…… 우린 영원히 알 수 없잖아요!"
레니센브의 목소리는 낙담했는지 풀이 죽어 있었다.
호리는 떠듬떠듬 말했다.
"아마…… 어쩌면 그게 최선의 방법일지도 모릅니다."
"모르고 있는 편이 낫다고요?"
"모르는 편이."

제10장 129

레니센브는 오한을 느꼈다.
"아니, 그렇다면…… 오, 호리, 난 두려워요!"

제11장

여름 첫째달 11일

마지막 의식도 마무리되고 격식에 맞춰 주문도 읊었다. 하소사원의 주임신관 몬투는 헤덴 초로 만든 비를 들고, 무덤 문을 영원히 닫기 전 모든 악령들의 자취를 없애 버리기 위한 기도문을 외며 무덤 안을 말끔히 쓸어냈다.

이윽고 묘는 봉해졌고, 미라 제조업자가 쓰고 남은 탄산소다 항아리 몇 개와 시신을 닦았던 소금, 헝겊 따위도 가까이 있는 작은 방에 넣어져 마찬가지로 봉해졌다.

임호테프는 어깨를 펴고 심호흡을 하더니, 장례식에 어울리는 그 경건한 표정을 풀어 버렸다. 모든 의식이 아주 적절하게 치러졌다. 노프레트는 예정된 격식에 맞춰서, 비용에 인색함 없이(임호테프의 생각엔 다소 지나친 지출이었으나) 잘 매장되었다.

임호테프는 신관들과 정중한 인사를 나누었다. 신관들은 자신들의 성스런 임무를 끝내고는 다시 세속적인 태도로 돌아와 있었다.

모두들 음식이 차려져 있는 집을 향해 내려갔다. 임호테프는 하소

사원의 주임신관과 최근의 정치적 동향에 대해 이야기를 나누었다. 테베는 강력한 시로 급속도로 부상하고 있었다. 이집트가 한 지배자의 통치 아래 다시 병합될 가능성도 머지않은 것 같았다. 피라미드를 세웠던 그 황금기가 다시 돌아올지도 모른다.

몬투는 존경하는 태도로 네브 헤페트 레 왕을 칭송했다. 그는 탁월한 군인이자, 신앙심 깊은 인물이었다. 타락하고 겁만 많은 북쪽 나라는 감히 그에게 대항하지 못할 것이다. 통일된 이집트…… 그것이야말로 시급하게 해결할 과제이다. 그리고 그것이 남쪽의 테베 시에 있어서 굉장한 경사가 될 것임은 의심할 여지도 없다…….

두 사람은 미래에 대해 토론하면서 함께 걸어갔다. 레니센브는 뒤로 돌아 벼랑 쪽에 봉해져 있는 무덤을 바라보았다.

그녀는 혼잣말로 중얼거렸다.

"그러니까 이제 끝난 거야."

안도감이 그녀의 전신을 스쳐갔다.

그녀는 자신도 모를 공포에 전율하고 있었다. 마지막 어느 순간에 한꺼번에 폭발이 일어나거나 처벌이 내려지거나 하지 않을까 하는…….

그러나 모든 일이 기특할 만큼 순조롭게 끝난 것이다. 노프레트의 장례식은 모든 종교적인 관습대로 알맞게 치러졌다. 그녀는 드디어 묻혔다.

이제 끝났다.

헤네트가 숨을 죽여 낮은 목소리로 말했다.

"그러기를 바랍니다. 레니센브 아씨, 저도 그렇게 됐으면 좋겠어요."

레니센브가 그녀를 돌아보았다.

"헤네트, 그게 무슨 말이지요?"

헤네트는 그녀의 시선을 피했다.
"저는 단지 이것으로 끝나기를 바란다는 말이지요. 이따금씩 끝이라고 생각됐던 것이 불과 시작일 때도 있거든요. 그러면 정말 안 될 텐데."
레니센브는 화를 내며 말했다.
"대체 무슨 말을 하고 있는 거예요, 헤네트? 뭘 암시하고 있는 거지요?"
"레니센브 아씨, 전 아무것도 암시하지 않습니다. 저는 그러고 싶지 않아요. 노프레트가 묻혔으니 모든 사람은 만족하고 있어요. 그러니까 모든 것이 제자리를 찾은 거지요."
레니센브가 따져 물었다.
"아버님이 당신에게 노프레트의 죽음에 대해 어떻게 생각하는지 물어 보셨지요?"
"예, 그랬어요. 주인님은 제가 아는 한 모두를 정확하게 말해 달라고 성화하셨답니다."
"그래서, 뭐라고 얘기했나요?"
"물론, 그야 단순한 사고였다고 말씀드렸지요. 달리 말씀드릴 수가 있습니까? 가족 중에 누군가가 그녀를 해친 거라고 말씀드렸을까 봐서요? 저는 말씀드렸지요. 그 분들이 감히 그럴 수는 없었을 것이라고요. 가족들은 주인님을 너무도 존경하고 있으며, 혹시 불평을 한다 해도 말로만 할 뿐이라고 여쭈었습니다. 생각하고 계시는 그런 이상한 말은 한마디도 안 했습니다. 그것만은 확실히 말씀드릴 수 있어요."
헤네트는 머리를 끄덕이며 낄낄거렸다.
"그러니까, 아버님이 당신 얘기를 믿으시던가요?"
다시 헤네트는 대단히 만족한 듯 고개를 끄덕였다.

"물론, 주인님께선 제가 주인님을 위해 얼마나 헌신적인가를 잘 알고 계시니까요. 남들이 뭐래도 이 늙은 헤네트의 말만은 항상 들으시죠. 다른 사람들은 몰라도 그 분만은 제 진심을 잘 이해해 주신답니다.

아, 물론, 여기 가족들에 대한 저의 희생정신은 제 마음속에서 우러나온 거지요. 전 뭐 사례를 기대하고 있는 건 아니에요."
레니센브가 말했다.
"당신은 노프레트에게도 역시 헌신적이었죠?"
"레니센브 아씨, 어떻게 그런 생각을 하게 되셨나 모르겠군요. 저는 남들처럼 명령에 따라야 했을 뿐이에요."
"그 여자는 당신이 충직하다고 믿고 있었어요."
헤네트가 다시 낄낄거렸다.
"노프레트 아씨는 스스로 생각하는 만큼 그렇게 영리한 여자는 아니었어요. 자존심이 강한 소녀…… 이 지구를 품 안에 안은 것으로 생각한 소녀였지요. 그러나 지금은 어찌 됐습니까? 저승에서 재판을 받게 됐어요. 그곳에선 그녀의 어여쁜 얼굴도 별 도움이 안 되겠죠. 아무튼 그녀는 우리를 떠났어요."
그녀는 몸에 지닌 부적 중 하나를 만지면서 숨을 죽여 덧붙였다.
"전 그렇게 되길 바란답니다."

2

"레니센브, 사티피에 대해서 너와 얘기할 게 있는데."
"무슨 일이에요, 야모스 오빠?"
레니센브는 오빠의 점잖은 얼굴에 근심이 가득 차 있는 것을 연민의 눈빛으로 쳐다보았다.
야모스는 천천히, 그리고 무겁게 이야기했다.

"사티피에게 무슨 좋지 못한 일이 있었나 봐. 나는 통 무슨 일인지를 모르겠단 말이야."

레니센브는 슬프게 고갯짓을 했다. 그녀는 뭔가 위로의 말이라도 해주고 싶었으나, 무슨 말을 해야 할지 생각이 나질 않았다.

"언제부터인가 집사람에게 변화가 일어난 걸 알게 됐어."

야모스는 계속했다.

"무슨 소리만 들려도 깜짝깜짝 놀라고 온몸을 와들와들 떠는 거야. 식사도 하는 둥 마는 둥 하고, 살금살금 걸어다닐 때 보면 마치 자기 그림자조차 겁내고 있는 듯하더라고. 레니센브, 너도 눈치채고 있었지?"

"예, 그래요. 우리 모두 알고 있었어요."

"난 어디 아프냐고 물었지. 의사라도 부를까 해서. 그런데 그 사람은 아무것도 아니라고 해…… 말짱하다고."

"그럴 거예요."

"너도 물어본 거니? 그런데 정말 아무 말도 안 하더냐? 전혀?"

그는 전혀 아무 말도 않더냐고 힘을 주어 물었다. 레니센브는 오빠의 근심에 공감할 수 있었으나, 무어라 할 말을 찾을 수 없었다.

"언니는 아무 일도 없다고만 말하더군요."

야모스는 중얼거렸다.

"밤에도 푹 잠드는 법이 없고…… 자다가 큰소리로 잠꼬대를 하기도 하지. 집사람에게…… 혹시 집사람에게 우리가 알지 못하는 어떤 고민이 있는 게 아닐까?"

레니센브는 고개를 저어 부정했다.

"그럴 리는 없을 거라고 생각해요. 아이들에게 잘못된 일이 있는 것도 아니잖아요. 이곳에선 아무 일도 일어나지 않았어요. 물론 노프레트가 죽은 일 말고는요. 그렇다고 올케 언니가 그 일 때문에 그토록 슬퍼한다고 보기는 어렵지요."
마지막 말은 매우 딱딱하게 덧붙였다.
야모스는 힘없이 미소지었다.
"그래, 맞아. 오히려 그 반대겠지. 게다가 아내의 증세는 꽤 오래 전부터 있어온 거야. 내 생각엔 그 시초는 노프레트가 죽기 이전부터였던 것 같아."
그의 말투가 어정쩡한 것 같아 레니센브는 얼른 그의 얼굴을 살폈다.
야모스는 차분하게 인내를 다해 말을 잇고 있었다.
"노프레트가 죽기 전이야. 넌 그렇게 생각지 않니?"
레니센브는 천천히 대답했다.
"나는 일이 터진 뒤에야 눈치챘어요."
"그럼 너에게 아무 말도 하지 않았다는 거냐? 정말이야?"
레니센브는 머리를 흔들었다.
"오빠, 그러나 아셔야 할 것은, 난 언니가 몸이 아프다고는 생각지 않아요. 내가 보기에는 오히려 무엇인가를 두려워하고 있는 것 같아요."
야모스는 몹시 놀라 외쳤다.
"두렵다니? 사티피가 왜 두려워해야 하는 거지? 그 이유가 뭐야? 사티피는 늘 사자처럼 용감했었는데."
레니센브가 맥없이 대꾸했다.
"알아요. 우리들도 늘 그렇게 생각했었지요. 그러나 사람이란 변할 수도 있어요. 좀 이상한 일이지만."
"카이트는 뭐 좀 알고 있을까? 사티피가 얘기했을지도 모르잖아."
"나에게 얘기하기보다는 카이트 언니에게 얘기했을 확률이 높지요. 하지만 말하지 않았을 거예요. 내 말이 맞을 거예요, 확실히."

"제수씨는 어떻게 생각하고 있는 거지?"
"카이트 언니요? 카이트 언니는 아무것에 대해서도 생각하지 않아요."

레니센브는 곰곰이 생각했다. 카이트가 한 일이라고는 사티피의 마음이 전 같지 않게 허약해진 때를 틈타 새로 짠 마직 가운데 최고급품을 자기 가족을 위해 가져가 버린 정도인데……. 예전의 사티피라면 카이트의 그런 행동을 절대 용납하지 않았을 것이다. 전 같으면 온 집안이 그들이 다투는 소리로 떠나갈 듯했을 것이다.

그러나 사티피는 뭐라고 대꾸 한마디 중얼거리지 않고 그 싸움에서 물러났다. 그때 레니센브는 다른 무엇에서보다도 더 강한 인상을 받았던 것이다.

레니센브가 물었다.

"할머니께는 말씀드려 보셨어요? 할머니라면 여자들의 사고방식이나 심리에 대해선 훤하실 텐데."

야모스는 적이 당황해했다.

"할머니는 도리어 지금처럼 변한 걸 다만 감사해야 한다고 하셨어. 사티피가 저토록 적당히 부드러운 모습을 계속 유지한다면 얼마나 좋겠냐며."

레니센브가 조금 주저하며 물었다.

"헤네트에게는 물어 봤어요?"

야모스는 이맛살을 찌푸렸다.

"헤네트? 아니. 그런 얘기를 헤네트와 하고 싶지는 않아. 그녀는 분수에 넘게 참견하길 좋아해. 아버님이 그 여자 버릇을 잘못 들이신 거야"

"나도 알아요, 헤네트는 너무 귀찮게 굴죠. 그러나 역시……."
그녀는 주춤거렸다.

"헤네트는 거의 모든 일들을 잘 알고 있어요."
야모스가 말했다.
"레니센브, 그녀에게 네가 물어봐 주겠니? 그리고 뭐라고 했는지 내게 좀 알려 주고."
"원하신다면요."
레니센브는 헤네트와 단둘이 있을 때 이 궁금증을 꺼내놓았다. 그들은 베를 짜는 별채로 걸어가고 있었다. 레니센브의 물음에 헤네트가 어쩔 줄 몰라 하는 모습을 보고 레니센브는 더욱 놀랐다. 헤네트에게는 평소 남의 뒷말을 즐겨 하던 표정이 보이지 않았다.

그녀는 몸에 있던 부적을 만지면서 자기 어깨만 바라보고 있었다.
"저와는 상관없는 일입니다. 그래요, 누가 본래의 모습이니 아니니 하는 것에 주의하는 일은 제 일이 아니지요. 저는 제 일에만 신경 씁니다. 만일 무슨 문제가 발생하더라도 제가 거기에 말려들어가고 싶은 생각은 없습니다."
"문제? 어떤 문제 말인데?"
헤네트는 레니센브를 슬쩍 곁눈질해 보더니 대답했다.
"아무것도 없기를 바랍니다. 여하튼 우리가 걱정해야 할 일은 없어요. 레니센브 아씨와 제가 비난받을 만한 일을 저지르진 않았으니까요. 그것이 제겐 큰 위안이랍니다."
"당신은 사티피가…… 어쨌다는 거예요?"
"전혀 아무런 뜻도 없습니다. 아씨, 제발 부탁이니 제 말에 더 이상의 의미를 두진 말아 주세요. 저는 이 집의 하녀와 다를 바 없는 존재이고, 그런 일들에 대한 의견을 말하는 것은 제 소관이 아니니까요. 굳이 제게 물으신다면, 그건 좋은 방향으로의 변화일 뿐이지요. 그럼, 모두 좋은 게 아녜요? 이만 실례하겠어요, 아씨. 마직 포에 날짜를 제대로 찍었는지 보러 가야 하거든요. 애들이 꼼꼼하지 못한 데다가 웃고 떠드느라 일도 제대로 하지 못한답니다."
 시원스런 대답을 듣지 못한 레니센브는 베를 짜는 별채로 사라지는 헤네트를 지켜보았다. 그녀는 홀로 느린 걸음으로 집에 돌아왔다.
 사티피는 레니센브가 자기 방에 들어서는 소리를 못 들었다. 레니센브가 그녀의 어깨에 손을 얹자 소리를 지르며 벌떡 일어났다.
 "어휴, 너무 놀랐어요. 난 또……."
 "사티피 언니, 뭐가 잘못된 거예요? 저한테 말씀해 주지 않겠어요? 오빠가 언니 걱정을 얼마나 많이 하는데요. 그리고 또……."
 사티피는 손으로 입을 가렸다. 놀란 듯 눈을 동그랗게 뜨고는 더듬더듬 말했다.
 "야모스가? 뭐라고…… 그이가 뭐라고 했는데요?"
 "오빠가 걱정하고 있어요. 언니가 자다가도 소리를 지른다고……."
 사티피가 레니센브의 팔을 잡으며 다그쳤다.
 "아가씨, 내가…… 내가 뭐라고 소리 질렀다던가요?"
 그녀는 공포에 질려 눈을 부릅뜨고 있었다.
 "그이가 아가씨에게 무슨 말을 했나요?"
 "우리는 둘 다 언니가 어디 아프거나…… 안 좋은 일이라도 있는 게 아닐까 생각했어요."
 "안 좋은 일?"
 사티피는 독특한 억양을 붙인 그 말을 작게 중얼거렸다.
 "사티피 언니, 무슨 좋지 못한 일이라도 있었나요?"
 "글쎄, 모르겠어요. 이건 그런 문제가 아니에요."
 "그렇겠지요. 언니는 뭔가에 겁내는 거죠, 그렇죠?"
 사티피는 갑작스레 적의를 담은 눈을 빛내며 그녀를 뚫어져라 보았다.
 "왜 그런 말을 하는 거지요? 내가 뭘 겁내고 있다는 거예요? 뭐가 날 겁나게 했다는 거예요?"

"모르겠어요. 하지만 내 말이 맞죠?"

사티피는 간신히 예전의 그 오만한 태도로 돌아와 있었다. 그녀는 머리를 젖히며 말했다.

"난 아무것도 두렵지 않아요. 아무것도! 아가씬 어떻게 나에게 그런 말을 감히 할 수 있는 거죠? 그리고, 내 얘기를 그이와 함께 하지 말아요. 남편과 나는 서로를 이해하고 있어요."

그녀는 잠깐 쉬었다가 다시 날카로운 목소리로 계속했다.

"노프레트는 죽었어요. 시원스레 혹이 떨어져 나간 거지. 내가 말하고 싶은 건 그거예요. 노프레트의 죽음에 대해 어떻게 생각하는지 누가 묻는다면 그렇게 말할 수 있어요. 앓던 이가 쏙 빠진 것 같다고 말이죠."

"노프레트?"

레니센브는 이상하다는 듯 그 이름을 들먹였다.

사티피는 격정에 휘말려 있었는데, 그 모습은 예전의 사티피다운 모습이었다.

"노프레트…… 노프레트…… 그것만이 감사할 뿐이에요."

카랑카랑하게 높던 그녀의 목소리는 야모스의 등장과 함께 갑자기 수그러졌다.

야모스는 전에 없던 위엄을 부리며 말했다.

"여보, 조용히 해요. 아버지가 당신 목소리를 들으면 새삼 골치 아픈 일이 생길지도 모르오. 당신은 어떻게 그리 분별 없이 처신한단 말이오?"

야모스의 엄격한 말투도 이상했고, 사티피의 기가 죽어 있는 모습도 알 수 없었다.

그녀가 다 죽어가는 목소리로 말했다.

"미안해요, 여보…… 미처 생각지 못했어요."
"그러니까 앞으론 더 조심하도록 해요! 당신과 제수씨가 이제까지 있었던 문제의 대부분을 만든 거요. 당신네 여자들이란 도대체 상황 판단을 못한다니까!"
사티피가 다시 사과했다.
"정말 죄송해요……."
어깨를 펴고서 보통때보다도 당당한 발걸음으로 야모스는 나갔다. 한번 그에게 쥐어진 권위가 그를 더욱 당당하게 만든 것 같았다.
레니센브는 할머니의 방이 있는 곳으로 천천히 걸어갔다. 그녀는 할머니가 뭔가 도움이 될 만한 말을 해줄 수 있을 거라고 생각했다.
그러나 에사는 왕성한 식욕으로 쌓여 있는 포도를 먹기만 할 뿐, 그 문제를 심각하게 취급하려 하지 않았다.
"사티피? 사티피? 이번엔 왜 또 사티피 때문에 수선을 떠는 게냐? 다 잘 됐잖아? 그 애가 전처럼 처신하기를 바라기라도 한단 말이냐?"
그녀는 포도 씨를 뱉더니 다시 말했다.
"아무튼 그 상태가 지속되느냐 마느냐는…… 야모스가 어떻게 하느냐에 달려 있겠지."
"야모스 오빠에게요?"
"그래, 나는 야모스가 제 소신을 갖고 아내를 따끔하게 다스릴 수 있기를 바랐다. 그 애에겐 그게 필요해. 사티피도 아마 그런 방법을 좋아하는 여자들 중 하날 게야. 야모스처럼 나약하고 의존심이 강한 남편이 그 애에겐 참을 수 없는 존재였겠지."
레니센브는 화가 나서 언성을 높였다.
"큰오빠는 좋은 사람이에요. 모든 사람에게 친절하고…… 여자처럼 자상하죠. 하긴 여자라고 다 자상하란 법은 없지만요."

그녀는 자신 없이 사족을 달았다.

에사가 키득거리며 웃었다.

"좋은 발견을 했구나, 내 손녀야. 그래, 여자에겐 자상함이란 없지. 만일 있다 해도 이시스 신(어머니 신)의 도우심이지!

친절하고 자상한 남편을 찾는 여자는 거의 없다. 여자들은 잘생기고 소벡처럼 거칠고 건방진 남자를 좋아하는 법이야. 소벡은 소녀들의 선망의 대상이 될 수 있는 타입 중의 하나지. 카메니처럼 참신한 젊은이 역시 마찬가지고, 그렇지, 레니센브? 뜰에 날아다니는 파리도 그처럼 멋진 사내에게는 오래 앉지 않는단다! 그의 감미로운 사랑의 노래는 어떻고, 안 그러냐? 히히히."

레니센브는 자기의 볼이 빨갛게 달아오르는 것을 느끼고 태도를 흐트러뜨리지 않으려고 애쓰며 말했다.

"무슨 말씀인지 모르겠네요."

반 장님인 눈으로 에사가 레니센브를 노려보았다.

"너는 이 늙은 할미가 뭐가 어떻게 돌아가는지 아무것도 모른다고 생각하겠지! 난 다 알고 있어. 아마 네가 알기도 전에 나는 알고 있었을 게다. 그렇다고 화를 내지는 말아라, 아가야. 그것이 세상사 켯속이니까.

케이는 너에게 좋은 배우자였지. 그러나 이제는 저승의 바다를 항해하고 있다. 아내는 이승에서 고기를 낚아올리는 새로운 남편——카메니는 낚시를 잘하진 못하지만——을 찾게 되는 거지. 카메니에겐 펜대와 파피루스 두루마리가 어울리지. 의젓한 청년이고, 게다가 노래도 잘 부르지. 그렇지만, 그가 너와 어울린다는 확신을 갖고 있지는 않아. 우리는 북쪽 태생인 그에 대해 많이 알고 있지는 않으니까. 임호테프는 그를 신임하고 있는가 보더라만, 내겐 늘 임호테프의 판단이 어리석게만 생각되거든. 알랑거리는 말로 그 애를 구슬리는 건 문제도 아니지. 헤네트를 보렴!"
레니센브가 차갑게 말했다.
"할머니는 잘못 알고 계세요."
"그래, 좋다. 내가 틀렸다고 치자. 네 애비가 바보가 아니라고."
"제 얘긴 그게 아니에요. 제 말뜻은……."
에사가 히죽히죽 웃으며 말을 가로막았다.
"네가 무슨 얘길 하는 건지 나도 안단다, 아가야. 그러나 너는 진짜 웃음거리를 모르고 있는 게야. 나처럼 이렇게 편안히 앉아서 남편이니 아내니, 사랑이니 미움이니 하는 따위의 일들을 보고 있는 게 얼마나 좋은지 너는 모를 게야. 훌륭히 요리된 살찐 메추라기나 칠면조, 꿀을 바른 케이크, 양념이 잘된 파와 셀러리 요리, 거기다가 시리아산 포도주를 마시며 세상사에는 전혀 신경을 쓰지 않는 거야. 그저 온갖 소요와 마음 아픈 일들을 엿볼 뿐, 그것이 나 자신에게는 결코 영향을 미치지 않게 한단다.

내 아들이 어떤 어여쁜 아가씨에게 반해 버렸고, 그녀가 집안 전체를 술렁이게 한 것을 다 들었다. 내가 얘기할 수 있는 건, 그런 것들이 나를 웃기기에 충분했다는 사실이다!

어떤 의미에서는 난 그 아가씨가 좋더구나! 확실히 그녀의 마음 한구석에는 악마가 자리잡고 있었어. 정곡을 찌르는 그애의 방식 같은 게 말이다. 소벡은 바늘에 찔린 풍선 같았고, 이피는 철부지 어린애가 되어 버렸고, 야모스는 들볶이는 남편처럼 부끄러워졌지.

괸 물에 얼굴을 비춰 보듯 훤하게 드러난 거야. 이 집안 사람들이 세상에 어떤 모습으로 보이는지 가차없이 노출시켜 버렸어.

그러면 왜 그 애는 너를 미워했겠니, 레니센브? 대답해 보겠니?"
레니센브는 이해할 수 없다는 듯 말했다.

"나는…… 친구가 되려고 다가서기까지 했는걸요."

"그러나 그 애는 받아들이지 않았을걸? 확실히 그 애는 널 미워했어."

말을 끊었다가 그녀는 날카로운 목소리로 대뜸 물었다.

"그게 카메니 때문이라고 생각해 보진 않았니?"

레니센브의 얼굴이 붉어졌다.

"카메니? 그게 무슨 말씀이세요?"

에사는 의미심장한 표정으로 말했다.

"노프레트와 카메니, 그들은 둘 다 북쪽에서 온 사람들인데, 카메니가 정원을 가로질러 주시하던 사람은 바로 너였거든."

갑자기 레니센브가 말했다.

"전 테티를 보러 가야겠어요."

몹시 즐겁다는 듯 에사의 째지는 웃음소리가 레니센브의 등 뒤로 들려 왔다. 불쾌해진 레니센브는 연못을 향해 정원을 가로질렀다.

카메니가 현관에서 그녀를 불렀다.

"제가 새로운 노래를 만들었습니다. 여기서 잠깐 들어 보시겠습니까?"

그녀는 도리질을 치고 걸음을 서둘렀다. 그녀의 마음은 분노로 쿵쾅거리고 있었다. 카메니와 노프레트, 노프레트와 카메니. 어째서 할머니는 그 짓궂은 장난으로 자신의 머리에 불쾌한 생각을 불어넣는 것일까? 그리고 자기는 왜 그런 것에 신경을 써야 하는가?

아니, 그게 무슨 상관인가? 카메니에겐 전혀 신경쓰고 싶지 않다. 남편을 연상케 하는 웃음소리와 어깨를 지닌 주제넘은 젊은이, 그뿐이다.

케이…… 케이…….

그녀는 남편의 이름을 계속 불러 보았다. 그러나 아무런 영상도 떠오르지 않았다. 케이는 이미 딴 세상 사람인 것이다. 그는 저승에 있는 사람……
현관에서 카메니는 감미롭게 노래하고 있었다.

나 프타 신께 간구하리.
오늘밤 나의 연인 보내 주옵소서……

3

"레니센브!"
호리는 그녀가 들을 때까지 두 번이나 그녀의 이름을 불렀다. 그녀는 자기를 부르는 소리를 듣고 나일 강만 바라보던 눈길을 그에게로 돌렸다.
"골똘히 생각에 잠겨 있었군요, 레니센브. 무슨 생각을 하고 있었습니까?"
레니센브는 도전하듯 말했다.
"케이 생각을 하고 있었어요."
호리는 잠시 그녀를 바라보더니 미소를 띠었다.
"그랬군요."
레니센브는 그가 자기 마음속을 꿰뚫은 듯해서 불쾌한 기분이 들었다.
그녀는 다급히 말했다.
"사람이 죽으면 어떻게 되는 걸까요? 정말로 아는 사람은 없을까요? 사람들이 말하는 것은 모두…… 관 위에 새긴 모든 말들도…… 막연하기만 하지, 뭐 하나 의미 있는 게 없는 것 같아요.

오리시스 신이 살해된 뒤 그의 몸이 다시 합쳐졌고, 그는 하얀 관(冠)을 쓰고 있으며, 그 분의 죽음으로 인해 우리는 죽을 필요가 없다는 것은 알고 있어요. 그러나 때로는 그러한 것들이 진실이 아닌 것처럼 느껴질 때도 있어요. 뭐가 뭔지 혼란스러울 뿐이에요……."
호리는 이해가 간다는 듯 고개를 끄덕였다.
"그렇지만 알고 싶어요…… 죽은 다음에는 정말 무슨 일이 생기는 건지."
"대답하기 어렵군요, 레니센브. 신관에게 물어 보시는 게 좋을 것 같습니다."
"신관은 일반적인 얘기밖엔 안 해주세요. 나는 진실을 알고 싶다고요."
호리가 침착하게 말했다.
"우리가 직접 죽기 전에는 아무도 그걸 알 수는 없는 거겠지요……."
레니센브는 소름이 끼쳤다.
"싫어요. 그런 소린 마세요!"
"당신을 혼란스럽게 한 일이 있었군요, 레니센브?"
"할머니 때문이에요."
그녀는 잠시 쉬었다가 하던 말을 계속했다.
"말씀해 주세요, 호리. 카메니와 노프레트는 전부터 서로 잘 알고 있는 사이였나요? 이곳에 오기 전부터 말예요."
호리는 순간 말없이 서 있더니, 레니센브와 나란히 걸었다. 집으로 돌아오는 길에 그가 말했다.
"그랬군요. 그게 어떻게 된 일인가 해서……."
"무슨 뜻이지요? '그게 어떻게 된 일인가' 라니요? 나는 그저 한 가지 궁금한 걸 물어봤을 뿐인데요."
"나도 잘 모릅니다. 북쪽에서부터 노프레트와 카메니는 서로 아는 사이였지만, 어느 정도 가까운 사이였는지는 나도 모릅니다."
그가 부드럽게 물었다.
"그것이 문제됩니까?"
"아, 그런 건 아니에요. 전혀 중요한 일은 아니지요."
"노프레트는 죽었습니다."
"죽어서 미라로 처리되어 무덤 속에 갇혔지요! 그뿐이에요!"
호리가 침착하게 거들었다.
"그리고 카메니는…… 슬퍼하는 것 같지도 않고……"
레니센브는 호리의 이 말을 듣고는 의문의 실마리를 푼 듯 감격하여 그를 돌아보았다.
"그래요, 그건 맞는 말이에요. 오, 호리. 당신은 얼마나 사람을 편하게 해주는지!"
그는 미소지었다.
"나는 자그마한 꼬마 레니센브의 장난감 사자를 고쳐 주었었지요. 지금…… 그녀는 다른 장난감을 갖고 있군요."
그들이 집 앞에 도착해서도 레니센브는 그냥 지나치려 했다.
"난 아직 들어가고 싶지 않아요. 사람들 보기가 싫어요. 그렇다고 정말 미워하는 것은 아니라는 걸 당신도 알 거예요. 그러나 지금 나는 마음이 뒤틀리고…… 짜증스러운 데다가 모두들 그렇게 괴상해 보이거든요.

우리, 묘소에 올라가 보는 게 어때요? 그곳에 가면 기분이 좋아져요. 뭐랄까…… 그래요, 만물의 위에 있는 듯한 느낌이 들죠."
"적절한 표현을 하는군요, 레니센브. 나도 그렇게 느낍니다. 집과 전답, 그리고 농장…… 아래에 널린 모든 게 부질없이 생각되지요. 그런 풍경을 넘어…… 강을…… 다시 그보다 멀리…… 이집트 전체를 바라보는 것이지요. 머지않은 장래에 이집트는 하나로 통일되어…… 과거와 같이 강대하고 훌륭한 나라로 번성할 겁니다."
레니센브가 모호한 표정으로 중얼거렸다.
"흠…… 그게 중요한 일인가요?"
호리가 빙그레 웃으며 말했다.
"꼬마 레니센브에겐 중요하지 않지요. 그녀에게는 장난감 사자만이 중요할 테니까 말입니다."
"나를 비웃고 있군요, 호리. 그러니까, 나에겐 아니더라도 당신에게는 매우 중요한 문제라는 건가요?"
호리가 중얼거렸다.
"어째서 그런 말을 합니까? 왜 그런 말을 하는 거죠? 나는 묘소지기 제관의 일을 돕는 고용인에 불과합니다. 이집트가 부강해지거나 작아지는 것에 내가 왜 신경을 쓰겠습니까?"
레니센브가 그들 위로 보이는 벼랑을 가리키며 말했다.
"보세요. 야모스와 사티피가 묘소에 올라갔었어요. 지금 내려오고 있는데요."
호리가 대답했다.
"예, 미라 제조업자가 쓰다 남긴 아마 두루마리 등 치워 버려야 할 것들이 좀 있었으니까요. 야모스는 그것들을 어떻게 해야 할지 부인과 상의해야겠다고 했었습니다."
두 사람은 오솔길을 내려오는 부부를 쳐다보며 서 있었다. 레니센브는 문득, 그들이 노프레트가 굴러떨어졌을 지점에 막 다다르고 있다는 걸 알았다.
사티피가 앞에 있고, 야모스는 그녀보다 조금 뒤에 있었다.
갑자기 사티피가 고개를 돌려 야모스에게 뭐라고 말했다. 레니센브는 올케 언니가 아마 거기에서 일어난 사고에 대해 남편에게 이야기하고 있는 것이리라 생각했다. 그런데 갑자기 사티피가 몸을 움츠리는 것이 보였다. 그녀는 오솔길 뒤쪽을 응시하면서 얼어붙은 듯 서 있었다. 그녀의 팔은 무언가 무서운 광경을 본 것처럼, 아니면 누가 때리려는 걸 막을 때처럼 들어올려져 있었다. 그녀는 뭐라고 소리지르면서 쓰러질 듯 비틀거렸고, 그러자 야모스가 그녀 앞을 가로막았고, 공포에 싸인 그녀는 비명을 지르며 벼랑의 모서리에서 바위가 있는 아래로 굴러떨어지는 것이었다……

레니센브는 자기의 손을 목에 가져다 대고는 도저히 믿기지 않는 광경을 목격하고 있었다.

사티피는 아무렇게나 뭉쳐진 덩어리처럼 엎어져 있었다. 그 전에 노프레트의 시체가 누워 있던 바로 그 자리에.

레니센브는 튀어나가듯이 사티피에게로 달려갔다. 야모스는 소리를 지르며 오솔길을 뛰어 내려오고 있었다.

레니센브는 올케가 쓰러져 있는 곳에 다다르자 몸을 굽혀 그녀를 살펴보았다. 사티피의 눈은 떠져 있었고, 눈꺼풀은 떨리고 있었다. 그녀의 입술은 뭘 말하려는 듯 움직이고 있었다. 그녀는 더 깊이 몸을 숙였다. 그녀는 사티피의 눈에 어린 공포에 전율했다.

죽어가는 그녀의 목소리가 간신히 들렸다. 목이 쉬어 가랑가랑했다.

"노…… 프…… 레트……."

사티피의 고개가 떨궈졌다. 그녀의 턱이 떨어졌다.

호리는 야모스와 함께 시체 곁으로 왔다. 레니센브는 오빠를 올려다보았다.

"언니가 뭐라고 소리지른 거예요? 저기서 떨어지기 전에 말예요?"

야모스는 숨이 가빠서 말을 할 수가 없었다.

"아내는 내 뒤를 보더군. 내 어깨 너머를 말이야. 마치 오솔길을 따라 누군가가 내려오고 있다는 듯이. 그러나 거기엔 아무도 없었어. 아무도 없었단 말야."
호리도 말했다.
"아무도 없었습니다……."
야모스의 목소리가 갑자기 낮아지더니 공포에 질려 속삭였다.
"그리고 소리를 지르더군."
레니센브가 다가들며 물었다.
"뭐라고 하던가요?"
그의 목소리가 떨고 있었다.
"그녀가 말하길…… 말하길…… 노프레트……."

제12장

여름 첫째달 12일

레니센브는 질문으로가 아니라 일종의 긍정하는 태도로 호리에게 말을 걸었다.

"그러니까 당신이 말하려던 게 그거였군요?"

진상을 알게 됨과 동시에 공포에 질린 듯 숨을 죽여 덧붙였다.

"노프레트를 죽인 건 사티피 언니……"

레니센브는 묘소 옆 호리의 자그마한 돌집 문턱에 앉아 턱을 괴고 앉아서는 아래에 있는 골짜기를 내려다보았다.

그녀는 어제 자기가 한 말이 정말 맞는 말이라고 몽롱하게 생각하고 있었다. 겨우 어제라니, 그것밖에 안 되었나? 이곳에서 보면 내려다보이는 집과 바삐 서두르고 있는 사람들의 모습이 개미들의 생활 이상으로 중요해 보이지는 않는 것이다.

오로지 머리 위에서 장엄한 힘을 가지고 빛나는 태양만이…… 아침 햇살에 은빛 띠를 두르는 나일 강의 흐름도…… 다만 이것만이 영원히 계속되는 것이다. 케이는 죽었다. 그리고, 노프레트와 사티피 역시, 언젠가는 그녀와 호리도 죽을 것이다.

그러나 태양의 신 리는 여전히 하늘을 다스릴 것이며 밤에는 배를 타고 이튿날 새벽을 향해 지하 세계를 여행할 것이다. 그리고 강은 여전히 흐를 것이고, 엘리판타인 너머에서부터 테베를 지나고 이 마을을 거쳐서 노프레트가 밝고 명랑하게 지냈던 북이집트로 흘러가겠지. 큰 물줄기가 되어, 이집트보다 더 먼 곳으로 흘러가리라. 사티피, 그리고 노프레트······.

그녀의 마지막 질문에 대답하지 않자 자기의 생각을 좇던 레니센브는 소리를 질렀다.

"당신도 알다시피 난 소벡 오빠일 거라고 확신했지요."

그녀는 하던 말을 중지했다.

듣고 있던 호리가 신중히 말했다.

"선입견이라는 거지요."

"예, 내가 어리석었어요. 헤네트가 내게 말했어요. 그저 덤덤히 말한 것이었지만. 사티피가 이 길을 따라 산책을 갔고, 노프레트도 이리로 올라갔다고 말했어요. 그때 난 사티피가 노프레트를 쫓아갔다는 사실을 명백히 눈치챘어야 했어요. 오솔길에서 둘은 만났겠죠. 사티피 언니가 노프레트를 밀어 버렸을 거고. 언니는 바로 그전에 자기가 오빠들보다 더 용감하다고 말하기까지 했으니까요."

말을 마친 그녀는 부르르 몸을 떨었다. 그러고는 계속 말을 이었다.

"내가 언니를 만났을 때 난 알아차릴 수도 있었어요. 언니는 보통 때와는 전혀 다른 모습이었어요. 몹시 겁에 질린 듯했지요. 언니는 자기와 함께 집으로 돌아가자고 나를 조르더군요. 내가 노프레트의 시체를 발견하지 못하게 하려던 거였어요. 그런 사실을 깨닫지 못할 정도로 난 정신이 없었답니다. 난 그저 소벡 오빠에 대한 두려움에 가득 차서……."
"이해합니다. 그가 뱀을 죽이는 걸 보았기 때문이겠지요."
레니센브는 고개를 끄덕이며 긍정했다.
"맞아요, 그랬어요. 더군다나 난 꿈까지 꾸었어요. 가엾은 소벡 오빠……. 내가 잘못 판단했던 거예요. 당신이 말했듯이 큰소리친다고 곧 그대로 한다는 법은 없어요. 소벡 오빠는 항상 말로만 허풍을 떨지요. 대담하고 무정하게 행동으로 옮기는 것을 두려워하지 않는 인물은 사티피 언니였어요.

그 일 이후로 언니의 행동은 마치 유령 같아서, 우리 모두를 어리둥절케 했지요. 왜 우린 그런 사실을 생각해내지 못했을까요?"
그녀는 호리를 슬쩍 올려다보며 덧붙였다.
"당신은 알고 있었죠?"
"노프레트의 죽음에 대한 실마리와, 사티피의 성격 변화가 연관이 있다는 것은 나도 시간이 좀 지난 뒤에 알았습니다. 그 변화가 너무나 현격했기 때문에 뭔가 잘못된 것이 있을 거라고 생각했지요."
"그런데도 아무 말도 안 하셨군요?"
"그럼 내가 어떻게 했어야 하죠, 레니센브? 어떻게 증명할 수가 있었겠습니까?"
"물론 그래요. 증거가 없었으니까요."
"증거란 벽돌로 쌓은 벽처럼 견고한 사실로 뒷받침되어야만 유효합니다."
레니센브가 따지고 들었다.
"그런데 언젠가 당신은 사람의 성격은 진정으로 바뀌는 건 아니라고 말했잖아요. 하지만, 지금에 와서는 사티피 언니의 변화를 인정하시는군요?"
호리는 그녀에게 미소를 지었다.

제12장 153

"당신은 노마치(고대 이집트의 군청)의 법정에서 논쟁해도 되겠군요, 레니센브, 내가 한 말——사람은 항상 자기 자신일 뿐이라는 말은 틀린 얘기가 아닙니다.

사티피도 소벡과 마찬가지로 말로만 대담했던 여자입니다. 실제로 그녀는 자기가 뱉은 말을 거의 무심코 행동으로 옮겼을 겁니다. 그러나 그녀는 사건이 터질 때까지는 그 뒤의 일을 전혀 예기치 못하는 사람 중 하나였지요. 사건이 터질 그날까지 살아오면서 그녀는 두려움이 무언지도 몰랐을 겁니다. 막상 공포에 당면했을 때 그것을 극복할 수 있는 무기는 용기라는 사실을 인식했겠지만……그녀는 그 용기를 갖고 있지 못했습니다."

레니센브는 낮은 목소리로 중얼거렸다.

"공포에 부딪쳤을 때…… 맞아요. 노프레트가 죽은 이후로 계속 우리의 뒤를 쫓고 있던 건 바로 그 공포였죠. 사티피 언니는 우리가 다 볼 수 있을 정도로 그 공포의 표정을 드러내고 있었어요. 언니가 죽을 때에도 그 표정은 역력했어요…… '노프레트'라고 말할 때의 그 눈…… 마치 무언가를 보고 있는 것처럼……."

레니센브는 말을 멈췄다. 뭐가 이상한지 눈을 크게 뜨고 호리를 바라보는 것이었다.

"호리, 무얼 보고 있었을까요? 오솔길이었어요. 그밖에 우린 아무것도 본 게 없어요. 거긴 아무것도 없었다고요."

"우리 눈에는 안 보였지요. 그랬어요."

"언니에게는 보이고요? 언니는 노프레트를 본 거예요. 노프레트가 원한을 갚으려고 왔던 거예요. 그러나 노프레트는 죽었고, 무덤 속에 매장되어 있잖아요. 그럼 그때 언니가 본 건 뭐죠?"

"그녀 마음속에 비쳐진 환상이었겠지요."

"그렇게 생각하세요? 만일 그렇지 않다면……."

"아니, 레니센브, '그렇지 않다면'이라뇨?"
레니센브는 손을 뻗쳐 호리를 불렀다.
"호리, 이제 모든 게 끝난 건가요? 이제 사티피 언니가 죽은 건가요? 그것으로 이 사고는 정말 끝난 거냐고요?"
그는 그녀의 손을 꼭 잡아 주었다.
"예, 그래요, 레니센브, 확실합니다. 그러니 적어도 당신이 두려워할 일은 이제 없습니다."
레니센브는 힘없이 중얼거렸다.
"그렇지만 할머니는 노프레트가 날 미워했다고 하시던걸요."
"노프레트가 당신을 미워했다고요?"
"할머니가 말씀하신 거예요."
"노프레트는 곧잘 사람을 미워했지요. 때론 그 여자는 이 집안 사람 모두를 증오하는 것처럼 생각될 때도 있었으니까요. 그러나 당신만은 적어도 그녀를 적대시하지 않았죠."
"그래요, 그건 맞는 말이에요."
"그러니까 레니센브, 당신이 판단하기에도 당신 양심에 거리낄 것은 하나도 없는 겁니다."
"호리, 당신은 그러니까 이 오솔길을 나 혼자…… 해질녘에…… 노프레트가 죽던 때와 같은 시각에 걷다가…… 뒤돌아본다고 해도 …… 아무것도 보이지는 않을 거라는 말인가요? 나는 안전하다는 말인가요?"
"당신은 안전할 겁니다, 레니센브. 당신이 오솔길을 걸어갈 때면 내가 동행해서 위험으로부터 지켜 줄 것이기 때문입니다."
그러나 레니센브는 얼굴을 찡그리며 머리를 저었다.
"싫어요, 호리. 난 혼자 걸을 거예요."
"약하디약한 레니센브가 어째서죠? 무섭지 않겠습니까?"

"무섭겠죠. 무서울 거예요. 그러나 한 번은 치러야 할 일이에요. 식구들 모두 집안에서 떨고만 있어요. 부적을 사러 사원을 들락거리고, 저녁시간에 이 좁은 길을 지나는 건 위험다고 떠들어대기도 하죠.

그러나 사티피 언니가 비틀거리며 굴러떨어진 것은 악령의 힘 때문은 아니었어요. 그건 공포였어요. 자기가 한 나쁜 짓 때문에 생긴 공포심이었어요.

젊고 건강하게 생을 즐기고 있는 사람의 생명을 빼앗은 것은 분명 나쁜 짓이니까요. 그러나 난 악한 행위를 하지 않았어요. 그리고 설령 노프레트가 나를 미워했다고 해도 그녀의 증오심이 나를 해칠 수는 없어요. 난 그렇게 믿고 있어요. 그리고, 항상 두려움에 짓눌려 살아갈 바에야 죽는 게 차라리 낫겠어요. 그러니 난 이 공포를 극복하는 수밖에 없는 거죠."

"용기 있는 말입니다, 레니센브."

"내가 한 말만큼 실제로 용감한 건 아닐 거예요, 호리."

그녀는 미소를 지으며 그를 바라보았다. 그러고는 일어서서 말했다.

"하지만, 말해 버리고 나니 시원해요."

호리도 일어서더니 그녀 옆에 섰다.

"레니센브, 나도 당신이 한 말들을 기억하고 있겠습니다. 그리고, 그런 말을 할 때 고개를 쳐들고 있던 당신의 그 의연한 모습도 기억하겠습니다. 늘 당신 가슴속에 지녀 왔다고 보이는 용기와 진실을 보여 주는 것들입니다."

그는 그녀의 손을 잡았다.

"보세요, 레니센브. 여기서부터 골짜기를 지나 강이 흐르는 곳, 그리고 더 멀리 저곳이 이집트, 우리들의 나라입니다.

수년간에 걸친 전쟁과 내란으로 분열되고 조그만 왕국으로 분할되어 버렸지만, 이제 곧 합병이 되어 다시 한 번 통일 국가가 될 겁니다. 북이집트와 남이집트가 다시 하나로 뭉치는 것이지요. 예전의 영광을 되찾게 될 것을 바라며, 또 그렇게 되리라 믿고 있답니다.

  그날이 오면 이집트는 진실한 마음과 용기를 지닌 백성들을 필요로 할 겁니다. 레니센브, 당신과 같은 여성이 필요한 겁니다. 남자라도 자기의 이기적인 이해타산으로 소일하는 임호테프 주인님이나, 게으르고 허풍만 떠는 소벡, 이피같이 자기만 아는 어린애는 자격이 없습니다. 양심적이고 정직한 아들 야모스도 그때의 이집트는 필요로 하지 않을 겁니다.

  난 글자 그대로 사자(死者)들에게 둘러싸인 이곳에 앉아, 손익을 따져 장부에 기입하면서 재산이라는 말로는 표현할 수 없는 이득을 얻었고, 농작물의 피해보다 더 큰 손실도 있다는 것을 배웠습니다……

  나는 강물을 바라보면서 이집트의 생동하는 핏줄을 보았습니다. 우리가 태어나기 전부터 있어왔고, 우리가 죽은 뒤에도 엄연히 존재할 이집트의 혈맥.

  레니센브, 삶과 죽음에는 그렇게 큰 차이가 있지는 않습니다. 나는 호리일 뿐이지요. 주인님이 고용한 서기랍니다. 그러나 이집트를 두루 바라볼 때 평화를…… 그래요, 총독 자리와도 바꿀 수 없는 환희를 맛본답니다. 내가 뭘 말하고 있는지 이해하시겠지요, 레니센브?"

"나도 그렇게 생각해요, 어느 정도는. 당신은 저 아래에 있는 사람들과는 달라요. 언제부턴가 그렇게 생각했어요. 그리고 이따금씩 당신과 여기에 앉아 있노라면 나도 막연하게나마 당신이 느꼈던 걸 느낄 수 있었지요. 그렇게 뚜렷하진 않았어요.

　그러나 당신이 의미하는 게 무언지는 알아요. 내가 여기에 있을 때 만물은 저기에……."

그녀는 아래를 가리켰다.

"……있을 뿐 더 이상 중요한 게 아니지요. 싸움과 증오와 시기, 소란 모두가 말예요. 여기는 그 모든 것들에서 벗어나 있는 곳이니까요."

그녀는 이마를 찡그리며 잠시 한숨을 돌리더니 떠듬떠듬 이야기를 계속했다.

"때때로 나는…… 해방감을 만끽하죠. 그러나…… 나로서는 알 수 없는…… 뭔가가 잡혀요……. 저 아래에서…… 다시 나를 부르는 게 있어요."

호리는 그녀의 손을 놓고 한 발 물러섰다. 그러고는 부드럽게 말했다. "예, 나도 압니다. 정원에서 노래를 부르고 있는 카메니를."

"무슨 뜻이에요, 호리? 난 카메니 생각을 하고 있었던 게 아니에요."

"그에 대한 생각을 하고 있지 않았을지도 모르죠. 그러나 무심결에 당신이 듣고 있는 것은 그의 노랫소리였다고 볼 수 있습니다."

레니셴브는 눈썹을 찌푸리며 그를 쏘아보았다.

"당신, 이상한 말을 하는군요. 그가 노래하는 소릴 여기서 어떻게 들어요? 거리가 너무 멀어서 들을 수가 없단 말예요."

호리가 조용히 한숨을 쉬더니 머리를 흔들었다. 그의 눈 속에 어리는 안도의 빛에 그녀는 어리둥절했다. 그의 표정을 이해할 수 없었기 때문에 레니셴브는 약간 화도 나고 당황스럽기도 했다.

제13장

여름 첫째달 23일

"에사 마님, 잠시 말씀드려도 될까요?"

에사가 날카롭게 헤네트를 노려보았다. 헤네트는 비굴한 웃음을 띤 채 방문 앞에 서 있었다.

에사가 날카롭게 물었다.

"뭐지?"

"사실 별것도 아닙지요만…… 적어도 제 생각엔 그렇지가 않아서 …… 지금 마님께 여쭈어야 할 것 같아서……."

에사가 헤네트의 말을 끊고 말했다.

"그렇다면 들어오너라, 어서. 그리고 너는……."

그녀는 구슬에 실을 꿰고 있던 흑인 노예 소녀의 어깨를 지팡이로 건드렸다.

"……부엌에 가서 올리브 요리 조금하고 석류 주스를 갖다주련?"

노예 소녀는 나갔고, 에사는 헤네트를 손짓해 불렀다.

"바로 이겁니다, 노마님."

에사는 헤네트가 들고 있는 물건을 자세히 보았다. 그것은 뚜껑이 반들반들한 자그마한 보석함이었는데, 두 개의 단추로 잠겨 있었다.
"그게 어쨌다는 게냐?"
"이건 그 분의 것입니다. 방금 이것을 찾아냈지요. 그분 방에서요."
"누굴 말하는 게냐? 사티피?"
"아니, 아닙니다, 노마님. 다른 분 말예요."
"노프레트 말이구나? 그런데?"
"그 분의 보석과 화장품, 그리고 향수병…… 모두 다…… 그 아씨와 함께 묻었거든요."
에사는 단추 끈을 돌려서 보석함 뚜껑을 열어 보았다. 작은 루비로 이은 목걸이며 녹색 광택이 나는 부적 반 쪼가리가 들어 있었다.
"음, 별로 대단치는 않구나. 미처 보지 못하고 빠뜨린 게로군."
"미라 만드는 사람들이 모조리 가져갔었는걸요."
"미라 만드는 사람들이라고 실수하지 말라는 법 있더냐. 이건 깜빡 잊었나 보지."
"노마님, 제 말씀 좀 들어 보세요. 이것은 제가 지난번 그 방을 들여다보았을 때는 없었던 거예요."
에사는 헤네트를 쏘아보았다.
"무슨 일을 꾸미려고 하는 게냐? 노프레트가 저승에서 돌아와서 여기 이 집에 있다는 말이냐?
 넌 바보가 아니야, 헤네트. 비록 가끔씩 어리석게 보이긴 해도, 시시껄렁한 귀신 얘기 따위를 퍼뜨려서 재미날 게 뭐가 있겠냐?"
헤네트는 뭔가 불길하다는 듯 고개를 저었다.
"우리는 사티피 마님이 어떻게 됐는지, 왜 그렇게 됐는지 잘 알지요."

"다들 잘 알고 있겠지. 그리고, 그중 누군가는 이 사건을 미리 알고 있었을걸! 안 그러냐, 헤네트? 너라면 노프레트가 어떻게 죽게 된 건지 나보다도 훤하겠지. 나는 네가 뭔가 알고 있을 거라고 죽 생각해 왔지."
"아유, 노마님, 그렇게 생각하시면 안 됩니다요."
"내가 무슨 생각을 하면 안 된다는 게지? 나는 생각 따위를 겁내지는 않아. 지난 두 달 동안 사티피는 겁에 질려 걸음걸이조차 설설 기었지. 언제부터인가, 나는 좀 다른 생각을 하기 시작했어. 어느 누군가가 사티피가 노프레트를 죽인 사실을 알고는 그 사실을 야모스나 임호테프에게 밝히겠다고 그 애를 협박하는 거라고 말이다."
헤네트는 들뜬 목소리로 열심히 항변했다.
에사는 눈을 감고 의자 깊숙이 기대어 앉으며 말했다.
"네가 그런 걸 스스로 인정하지는 않으리라 생각했다. 그러기를 기대하지도 않고."
"제가 왜 그런 짓을 했겠습니까? 대답해 주세요. 어째서 제가 그런 짓을 했다고 여기시는 거지요?"
"나도 모르지. 헤네트, 너는 이제까지 엉뚱한 짓을 곧잘 하지 않았느냐? 이렇다 할 이유도 없이 말이다."
"제가 그 분에게 입 다물어 주는 대가로 뒷돈이라도 받고 있었다고 생각하시는 겁니까? 전 에니드의 아홉 신께 맹세할 수 있습니다."
"신까지 끌어들이지는 말거라. 너는 꽤 정직하다고 볼 수 있으니까. 그리고, 노프레트의 죽음에 대해 아무것도 모른다고 할 수도 있을 테니까.

그렇더라도 보통 이 집안 일은 훤히 알고 있는 너. 이 보석함에 대해서도 모를 리가 없잖아? 만일에 나보고 뭔가 맹세하라고 한다면 이 보석함을 그 방에 가져다 놓은 건 네가 분명하다고 맹세하겠다. 까닭은 나도 모르겠다만.

까닭이야 있겠지. 네가 임호테프를 속일 수 있는 계략이 있다 해도, 그 계략이 내겐 소용이 없다는 걸 알아둬라. 이제 푸념은 그만둬. 나는 노인네야. 징징 짜는 소리는 딱 질색이다. 가서 임호테프에게나 칭얼거려라. 어째선지 그 애는 그런 소리 듣는 것도 좋아하는 것 같더구나. 리 신만이 그 까닭을 알고 있겠지!"
"주인님께 이 상자를 보이고 말씀드리겠습니다."
"상자는 내가 갖다 주지. 이제 가봐라, 헤네트. 그리고, 그런 시시껄렁한 귀신 얘기를 옮기고 다니는 짓만은 그만둬라.

사티피가 없으니 집안이 평온해진 것 같다. 노프레트가 살아 있을 때보다 죽으니까 우리도 편해졌잖니. 이제 대가도 치렀으니, 모두들 일상생활로 돌아가야지."

2

"이게 어떻게 된 겁니까?"

불과 몇 분이 지나서 임호테프가 허겁지겁 에사의 방으로 들어서며 따졌다.

"헤네트가 비탄에 빠져 있습니다. 눈물을 뚝뚝 떨구면서 저에게 왔더라고요. 왜 이 집안 사람들 누구도 그처럼 헌신적인 여자에게 친절할 수 없는 거죠?"

에사는 움직임 없이 그저 깔깔거리고 웃었다.

임호테프는 계속했다.

"어머님이 그녀를 나무라셨다지요? 그녀가 상자를, 그 보석함을 훔쳤다고 말입니다."

"헤네트가 그러던? 나는 그런 말 한 적이 절대 없다. 그 상자는 여기 있다. 노프레트의 방에서 발견됐다던 그 상자."
임호테프가 상자를 받아들었다. 뚜껑을 열더니 말했다.
"아, 맞아요. 이건 내가 그녀에게 선물한 겁니다. 음, 별거 아니군요. 다른 소지품들과 함께 묻었어야 했는데. 그 미라 제조업자들도 칠칠치 못하긴! 아이피와 몬투에게 지불한 돈을 생각한다면 적어도 이런 실수를 범하지는 못했을 텐데 말입니다. 여하튼 이걸로 소란을 떨 필요는 없다고 봅니다."
"암, 그렇지."
"이건 카이트에게, 아니, 레니센브에게 줘야겠습니다. 그애가 노프레트에겐 가장 친절했었으니까요."
그는 한숨을 쉬고 다시 말했다.
"남자가 좀 편안하게 지낼 수는 없는 건지. 우리 집안 여자들은 끊임없이 눈물을 짜거나 말다툼만 일삼고 있으니 원."
"아, 그래, 임호테프. 이제 여자 하나가 줄어들었지!"
"예, 정말이에요. 불쌍한 야모스! 어쨌거나 어머니, 제 생각엔 일이 잘 돼나갈 거라고 봅니다.

사티피는 건강한 아이를 낳았습니다. 그건 사실이지요. 그러나 여러 면에서 그리 흡족한 며느리는 아니었습니다. 물론 야모스가 필요 이상으로 양보를 했다고 할 수도 있지요.

그래요, 이제 모든 게 잘 끝났습니다. 요사이 야모스의 처신을 보면 매우 기쁩니다. 훨씬 자신 있어 보이고, 겁도 줄고, 몇 번인가는 자신의 판단력이 뛰어나다는 걸 증명해 보이기도 했답니다. 아주 뛰어나요······."
"그 애는 늘 착하고 누구 말에나 잘 따르는 아이였다."
"예, 그렇습니다. 그래도 행동이 느리고 다소 책임지길 두려워하는 면이 있었지요."

제13장 163

에사가 냉랭하게 말했다.

"네가 언제 그애에게 책임을 맡겨 보기라도 한 것 같구나!"

"하긴. 그러나 이젠 저도 생각을 바꿨습니다. 공동경영 방식으로 운영해 볼 생각입니다. 며칠 내로 서명을 할 예정이지요. 전 세 아들 모두를 제 공동경영자로 삼을까 합니다."

"설마 이피도 들어가는 건 아니겠지."

"자기만 제외시킨 걸 알면 섭섭해 할 겁니다. 마음이 여린 녀석이거든요."

에사도 소견을 말했다.

"하긴 그 애가 느리지는 않지."

"말씀하신 대로입니다. 그리고 소벡 역시…… 저는 이제껏 그애에게 불만이 대단했습니다만, 요즘의 그 애는 정말로 새 사람이 된 것 같습니다. 더 이상 빈둥빈둥 시간을 허비하지도 않고, 저나 야모스의 결정에 잘 따르고 있습니다."

"정말 칭찬이 대단하구나. 나야 네 방식이 옳기만을 바랄 뿐이다. 자식들을 불만스러운 상태로 두는 방법은 좋지 않지. 그러나 아직 이피는 너무 어리다는 생각이 드는구나. 어린애한테 그런 확실한 직위를 준다는 건 현명하지 못한 처사다. 그 애를 어떻게 다스릴 생각이냐?"

곰곰이 귀를 기울이던 그가 말했다.

"확실히 그 말씀에는 일리가 있습니다."

이윽고 몸을 일으킨 그가 말했다.

"가봐야겠습니다. 처리해야 할 일들이 많거든요. 미라 제조업자가 기다리고 있습니다. 사티피를 묻기 위해 여러 가지 준비도 필요하거든요. 장례란 돈이 들게 마련이지요. 아주 비싸요. 더군다나 장례를 치른 지 얼마 지나지도 않아 또 다른 장례라니!"

에사는 위안이라도 하고 싶은 듯 말했다.
"아, 정말 그렇겠구나. 이것이 마지막이었으면 좋겠다만. 내 차례가 올 때까지 말이야!"
"어머니는 아직 정정하세요. 부디 오래 사셔야지요."
에사는 히죽 웃으며 말했다.
"그야 그렇겠지. 그때 가서 장례식 비용에 인색해서는 안 되느니라! 체면이 있지 않니! 그리고 저승에 가서도 즐겁게 놀 수 있도록 여러 가지 물건들을 넣어 주기 바란다. 많은 음식물과 모조 노예 인형들, 값비싼 장식으로 꾸며진 놀이판, 향수세트와 화장품, 설화석고로 만든 제일 값진 캐노픽 항아리 등도 부탁한다."
"아, 그거야 물론이지요."
임호테프는 불안스레 두 발에 번갈아 체중을 옮기고 있었다.
"그 슬픈 날이 오면 당연히 경의를 표해야지요. 그러나 고백하건대 사티피에게는 좀 다릅니다. 비난하고 싶은 마음은 없지만, 사실 상황이 상황인지라……."
임호테프는 자신의 말을 마치지도 않고 서둘러 나가 버렸다. 에사는 그가 한 마지막 말을 음미하면서 냉소했다.
"상황이 상황인지라……."
이 말은 임호테프가 자기 애첩의 사망이 우연한 사고에 의한 것이 아니었음을 인정하는 표현이 그 정도밖엔 안 된다는 생각을 하게 하는 것이었다.

제14장

여름 첫째달 25일

노마치의 법정에서 공동경영자에 대한 서류를 작성한 뒤 가족들이 집으로 돌아오자 집 안은 꽤나 들뜬 분위기였다. 그러나 최종적으로 어린 나이가 문제가 되어 공동경영자 대상에서 탈락된 이피만은 예외였다. 그는 자기에게 섭섭한 결정에 불만을 품고는 어디론지 나가 버리고 없었다.

임호테프는 무척이나 유쾌한지 포도주 단지를 가져오게 하여 현관에 있는 커다란 술항아리 받침대 위에 올려놓게 했다. 그는 야모스의 어깨를 두드려 주었다.

"내 아들아, 마시도록 해라. 아내를 잃은 슬픔은 잠깐 접어두고, 이제 펼쳐질 좋은 날들을 설계하는 게야."

임호테프와 야모스, 소벡, 그리고 호리는 술잔을 들어 건배했다. 그때 황소 한 마리를 도둑맞았다는 전갈이 왔다. 네 남자는 그 말을 확인하기 위해 그쪽으로 서둘러 나갔다.

한 시간쯤 지나 먼저 야모스가 정원에 나타났다. 지쳐서 땀을 흘리고 있었다. 그는 청동 술잔으로 아직 그 자리에 있는 술항아리의 술을 떠서 현관 앞에 앉아 의젓하게 마시기 시작했다. 얼마가 지나자 이번엔 소벡이 성큼성큼 다가왔다. 그는 술항아리를 보고 환호했다.
"하, 이제 또 술 좀 마셔 볼까! 확실하게 보장받은 우리의 미래를 위해! 형님, 오늘은 우리에게 의심할 여지도 없이 즐거운 날입니다!"
야모스도 맞장구쳤다.
"그래, 맞는 말이다. 모든 면에서 우리의 생활이 편해질 거야."
"형님은 기분이 좋을 때조차 항상 의젓한 모습을 잃지 않으시는군요."
소벡은 포도주를 가득 뜨면서 웃었다. 술잔을 단숨에 비우고는 입맛을 다셨다.
"구닥다리 방법만 고집하시는 아버지께 내 방식을 보여 드려서, 이제부터는 아버지 생각도 좀 새롭게 바꿔 보시게끔 하겠습니다."
야모스가 타일렀다.
"덤비듯 하지 말고 여유를 갖고 추진하도록 해봐. 너는 언제나 성급한 게 탈이야."
소벡은 형에게 빙그레 웃어 보였다. 그의 기분은 하늘을 찌를 듯 한창 고조되어 있었다. 반은 놀리듯 말했다.
"늘 돌다리도 두드려 보고, 심사숙고……."
야모스는 별로 기분이 상하지 않는지 그저 미소를 띠고 있었다.
"그게 최선의 방법이야. 더구나 요즘 아버지는 우리에게 무척 잘해주시잖아. 그러니 걱정끼칠 일은 결코 하지 않아야 된다고 본다."
소벡은 정말 알 수 없다는 듯 형을 바라보았다.
"형님의 효심은 정말 대단하십니다. 형님은 너무 정이 많아요. 저는 다른 사람이야 어떻게 되든 전혀 아랑곳하지 않는 성미지요. 요컨대 이 소벡이란 놈 이외의 사람은 아무래도 상관없어요. 소벡 만세나 불러야겠습니다!"

그는 또 한 잔을 들이켰다.

야모스가 주의를 주었다.

"조심해라. 너 오늘 먹은 것도 별로 없잖니. 그러니까 술을 마실 때는……."

그는 갑자기 입술을 일그러뜨리더니 말을 끊었다.

"무슨 일이에요, 형님?"

"아니다…… 갑자기 통증이…… 나는 괜찮아……."

그러면서도 그는 손을 올려 이마를 닦으려 했다. 이마는 갑자기 솟은 땀으로 젖어 있었다.

"안색이 좋지 않은데요."

"방금까지만 해도 괜찮았는데."

"술항아리에 누가 독이라도 풀지 않은 다음에야……."

소벡은 자신의 말에 스스로 웃으면서 술항아리 쪽으로 팔을 뻗었다. 그 순간 그의 팔이 굳어지더니 갑자기 일어난 격렬한 발작으로 앞으로 고꾸라졌다. 그는 숨을 헐떡이며 겨우 입을 열었다.

"야모스…… 형님…… 저도…… 역시……."

야모스는 앞으로 미끄러지면서 몸을 꺾었다. 짓눌린 외침이 그의 입에서 새어나오고 있었다.

소벡은 고통으로 몸을 뒤틀고 있었다. 그가 목소리를 쥐어짰다.

"도와 줘. 의사를 불러…… 의사……."

헤네트가 집 안에서 뛰어나왔다.

"부르셨어요? 뭐라고 하셨습니까? 왜 그러세요?"

그녀는 놀라서 소리를 질러 다른 사람을 불렀다.

두 형제는 고통에 겨워 신음소리만 내고 있었다. 야모스가 들릴 듯 말 듯 말했다.

"그 술, 독약, 의사를 불러……."

헤네트가 울부짖었다.

"또 불행한 일이야. 이 집은 저주를 받은 게야. 빨리! 서둘러요! 사원에 가서 메르스 주지 신관을 불러와, 그 분은 경험이 풍부한 노련한 의사야."

임호테프는 거실을 왔다갔다 하고 있었다. 그의 값진 모시 옷은 더럽혀지고 구겨졌으며, 그는 목욕을 하지도 옷을 갈아입지도 못한 채였다. 그의 얼굴은 근심과 공포로 찌푸려져 있었다.

집 뒤쪽에서 흐느끼는 소리들이 들려왔다. 집안의 비극을 슬퍼하는 여자들의 울음소리…… 그 중에도 헤네트의 목소리가 제일 애처로웠다.

옆방에서는 의사인 메르스 신관의 높은 목소리가 들려 왔다. 신관은 야모스의 굳은 몸을 문지르며 주문을 외고 있었다.

레니센브는 뒷방 여자들 틈에서 살짝 빠져나와 거실 쪽으로 가다가 주문 외는 소리에 끌려 문득 발길을 멈췄다. 그녀는 어느덧 열려진 문 쪽으로 가고 있었다. 그녀는 문가에 선 채 신관이 외는 기도문에 귀를 모았다. 그 기도문은 병을 치료하는 향유 같은 느낌을 자아냈다.

"오, 테베, 위대하신 신이시여, 우리를 구하소서. 모든 악과 마귀와 더러운 곳에서 우리를 건지소서. 남신과 여신의 징벌에서 우리를 보호하소서. 모든 죽은 사람, 모든 적에게서 우리를 구원하소서……."

야모스의 입술이 가늘게 떨렸다.

레니센브도 마음속으로 이 기도를 따라했다.

"오, 테베…… 위대하신…… 신이시여…… 그를 구하소서…… 오빠 야모스를 불쌍히 여기시어…… 오, 위대하신 테베 신이시여……."

기도문이 그녀 마음을 자극함에 따라 그녀의 마음속에 어수선한 생각들이 물결치며 지나갔다.

'모든 악과 마귀와 더러운 곳에서 건지소서. 맞아, 이 집안에서 우리에게 닥쳐온 시련, 더러운 생각, 사악한 마음…… 죽은 여자의 원혼.'

그녀는 자기 생각에 몰두한 나머지 보이지 않는 그 대상에게 말을 걸었다.

"노프레트, 당신을 죽인 사람은 야모스 오빠가 아니에요. 사티피 언니는 오빠의 아내임엔 분명하지만. 그렇다고 해서 야모스 오빠에게 책임을 물을 수는 없어요. 오빠에겐 아내를 다스릴 만한 힘이 없었잖아요. 그녀를 누를 사람은 아무도 없었는걸요.

당신을 그렇게 만든 사티피 언니는 죽었어요. 그것으로도 충분하지 않은 거예요? 소벡 오빠도 죽었죠. 소벡 오빠는 당신에게 말로만 그랬지 실제로 당신을 해친 일은 없어요.

오, 테베 신이시여, 야모스 오빠마저도 죽게 하지는 마세요. 노프레트의 한맺힌 증오로부터 보호하소서."

임호테프는 마음이 산란한 듯 이리저리 서성거리다가 문가에 서 있는 딸을 보고는 다소 표정을 풀었다.

"이리 오너라, 나의 사랑스런 딸, 레니센브."

레니센브는 그에게 달려가 안겼다.

"오, 아버지, 신관께선 뭐라고 하시던가요?"

임호테프가 무겁게 입을 뗐다.

"야모스는 가망이 있을 것 같다고 한다. 소벡은…… 너도 알겠지?"
"예, 그래요. 우리의 울음소리를 들으셨겠죠?"
"그 애는 새벽에 죽었다. 소벡, 튼튼하고 잘생긴 내 아들……."
그의 목소리가 떨리더니 끊어졌다.
"아, 정말 너무 비참하고 잔인해요. 어떻게 도리가 없었나요?"
"하는 데까지 해봤지. 구토제도 먹여 봤다. 효능이 좋다는 약초의 즙을 먹이기도 했고, 영험한 부적을 붙이고 주문도 외워주었다. 그 모든 게 헛수고가 되고 말았지.
 메르스는 노련한 의사다. 그도 구해내지 못할 생명이라면 그걸 신의 섭리로 알고 순종하는 수밖에 없는 거지."
신관이자 의사인 메르스의 목소리가 최고조에 이르더니, 그가 이마의 땀을 닦으며 방에서 나오는 것이 보였다.
임호테프가 바짝 다가서서 물었다.
"어떻게 될 것 같습니까?"
의사는 근엄하게 대답했다.
"테베 신의 은혜로 큰아드님의 생명은 구했습니다. 몸이야 쇠약해졌지만, 중독의 위기는 일단 벗어났습니다. 악마의 입김은 물러갔습니다."
그는 평상시의 억양으로 돌아와 계속 말했다.
"야모스가 독이 든 그 술을 많이 마시지 않은 게 천만다행이었습니다. 그는 아주 조금씩 마셨지만, 소벡은 단숨에 몇 잔씩 마셨으니……."
임호테프는 신음했다.
"두 사람의 차이가 그거지요. 형 야모스는 겁이 많고 소심해서 행동도 느리고 먹고 마시는 일에도 느리지요. 반면에 소벡은 늘 극단적이고 자유분방하며 좀 경솔해서…… 아! 분별없게 굴더니만."

제14장 171

그는 다시 날카로운 눈빛으로 덧붙였다.

"그러니까, 분명히 술에는 독이 들어 있었다는 얘기로군요?"

"임호테프, 그 점은 분명합니다. 젊은 조수들이 그 남은 술로 시험을 해보았습니다. 그 술을 먹은 쥐들은 즉석에서 모두 죽었으니까요."

"그렇지만 한 시간 전쯤 똑같은 술을 마신 나는 아무 이상이 없는데요."

"그때는 독이 들어 있지 않았음이 분명합니다. 독은 그 뒤에 첨가된 거지요."

임호테프는 주먹쥔 한 손으로 다른 손바닥을 때렸다. 그는 잘라 말했다.

"아무도 이 지붕 아래에 있는 누구도 감히 내 아들들에게 독을 먹일 자는 없습니다! 그런 일은 불가능합니다. 생명 있는 자라면 어떻게 그런 일을 할 수 있겠습니까!"

메르스는 고개를 갸우뚱하고 있었다. 그의 얼굴은 수수께끼를 풀 때의 표정과도 같았다.

"거기에 대해선 임호테프, 당신만이 판단하실 수 있습니다."

임호테프는 신경질적으로 귀 뒤를 긁으면서 서 있었다. 그가 불쑥 말했다.

"당신에게 말씀드리고 싶은 이야기가 있습니다."

그가 손뼉을 치자 하인 하나가 달려왔다. 그가 하인에게 지시했다.

"그 목동을 데려오너라."

그는 메르스를 돌아보며 말했다.

"목동 아이는 머리가 썩 좋지는 못하지요. 내가 말하는 것을 이해하기도 곤란해 하고. 그렇다고 그 애가 이해하도록 쉽게 설명할 수도 없고요. 그런데 시력과 관찰력이 뛰어나고, 내 아들 야모스에게 아주 충직하지요. 야모스도 그 결점 많은 아이에게 자상하고 친절하게 대해준답니다."

하인이 돌아왔다. 그는 비쩍 마르고 검은 피부에 허리만 천으로 두른 소년 하나를 끌고 들어왔다. 약간 사팔뜨기인 소년의 눈은 겁을 먹고 멍청해 보였다.

임호테프가 엄한 목소리로 말했다.

"얘기해 보거라. 방금 전에 나한테 한 말을 다시 한 번 해보거라."

소년은 고개를 떨군 채 허리에 두른 천조각만 만지작거리고 있었다.

임호테프가 다그쳤다.

"말하라니까!"

에사가 비틀거리며 들어오고 있었다. 몸은 지팡이에 의지하고 있었으나 그녀의 희미한 눈은 여전히 쏘아보는 빛이었다.

"너는 그 아이를 겁주고 있구나. 레니센브, 여기 이 대추를 저 아이에게 갖다줘라. 자, 꼬마야, 이제 네가 본 것을 이야기해 주렴."

소년은 사람들의 표정을 하나하나 살펴보았다.

에사가 부추겼다.

"어제 말이다, 네가 정원을 지나다가 현관에서 본 거 말이야. 네가 본 게 뭐였지?"

소년은 고개를 저으며 흘끔흘끔 눈치를 보고 있었다. 그가 우물거리며 물었다.

"저의 야모스 주인님은 어디 계신가요?"

메르스 신관이 위엄과 자상함을 갖추고 얘기했다.

"너의 주인은 네가 그 얘기를 하길 원하신다. 그러니 두려워할 것 없다. 아무도 너를 해치지 않아."

소년의 얼굴에 밝은 빛이 스쳤다.

"야모스 주인님은 제게 잘 해주셨어요. 저는 주인님이 원하신다면 뭐든지 할 수 있어요."

소년은 잠시 멈췄다. 임호테프가 다그치려고 하자 메르스가 그를 막았다.

갑자기 소년은 털어놓기 시작했다. 간결하고도 빠른 말투로, 누군가 숨어서 자기 말을 엿듣기라도 하는 듯 이따금씩 곁눈질을 해가면서 이야기했다.

"그 조그만 당나귀 녀석은 셋 신(이집트의 신. 악의 신. 짐승)의 보호를 받고서 늘 못된 짓만 하고 다니죠. 그 녀석 때문이었어요. 저는 막대기를 들고 그놈을 쫓아가고 있었죠. 그 녀석이 정원에 있는 대문을 지나갔어요. 그래서 전 현관문 쪽을 들여다볼 수 있었지요. 현관에는 아무도 없었고, 다만 술항아리가 놓여 있더군요.

그런데 그때 집안에서 한 여자분이 현관으로 나왔어요. 그분이 술항아리 곁으로 가서는 거기에 손을 뻗치데요. 그리고…… 그 다음에…… 집안으로 다시 들어갔던 것 같아요. 잘은 모르겠어요.

왜냐하면, 그때 발자국 소리를 듣고는 전 그쪽을 돌아다봤거든요. 들판 저쪽에서 저의 주인님 야모스님이 오고 계셨어요. 그래서 전 그 새끼 당나귀를 찾으러 갔고 야모스 주인님은 정원으로 들어가셨어요."

임호테프는 화가 나서 소리쳤다.

"그런데도 넌 야모스에게 그 사실을 말해주지 않았단 말이지, 아무 말도!"

소년은 목청껏 대답했다.

"저야 뭐가 잘못된 건지 알 수가 있어야죠. 전 그 여자분이 현관에 서서 손을 술항아리 쪽으로 펼치면서 미소짓는 모습을 본 것뿐이었어요…… 그밖엔 아무것도 본 게 없었는걸요……"

메르스가 물었다.
"네가 말한 그 여자가 누구냐?"
얼빠진 표정의 그 소년은 머리를 흔들었다.
"전 몰라요. 이 댁에 계신 분인 것 같았어요. 이 집안 사람들을 다 알고 있지는 못해요. 저는 전답 저쪽 멀리에서 가축을 돌보고 있으니까요. 그 분은 물들인 아마 옷을 입고 있었어요."
레니센브는 움찔 놀랐다.
메르스는 목동을 주시하면서 넌지시 물었다.
"하녀였지, 아마?"
소년은 머리를 저어 부정했다.
"하녀가 아니었어요……. 가발을 쓰고 보석으로 치장을 했으니까요. 하녀라면 보석을 달았겠어요?"
임호테프가 재촉했다.
"보석? 무슨 보석이더냐?"
소년은 이윽고 두려움도 없어지고, 자기가 하는 말에 확신이 생기는지 자신감에 찬 목소리로 열심히 대답했다.
"세 줄로 된 구슬 목걸인데, 가운데에 금으로 된 사자 장식이 달린……."
에사의 지팡이가 소리를 내며 바닥에 떨어졌다. 임호테프는 숨막힌 듯한 신음소리를 냈다.
메르스가 엄포를 놓았다.
"네 말이 거짓이라면 너는……."
"사실이에요, 맹세할 수 있어요."
목동의 목소리는 카랑카랑하고 또렷했다. 야모스가 아파 누워 있는 옆방에서 야모스의 가냘픈 목소리가 흘러나왔다.
"무슨 일입니까?"

소년은 열려진 문 쪽으로 달려가 야모스의 침상 곁에 쭈그리고 앉았다.

"주인님, 저분들이 저를 괴롭힙니다."

"아니다, 아니야."

야모스는 조각이 되어 있는 목침에서 힘들게 고개를 돌려 사람들에게 말했다.

"이 아이를 구박하지 마십시오. 단순하지만 정직한 녀석입니다. 약속해 주십시오."

임호테프가 말을 받았다.

"아, 물론이다. 구박할 필요도 없고. 이 녀석이 자기가 아는 대로 다 말한 게 확실하고, 얘기를 지어낸 것 같지도 않구나. 꼬마야, 그만 가보거라. 하지만 멀리 목장 쪽으로 되돌아가진 말아라. 필요할 때 부르면 빨리 올 수 있도록 집 근처에 있도록 해라."

소년은 일어섰다. 그는 안쓰러운 눈빛으로 야모스를 내려다보았다.

"아프시군요, 야모스 주인님."

야모스가 빙그레 웃었다.

"걱정할 것 없다, 죽지는 않아. 이제 가보거라. 그리고 시키는 대로 따르거라."

명랑해진 소년이 웃으면서 나갔다. 메르스는 야모스의 눈을 검사하고 맥박을 쟀다. 그리고 환자에게 푹 자도록 이르고는 다른 사람들과 함께 다시 거실로 나왔다.

그는 임호테프를 보고 말했다.

"목동아이가 한 말에서 뭔가 짚이는 데가 있으신가 봅니다?"

임호테프가 끄덕였다. 그의 쑥 꺼지고 구릿빛이 돌던 뺨이 건포도 빛깔로 죽어들어갔다.

레니센브가 말했다.

"노프레트만이 유일하게 염색한 아마 옷을 입고 있었지요. 북쪽 도시에서 새롭게 유행하고 있는 걸 그녀가 가져온 거였어요. 그렇지만 그런 옷들은 그녀와 함께 다 묻어 버렸잖아요."
임호테프도 말했다.
"게다가 황금 사자 머리로 장식된 세 줄의 구슬 목걸이는 내가 그녀에게 선물한 거지요. 그런 목걸이는 이 집안 다른 사람에겐 없는 값지고 희귀한 물건입니다. 값싼 루비 목걸이 외에 다른 보석들은 모두 무덤에 묻었건만······."
그는 양팔을 뻗치더니 한탄했다.
"끈질긴 저주입니다. 잔인한 원한! 그토록 아껴 주었고, 자존심을 세워 주고, 비용을 아끼지 않고 훌륭한 장례식을 치러 준 내 첩입니다.

나는 그녀와 다정하게 먹고 마셨습니다. 모두들 목격한 사실이지요. 그녀는 불만스러운 일이 아무것도 없었습니다. 난 정말 상식 이상으로 그녀에게 친절했습니다. 내 피를 받고 태어난 자식들까지 희생시켜 가면서 그녀가 좋아하는 것은 뭐든지 해주려고 했습니다.

그럼에도 불구하고 어째서 그녀는 죽음의 세계에서 돌아와 나와 내 가족을 괴롭히는 걸까요?"
메르스가 차분하게 말문을 열었다.
"그 여자가 원한을 품은 사람은 당신은 아닌 것 같군요. 당신이 마신 술에는 독이 없었으니까요. 가족 중에 당신의 죽은 첩을 해친 사람이 누구였습니까?"
임호테프가 짧게 대답했다.
"지난번 죽은 여자입니다."
"알겠습니다. 야모스의 아내 말이지요?"
"예."

임호테프는 다물었던 입을 다시 열어 말했다.

"어쨌든 뭘 어떻게 해야 합니까, 신관님? 이같은 불길한 사태에 어떻게 대응해야 하는 거죠? 오! 내 집에 그녀가 발을 들여놓던 날이야말로 진정 저주받은 날입니다!"

"실로 저주받은 날이지요."

카이트가 여자들 방에서 나오면서 잠긴 목소리로 말했다. 얼마나 울었는지 눈은 퉁퉁 부었고, 밋밋한 얼굴에는 전에 없던 힘과 결의가 어려 있었다. 그녀의 목소리는 침울하게 쉬어 있었으며, 분노에 떨고 있었다.

"아버님이 노프레트를 데려오신 날이 결과적으로 아들 중에 가장 영리하고 잘생긴 아들을 잃는 날이 된 거예요! 그 여자는 사티피 형님과 소벡의 죽음을 불러들였고, 야모스 아주버님만 겨우 모면했어요.

다음은 누구 차례지요? 그 여자는 아이들이라고 봐주진 않겠죠? 그 여자는 우리 귀여운 앙크를 때린 여자라고요. 아버님, 무슨 대책이 있어야 되지 않겠어요?"

"무슨 대책이 있어야지."

임호테프는 애원하듯 메르스 신관을 바라보며 중얼거렸다. 메르스 신관은 짐작되는 바가 있는 듯 조용히 머리를 끄덕였다.

"방법은 있습니다, 임호테프. 우선 진상이 밝혀지면 일을 진행시킬 수 있습니다.

나는 당신이 사별한 부인 아사예트를 생각하고 있습니다. 그분은 권세 있는 가문의 출신이지요. 죽음의 나라에서도 강력한 세력들에게 호소해서 그 세력들이 당신을 위해 힘써줄 것이고, 따라서 노프레트는 힘을 잃게 되는 겁니다. 우리 같이 모여서 자세히 의논해 봅시다."

카이트가 짤막하게 웃음을 터뜨렸다.
"너무 오래 기다리게 하지 마세요. 남자들이란 늘 같아요. 신관님까지도 그렇군요! 매사를 법과 관습에 따라 처리하시죠. 그러나 제가 말씀드리고 싶은 것은 빨리 행동을 취해야지, 그렇지 않으면 이 집안에 또 희생자가 생길 거라는 사실이에요."
그녀는 몸을 돌이켜 나가 버렸다.
임호테프가 중얼거렸다.
"훌륭한 아이야. 자식들에게 헌신적이고 책임감 있는 아내, 현모양처지. 그러나 이따금씩 저 애의 태도는 탐탁지 않을 때가 있어, 집안의 가장인 나에게 말이야. 오늘 같은 경우야 용서해줘야 옳겠지. 우린 모두 제정신이 아니니까. 모두들 뭘하고 있는지도 모르고 있거든."
그는 두 손으로 머리를 감싸쥐었다.
에사가 끼어들었다.
"자신들이 뭘 하고 있는지 모르는 것은 우리 중의 몇몇이지."
임호테프는 불쾌한 눈으로 에사를 노려보았다. 메르스는 떠날 채비를 했다. 임호테프는 그와 함께 현관으로 나가 환자 간호를 위한 여러 가지 주의사항을 듣고 있었다.
레니센브는 뒤에 남아 호기심에 찬 눈길로 할머니를 바라보고 있었다.
에사는 꼼짝 않고 앉아 있었다. 주름진 그녀의 얼굴엔 평소에 없던 심각한 표정이 어려 있었다.
레니센브가 머뭇거리면서 물었다.
"무슨 생각을 하고 계세요, 할머니?"
"그저 생각중이다. 그토록 해괴한 일들이 이 집에서 끊이질 않으니 누구라도 곰곰 생각하는 사람이 있어야 할 게 아니냐."

레니센브는 떨면서 말했다.

"무서운 일이에요. 전 완전히 질려 버렸어요."

"나도 그렇다. 그러나 아마 너와 같은 이유에서는 아닐 게다."

익숙해진 버릇대로, 그녀는 가발 한쪽을 밀어올려 비스듬히 썼다. 레니센브가 말했다.

"그래도 큰오빠는 죽지 않았어요."

에사도 고개를 끄덕였다.

"그 애는 살아났지. 그래, 때맞춰 의사가 와주었어. 또다시 이런 경우가 생긴다면 이번처럼 운이 좋을 리도 없겠지만."

"할머니 생각엔 이런 일이 또 발생할 거라고 생각하세요?"

"야모스와 너, 이피…… 그리고 아마 카이트까지도 먹고 마실 때 특히 조심하는 게 좋을 게다. 노예들에게 먼저 맛보게 한 다음에 먹도록 해라."

"그럼 할머니는요?"

에사는 그녀 특유의 얄궂은 웃음을 떠올렸다.

"레니센브, 나는 늙은 여자야. 늙은이에게 부여된 만큼만 생을 사랑하지. 여생의 매시간, 매순간을 음미하며 사는 게야. 너희들 중 누구보다도 나는 살아남을 확률이 크다. 왜냐하면 너희들 누구보다도 조심스러울 테니까."

"그럼 아버지는요? 노프레트가 설마 아버지까지 해치려고요?"

"네 애비? 그건 모르겠구나. 그래, 난 모르겠다. 아직 명확하게 알 수는 없지. 내일 좀더 생각해 본 뒤에 그 목동 소년과 다시 한 번 얘기해 봐야겠다. 그 애의 이야기 속에 뭔가가 있단 말이야……."

그녀는 말을 뚝 끊고 인상을 찌푸렸다. 그러고는 한숨을 쉬더니 몸을 일으켰다. 지팡이에 몸을 의지하고는 절룩거리는 걸음걸이로 천천히 자기 방으로 갔다.

 레니센브는 큰오빠의 방으로 갔다. 큰오빠는 잠들어 있었다. 그녀는 소리나지 않게 살그머니 나왔다. 그녀는 잠시 주저하다가 카이트의 방으로 갔다. 카이트는 작은 목소리로 자장가를 부르고 있었다.

 레니센브는 몰래 문가에 서서 카이트의 모습을 엿보고 있었다. 평소와 다름없이 태평하고 부드러운 카이트의 얼굴을 보고, 레니센브는 지난 하루 사이의 비극적인 일들이 꿈이 아닌가 싶은 착각마저 들었다.

 레니센브는 느릿느릿 몸을 움직여 자기 방으로 갔다. 테이블 위에는 그녀의 화장품 상자들과 향수병들이 있었고, 노프레트의 것이었던 자그마한 보석 상자도 끼어 있었다. 그녀는 보석 상자를 집어들고 손바닥에 올려놓고는 바라보며 서 있었다. 노프레트가 이걸 손에 들고 만지고 있었겠지……. 그녀의 물건이었으니까.

 그러자 연민의 물결이 그 알지 못할 이해심과 함께 그녀를 어루만지며 지나가는 것이었다. 노프레트는 불행했었다. 이 작은 상자를 손에 들고 있으면서 어쩌면 자신의 불행을 악의와 증오로 애써 바꿔보려 했을지도 모른다. 그리고 지금까지도 증오는 사그라들 줄 모르고…… 복수의 칼을 갈고 있다. 아, 아니다. 그럴 리가 없어. 절대 그럴 리가!

 레니센브는 거의 기계적으로 두 개의 단추를 돌려 작은 상자의 뚜껑을 열었다. 루비 목걸이와 조각난 부적이 들어 있었다. 그리고 뭔가 다른 것이…….

 두근거리는 가슴을 진정하며 레니센브는 가운데에 황금 사자 장식이 있는 금빛 구슬 목걸이를 꺼냈다…….

제15장

여름 첫째달 30일
목걸이의 발견은 레니센브를 몹시 놀라게 했다.
그녀는 순간적인 직감에 의해 그것을 얼른 보석함에 다시 넣고 단추끈을 돌려 뚜껑을 잠갔다. 그녀의 본능이 그것을 감추게 한 것이다.
그녀는 누가 자기 행동을 지켜보지 않았나 두려운 마음으로 뒤를 돌아다보았다. 그날 밤 그녀는 몸을 이리저리 뒤척이고 베개를 여러 번 고쳐 베면서 한잠도 못 자고 밤을 새웠다.
아침이 되어서야 그녀는 누구에겐가 이 비밀을 이야기하리라 마음 먹었다. 혼자서 그렇게 혼란스런 생각에 짓눌려야 한다는 건 도저히 참을 수 없었다. 밤중에 두 번씩이나 벌떡 일어났다. 자기 침상 옆에 노프레트가 버티고 서서 자기를 위협하고 있는 듯한 착각을 일으켰기 때문이다. 그러나 이상한 모습은 아무것도 없었다.
레니센브는 보석함에서 사자 목걸이를 꺼내어 리넨 옷 주름속에 감췄다. 그때 헤네트가 허겁지겁 들어섰다. 그녀의 눈빛은 새로운 소식을 알았을 때처럼 기쁨으로 번뜩이고 있었다.

"아씨, 얼마나 무서운 일이 일어났는지 상상해 보시겠어요? 그 소년, 왜 그 목동 아시지요. 오늘 아침 그 아이가 옥수수 창고 옆에서 세상 모르고 자는 걸 사람들이 흔들고 소리질러 깨워 보았는데, 그래도 눈을 뜨지 않더랍니다. 꼭 아편즙을 마신 것처럼 말예요. 아마 그랬나 봐요. 만일 그렇더라도 누가 그 애에게 그걸 줬을까요? 이 집에서 그런 짓을 할 사람은 아무도 없어요. 그렇다고 자기 스스로 마셨을 리도 없잖아요. 이를 어쩜 좋아. 우린 어제부터 이럴 줄을 미리 알았어야 되는 건데."

헤네트는 몸에 지니고 있던 여러 부적 중의 하나에 손을 가져갔다.

"아문 신이시여, 죽은 자의 넋으로부터 우리를 보호하소서! 그 소년은 자기가 본 것을 얘기했습니다. 그 애는 어떻게 그녀를 보았는지 말했습니다. 그래서 그 여자가 와서는 그 아이에게 아편즙을 먹여 영원히 잠들게 한 겁니다.

오, 노프레트 아씨는 너무도 강력하시군요! 아씨도 알다시피 이집트 밖에 있는 외국에도 가봤다고 하셨어요. 감히 말씀드리지만, 노프레트 아씨는 기이한 태고적 마술을 배워 온 것 같습니다.

이 집안에 있는 우리는 안전하지 못해요. 우리 중에 아무도 안전한 사람은 없어요. 아씨 아버님도 아문 신께 황소 몇 마리를 바쳐야 할 겁니다. 필요하다면 가축 모두를요. 지금은 재산을 아낄 때가 아니에요. 우리들이 살아남는 게 더 중요하니까요.

돌아가신 마님께도 부탁드려야지요. 임호테프 주인님께서도 그럴 생각이시고요. 메르스 신관님도 죽은 혼령에게 정중한 편지를 띄우시겠다고 말씀하셨습니다. 호리는 그 내용을 생각하느라 바쁘답니다.

주인님께선 노프레트에게 띄우시겠다고, 그녀에게 간청해보겠다고 하셨어요. 가장 뛰어난 노프레트, 내가 그대에게 잘못한 것이 무엇이란 말이오 라고 말입니다.

그러나 메르스 주지 신관님은 그보다는 좀더 강력한 방법이 필요하다고 지적하셨어요. 그러니까 아씨의 돌아가신 어머님 아사예트 님은 훌륭한 부인이셨고, 그 분의 외숙은 군청에 계셨으며, 그 분의 오라버님은 테베의 장관댁 수석 집사였지요. 따라서 이번 일을 어머니가 아시게 되면 더 이상 첩이 자식들을 해치지 않도록 힘을 써주실 수 있다는 말이 됩니다! 그렇고 말고요, 정의가 이기는 거죠. 지금 호리는 그 분에게 띄울 탄원서를 쓰고 있을 거예요."

레니센브는 호리에게 찾아가 노프레트의 사자 목걸이에 대해 이야기하려 했었다. 그러나 호리가 이시스 사원의 신관들과 함께 바쁘게 일하고 있다니 그와 조용히 의논하기는 힘들 것이다.

아버지에게 말씀드려 볼까? 아니, 레니센브는 고개를 저었다. 오래전 어릴 때 가졌던 아버지의 무한한 힘에 대한 믿음은 사라진 지 오래다. 지금의 아버지는 위기 앞에서 어쩔 줄 모르며 그저 허세와 거만으로 위장할 뿐이라는 사실을 그녀는 깨달았다.

만일 야모스라도 몸져 누워 있지 않다면 그녀는 그에게 얘기했을 것이다. 물론 실제로 도움이 될 만한 말을 들을 수 있을지 어떨지는 그녀 자신도 확신할 수 없다 해도 그는 아마 아버지께 말씀드리라고 하겠지.

문득 레니센브는 어떻게 해서든지 그것만은 삼가야 한다는 생각을 했다. 그 생각은 점점 더 긴박하게 와 닿았다. 아버지께 의논드리면 이 사실은 곧 모두에게 알려지고 말 것이다. 레니센브는 직감적으로 이 사실은 비밀로 해두는 것이 좋으리라고 느꼈다. 그 이유를 정확히 말로 표현할 수는 없지만.

그렇다, 그녀가 원하는 것은 호리의 충고였다. 언제나처럼 호리는 어떻게 해야 되는가를 알고 있을 것이기 때문이다. 호리는 그녀에게서 그 목걸이를 받아드는 것과 동시에 그녀의 근심과 당혹감도 함께 가져가리라. 그는 잔잔하고 진지한 눈길로 그녀를 바라볼 것이고, 그 즉시 그녀는 아주 편안한 기분에 젖을 수 있을 것이다……

아주 잠깐 레니센브는 카이트에게 털어놓을까 하는 생각도 해보았다. 하지만 카이트도 탐탁지 않다. 그녀는 남의 말을 진지하게 듣는 법이 없다. 아마 아이들을 떼어놓고 부르면 그녀는 '안 돼요' 하고 거절할 것이다. 카이트는 마음씨가 착한 대신 좀 우둔하다.

레니센브는 생각했다.

'카메니도 있고…… 할머니도 있어……' 카메니? 카메니에게 얘기한다는 생각에 그녀는 왠지 유쾌해졌다. 그녀는 머릿속에 그의 얼굴을 뚜렷이 떠올릴 수 있었다. 그의 표정은 의논하기 전에는 즐거워 어쩔 줄 모르다가 관심으로 바뀌고, 이윽고 그녀를 위한 근심으로 변할 것이다. 혹시 그녀를 위한 근심이 아니라면?

노프레트와 카메니가 사람들이 알고 있는 것보다 더 가까운 사이가 아니었을까 하는, 깊숙한 곳에서 스멀거리고 있는 의혹…… 그 의혹의 정체는 무엇일까?

노프레트가 임호테프와 가족 사이를 이간질하던 그 계략에 카메니가 관여했기 때문일까? 그는 다른 방도가 없었다고 변명을 했는데, 그건 믿을 만한 말이던가? 말하기는 쉬운 법. 카메니는 무슨 말이든 쉽고 자연스럽고 확실하게 한다. 그의 웃음소리는 맑고 밝아 듣는 사람을 웃음짓게 한다. 걸어가며 몸을 움직이는 모양도 품위가 있고, 미끈한 구릿빛 어깨 한편으로 조금 기울어진 고개하며…… 그윽한 눈매…….

파노라마처럼 이어지던 레니센브의 상념이 여기에 와서 막혀 버렸다.

카메니의 눈빛은 호리와 비교했을 때 안정되어 보이지도 않고 부드럽지도 않았다. 카메니의 눈은 뭔가 요구하는 빛이 서려 있다. 덤벼들 듯한 그 눈빛.

생각을 좇던 레니센브의 얼굴은 자신도 모르는 사이에 발갛게 물들어 있었다. 그녀는 정신을 가다듬으며 눈을 반짝였다. 노프레트의 사자 목걸이를 발견한 사실을 카메니에게는 이야기하지 않기로 마음먹었다.

뭐니 뭐니 해도 할머니에게 가는 게 좋을 것 같다. 레니센브는 어제 할머니에게서 강한 인상을 받은 바 있다. 그녀는 나이가 많으며, 나이가 가져다 준 연륜이 있는 것이다. 연륜을 쌓은 사람이란 사태를 파악하는 육감이 발달해 있고, 일상생활에서도 그 예리한 분별력을 발휘하는 법이다. 가족들 중에 그런 감각을 갖고 있는 사람은 할머니뿐이다.

레니센브는 생각했다.

'할머니는 오래 사셨어. 그렇기 때문에 할머니는 아실 거야.'

2

레니센브가 목걸이 이야기를 꺼내자, 첫마디에 에사는 재빨리 주위를 둘러보며 손가락을 입술에 대고 주의를 준 다음 손을 내밀었다. 레니센브는 옷 속에 감춰 두었던 목걸이를 꺼내어 에사에게 건네주었다. 에사는 목걸이를 그 흐릿한 눈으로 자세히 살피더니 자기 옷 속에 집어넣었다.

그리고는 목소리에 무게를 넣어 엄하게 말했다.

"지금은 이 이상 거론하지 않는 게 좋을 것 같구나. 이 집안에서 얘기하는 건 백 개의 귀에 대고 떠벌이는 거나 진배없으니까 말이다. 밤에 잠도 못 자고 생각한 건데…… 해야 할 일이 많이 있어."

"아버지는 호리와 함께 이시스 사원으로 가셨어요. 어머님께 이번 일의 중재를 맡아달라고 부탁하는 탄원서를 쓰는 일로 메르스 신관님과 상의할 게 있어서요."
"그래, 알고 있다. 죽은 사람과 교통하는 일은 네 애비에게 일임해도 된다. 허나, 내가 생각하고 있는 것은 바로 이 세상을 상대로 하는 일이지. 호리가 돌아오거든 이리로 불러오거라. 의논할 일이 많아. 나도 호리라면 믿을 수 있거든."
레니센브는 동지라도 만난 듯 기뻐했다.
"어떻게 해야 좋을지 호리는 틀림없이 그 방도를 제시할 수 있을 거예요."
에사는 그녀를 이상스레 바라보았다.
"너는 묘소에 올라가 그를 만나는 일이 종종 있다면서? 너는 호리와 대충 무슨 얘기를 하는 게냐?"
레니센브는 그저 천천히 고개를 저으며 말했다.
"그냥…… 나일강 줄기를 보면서…… 이집트에 대해서, 색깔은 어떻게 변하는지, 또 아래로 보이는 사막과 바위의 빛깔 같은 거…….

사실 아무 말도 않고 있을 때가 더 많지요. 말없이 그냥 앉아 있는 것만으로도 마음이 편안해지니까요. 야단치는 소리, 아이들의 칭얼거리는 소리, 사람들이 들락거리면서 내는 온갖 소리들. 시끄러운 소리라곤 들리지 않는 곳이에요.

저는 제 마음대로 생각을 좇을 수도 있고 호리는 제 생각을 방해하지 않지요. 그리고 또 때로는 그가 절 물끄러미 바라보는 시선을 느낄 때도 있어요. 그러면 우린 서로 미소를 지어요……. 아무튼 전 그곳에 있으면 행복한 기분이 들어요."
에사가 천천히 말했다.

"레니센브, 너는 운이 좋구나. 너는 모든 사람들의 마음속에 있는 행복을 발견한 게야. 대부분의 여자에게 있어 행복이란 그저 이리저리 쓸려다니는 게지. 부지런히 자질구레한 일들을 하는 게야. 아이들을 돌보고, 웃고, 얘기하고, 다른 여인네들과 싸우고, 남편과는 희비가 엇갈리는 사랑을 하고……. 그건 실에 구슬을 하나하나 꿰어 자그마한 목걸이를 완성해 내는 것과 같은 일이란다."
"할머니의 인생도 그랬어요?"
"거의 그렇다고 볼 수 있지. 그러나 지금 나는 늙었어. 혼자 앉아 있는 시간이 많고, 눈은 침침하고, 걷는 것도 불편해. 그런데 지금에 와서 나도 인생에는 안쪽과 바깥쪽 양면이 있다는 걸 알게 되었단다.

하지만 난 진실한 길이 어떤 것인지 배우기엔 너무 늙었어. 그래서 난 하녀들을 야단치지. 항상 더운 음식을 갖고 와라, 새로 구운 빵을 갖고 와라, 잘 익은 포도와 석류 주스를 가져 와라 하면서. 다른 사람들이 죽어가도 이런 일은 계속될 게야. 내가 사랑했던 아이들은 대부분 다 죽었어. 네 아버지는 언제나 바보란다. 신의 가호가 있기를. 옛날 개구쟁이 시절의 네 아버지는 참 사랑스러웠지. 그러나 지금은 너무 거들먹거리는 듯해서 영 신경에 거슬리는구나. 물론 손녀인 레니센브 너도 사랑하지. 그런데, 이피는 어디 갔지? 어제부터 안 보이던데."
"곡식 저장하는 일을 감독하느라고 정신없이 바빠요. 아버지가 그 일을 시키셨거든요."
에사가 씩 웃었다.
"그놈은 아주 신나겠군. 자신이 중요한 사람이라고 여기고 거들먹거리겠지. 식사 때 만나면 내게 좀 들르라고 말 좀 전해주겠니?"
"예, 할머니."

"그리고 레니센브, 입을 다물고 있거라."

3

"절 보자고 하셨어요, 할머니?"

이피가 웃으며 좀 뻐기는 듯한 태도에 고개를 한쪽으로 갸우뚱하며 입에 꽃을 물고 들어왔다. 그는 자기 자신에게는 물론 삶 자체를 즐거워하는 듯한 모습이었다.

"시간 좀 있니?"

손자를 보다 잘 보려고 눈을 크게 뜨고 손자의 아래위를 훑어보며 에사가 말했다. 그녀의 말 속에 숨은 신랄함을 이피는 아무런 느낌도 없이 받아들였다.

"사실 전 오늘 굉장히 바빠요. 모든 일을 감독해야 하거든요. 아버지는 사원에 가셨어요."

"빈 수레가 요란한 법이야."

에사가 말했다. 그러나 이피는 별로 동요하지도 않았다.

"그래요? 할머니, 제게 뭐 하실 말씀이 있으신가 보죠?"

"그래, 몇 가지 얘기할 게 있다. 사실 온 집안이 슬픔에 잠겨 있는데 넌 축제라도 맞은 듯 그렇게 즐겁냐? 소벡의 시체가 이미 미라 만드는 사람에게 넘어갔는데."

이피는 씩 웃었다.

"할머니는 위선자세요? 저도 그런 사람이길 바라세요? 소벡 형과 저 사이에 무슨 사랑이 남아 있었다고 슬퍼해요? 형은 항상 절 방해하고 괴롭혔어요. 어린애 취급만 하면서 저에게는 제일 창피하고 어린애들이나 하는 들일을 하라고 시키곤 했단 말이에요. 가끔씩 저를 비웃기도 했고요. 또, 아버지가 절 형님들이랑 같이 일하게 만들려고 하실 때마다 못하도록 아버질 쭨 게 소벡 형이에요."

"넌 무슨 근거로 소백이 그런 말을 했다고 생각하니?"

에사가 날카롭게 물었다.

"카메니가 그렇게 말했어요."

"카메니가?"

에사는 눈썹을 치켜뜨며 무릎을 덮고 있던 싸개를 한옆으로 치우며 머리를 긁적거렸다.

"카메니라고? 재미있는데."

"카메니는 헤네트에게서 들었대요. 헤네트가 모르는 게 어디 있어요?"

"어쨌든 이번엔 헤네트가 잘못 안 게다."

에사가 건조한 말투로 말했다.

"물론 네가 일을 하기에 어리다는 데엔 소백이나 야모스 모두 동의했겠지. 하지만, 널 끼워넣지 못하도록 네 아버지에게 말한 건 바로 나야."

"예? 할머니가요?" 소년은 진정 놀랐다는 듯한 눈길로 할머니를 바라보았다. 곧 얼굴에 어두운 기색이 돌더니, 입에 물고 있던 꽃을 떨어뜨렸다.

"왜 그러셨어요? 할머니랑 무슨 상관이 있죠?"

"집안 일이 곧 내 일이지."

"아버지가 그 말을 들으셨나요?"

"그 자리에서 듣진 않았어."

에사가 말했다.

"애야, 내가 한 가지 가르쳐 줄 게 있단다. 여자들은 일을 은근하게 처리하지. 살아가다 보면 다 배우게 된단다. 결국 여자는 남자들의 약점을 노리게 되는 법이야. 넌 네가 아버지랑 같이 있을 때 헤네트가 놀이판을 가지고 갔던 걸 기억할 게다. 내가 시킨 일이었어."
"예, 알아요. 그래서 아버지랑 시합을 했죠. 그런데 그게 어때서요?"
"세 판을 했지? 그리고 세 번 다 네가 이겼고."
"그래요"
"바로 그거야."
에사가 눈을 감으며 대답했다.
"네 아버지도 다른 사람과 마찬가지로 시합에서 지는 걸, 그것도 너처럼 어린애에게 지는 걸 굉장히 부끄러워하고 있었지. 그래서 넌 너무 어려서 형들과 동업을 할 수 없다고 결정을 내린 거야, 홧김에. 내가 한 말도 있고 해서 말이다."
이피는 할머니를 빤히 바라보았다. 그리고는 별로 유쾌하지 않은 듯한 웃음을 지었다.
"할머니, 정말 현명하시군요. 이 집안에서 머리를 쓸 줄 아는 사람은 할머니와 저 둘뿐인 것 같아요. 첫번째 시합은 할머니가 이기셨어요. 하지만 두 번째엔 제가 이길 겁니다. 조심하세요, 할머니."
"그럴 생각이란다."
에사가 말했다.
"그리고 한마디 충고하겠는데, 네 자신을 돌이켜 생각해 보거라. 형 둘 중 하나는 이미 죽었고, 하나는 빈사 상태야. 너 역시 아버지의 아들이니 너라고 그런 일 당하지 말란 법이 있겠니?"
이피가 비꼬는 듯이 웃었다.
"겁 안 나요."
"왜? 너도 노프레트를 모욕하고 위협했었잖니?"
"노프레트요?"
이피가 경멸하듯 외쳤다.

"네 생각은 어때?"
에사가 물었다.
"할머니, 제 생각을 말씀드릴게요. 노프레트와 그 영혼이 어떤 계략을 꾸민다 해도 절 골탕먹이진 못해요. 오히려 제가 꼼짝 못하게 만들어 버릴 테니까."
이때 뒤에서 째지는 듯한 외침과 함께 헤네트가 뛰어들어왔다.
"아유, 도련님도 철딱서니 없기는. 죽은 사람을 모욕해요? 그러면 우리 모두 저주를 받아요. 빨리 부적을 준비해야 되겠네."
"부적으로 재앙을 막아? 내 자신이 막겠어. 헤네트, 내 방식으로 하겠단 말이야. 난 지금 일하러 가야 돼. 그 게을러빠진 농부들에게 진정한 주인이 어떤 것인가 보여주겠어."
헤네트를 한옆으로 밀어젖히며 이피가 방을 나갔다.
에사가 헤네트의 탄식과 애소를 자르며 말했다.
"헤네트, 내 말을 좀 들어. 이피 걱정은 그만하고. 그 애도 어떤 일은 해도 되고 어떤 일은 하면 안 된다는 정도는 알고 있다. 아주 태도가 묘한 구석이 있구먼. 그건 그렇고, 이것 한 가지만 대답해 줘. 네가 이피를 공동경영자에 끼워 주지 말자고 임호테프에게 말한 사람이 소벡이라고 카메니에게 얘기했었느냐?"
헤네트의 목소리가 평상시로 되돌아갔다.
"사실 전 바빠서 일부러 카메니에게 그런 말을 할 시간도 없었어요. 그가 일부러 절 찾아오지 않았다면 그런 얘긴 안 했을 겁니다. 하지만 노마님께서도 아시듯 그는 아주 태도가 좋잖아요. 또, 그렇게 생각하고 있던 게 저 혼자만은 아니었고요. 젊은 과부가 다시 결혼을 하고 싶다면 당연히 상대방이 매력이 있나 없나에 관심을 가지겠죠. 물론 임호테프님은 어찌 생각하실지 모르겠지만. 어쨌든 카메니는 부서기이고, 그게 다죠."

"카메니가 레니센브와 어쩌고 저쩌고 하는 그런 얘기가 아니야. 이 피에게 불리한 얘기를 소백이 했다고 그에게 얘기한 적이 있어, 없어?"

"글쎄요, 노마님, 제가 한 것도 같고 아닌 것도 같고 잘 모르겠는데요. 누구랑 무슨 얘길 했는지 잘 기억이 안 나요. 하지만 없는 얘길 옮기진 않는다고요. 노마님께서도 아시겠지만, 소백님은 물론이고 야모스님까지도 이피 도련님은 너무 어리니까 그런 일을 할 수 없을 거라고 얘기하시곤 했잖아요? 카메니에게 제가 알고 있던 얘기를 하긴 했어요. 그렇다고 없는 얘기나 헛소문은 아니잖습니까? 저는 귀머거리가 아니고 혀도 멀쩡한데요."

"네가 얘기하는 것 대부분이 그런 뜬소문이야. 헤네트, 혀는 때론 무기가 되는 법이야. 죽음을 불러일으킬 수도 있어. 그것도 한 사람이 아니고 여러 명을 죽일 수도 있어. 제발 네 혓바닥 때문에 사람이 죽는 일이 없기를 바란다."

"하지만 노마님, 너무하신 말씀이세요. 전 제가 잘 모르는 일에 대해선 한마디도 남에게 옮긴 적이 없어요. 또, 제가 이 집안을 위해 얼마나 헌신적으로 노력해 왔는데요. 가족들을 위해 죽을 거라고요. 너무하세요. 이 늙어빠진 헤네트가 얼마나 열심히 여러 주인님들을 모셨는데요. 돌아가신 마님도."

"그만해, 알았으니."

에사가 헤네트의 말을 잘랐다.

"그래 헤네트, 네 말처럼 그렇게 헌신적이었다니까 여기 이것 좀 보거라. 아주 먹음직스러운 새고기가 있지? 야채랑 함께 요리해서 냄새도 좋고. 이 속에 독이 있다 하더라도 한입 먹어 볼 수 있겠어?"

"노마님, 독이라뇨? 이건 우리 부엌에서 요리한 건데요. 그럴 리가 없죠."

"글쎄, 누군가 먹어 봐야 알겠지. 내 생각엔 헤네트가 제일 적임자 같아. 우리 가족을 위해서라면 목숨이라도 내놓겠다고 하지 않았어? 아마 죽는다 해도 그리 고통스럽지는 않을 거야. 이리 와, 헤네트. 얼마나 먹음직스러워? 침이 넘어가지 않아? 난 혹시라도 내 어린 몸종을 이런 걸 먹고 죽게 내버려 둘 수는 없지. 그 앤 아직도 어리잖아. 하지만 너는 세상 살 만큼 살았으니 설령 그렇다 해도 뭐 큰 문제가 있겠어? 자, 그럼 입을 벌려 봐. 맛있겠지? 아주 얼굴색이 파랗다 못해 초록색이구먼. 내 농담이 좀 심했나? 네가 이걸 먹으리라곤 내가 믿질 않았지. 하하."

에사는 배를 잡고 한참 웃더니 일어나 앉아 그 맛있는 음식을 게걸스레 먹어치웠다.

제16장

여름 둘째달 1일

사원에서의 합의가 끝났다. 신께 올리는 탄원서의 양식이 조금 수정되었다. 호리와 두 명의 서기들은 이 작업을 하느라 바빴다. 마침내 의식이 시작되었다.

신관이 그 탄원서에 서명을 하자, 수석 서기가 큰소리로 읽어 내려갔다.

위대한 아사예트의 혼령이여,

당신의 형제이자 남편이 이 글을 올리오. (고대 이집트에서는 '오빠'와 '남편'이나 '남자 애인'을, '누이'와 '아내'나 '여자 애인'을 혼용했다.) 그대는 벌써 형제를 잊었소? 자신이 낳은 자식도 잊었소? 그대는 악령이 그대의 자식들을 위협하고 있다는 걸 모르고 있소? 벌써 그대의 아들 소벡이 독을 먹고 오시리스와 함께 있는 그대 곁으로 갔는데도 말이오.

나는 살아 생전 그대를 항상 존중했소. 나는 당신에게 보석과 의복을 주었고 향수와 향유를 항상 준비해 주었소. 항상 좋은 음식을 먹였으며 우리 앞에 놓인 식탁에는 언제나 평화와 친근함이 가득했었소. 당신이 병들자 난 아낌없이 돈을 썼소. 최고의 의사를 불러왔고, 죽었을 때는 영광스러운 의식을 치러 생전에 그대에게 필요했던 노비와 황소, 음식과 마실 것, 보석 등을 함께 넣어주었소. 나는 그대가 죽은 뒤 오랫동안 슬픔에 잠겨 살았고, 오랜 세월 뒤에야 첩을 얻지 않았소? 내가 혼자 살기엔 너무 젊었으니까 말이오.

바로 이 첩이 그대의 자식들에게 해를 입히고 있소. 노프레트는 아주 힘이 센 악령인가 보오. 그러나 이 일은 위대한 아샤예트, 바로 그대의 뜻과는 상반되는 것. 그대는 위대한 친척과 강력한 원조자들이 많았으니, 고관집 수석 집사였던 위대하고 고귀한 이피에게 도움을 청해주시오. 또, 그대의 외삼촌이자 이 지방의 장관인 위대한 메리프타에게도 도움을 부탁해주시오. 그를 만나 이 부끄러운 사실을 전해주시오. 그래서, 이 사건을 그의 법정에서 다룰 수 있도록 해주시오. 그리고 증인들로 하여금 노프레트의 악령이 이런 일을 저질렀다고 증언하게 해주시오. 그래서 노프레트로 하여금 이 집안에서 더 이상 나쁜 짓을 못하도록 선고를 내리도록 해주시오.

오, 위대한 아샤예트여. 그대의 형제인 임호테프가 달콤하고 사악한 꾐에 빠져 그대가 낳은 자식들을 위험에 빠뜨린 일에 화가 난다면 임호테프뿐 아니라 그대의 자식들 모두 고통을 겪어야 하오. 제발 이 못난 형제인 임호테프를 그대 자식들의 얼굴을 보아서라도 용서해 주기 바라오.

수석 서기가 낭독을 끝마쳤다. 메르스가 고개를 끄덕이며 동의의 뜻을 표시했다.

"아주 잘됐어. 내가 보기엔 빠진 말이 하나도 없는 것 같아."
임호테프가 일어섰다.
"감사합니다, 메르스님. 내일 해지기 전까지 소와 향유 등 공양물을 보내 드리겠습니다. 그런데 언제쯤이면 귀신 쫓는 주문이 새겨진 그릇을 그 무덤 앞에 묻을 수 있겠습니까?"
"지금부터 사흘 뒤면 되오. 틀림없이 그릇에 주문과 예방을 적어 그곳에 묻어 놓겠소."
"알겠습니다. 더 이상 이런 추태는 일어나지 말아야죠."
"임호테프님, 당신의 걱정이 무언지 나도 잘 알고 있습니다. 아사예트의 선한 영혼은 틀림없이 당신의 호소를 들었을 겁니다. 그래서 권력과 힘이 있는 친척들로 하여금 정의가 무엇인지 보여주게 할 겁니다."
"이시스 신이여, 보우하소서. 감사합니다, 메르스님. 우리를 돌보아 주시고 야모스를 낫게 해주신 것도요. 호리, 가세. 집에 가서 할 일이 많아. 알아봐야 할 것도 많고. 이 탄원서를 보내고 나니 마음이 한결 가볍구나. 위대한 아사예트가 이 불쌍한 형제를 도와주겠지."

2

호리가 파피루스 종이뭉치를 들고 뜰에 들어서는데 레니센브가 그를 지켜보고 있었다. 그녀는 연못가에서 뛰어 그를 쫓아왔다.
"호리!"
"왜요, 레니센브?"
"저랑 같이 할머니 뵈러 안 가실래요? 당신을 좀 뵙고 싶으시다는데."
"그래요, 잠깐 임호테프님께 말씀 드리고."

그러나 임호테프는 이피와 무언가 은밀한 대화를 나누고 있었다.
"이 종이 좀 갖다 놓고 몇 가지 일만 처리하고 갑시다, 레니센브. 금방 끝나요."
에사는 레니센브와 호리가 같이 들어오는 모습을 보고 재미있는 모양이었다.
"할머니, 이 분이 호리예요. 저번에 한 번 같이 찾아뵈었죠?"
"오냐, 알았다. 바깥 날씨가 좋더냐?"
"글쎄, 그런 것 같은데요."
레니센브가 잠시 생각하다가 대답했다.
"그러면 내 지팡이 좀 가져오너라. 뜰을 좀 거닐어 봐야겠다."
좀처럼 집 밖을 나가지 않던 에사였기에 레니센브는 깜짝 놀랐다. 그녀는 할머니의 팔을 부축하고 길을 안내했다. 그들은 홀을 거쳐 문 밖으로 나왔다.
"여기 앉으시죠, 할머니."
"아니다, 저기 연못가까지 가자."
에사의 걸음은 느렸고 비록 다리를 절긴 했지만, 그녀의 내딛는 발에는 힘이 있었고 어디에도 피로한 기색은 보이지 않았다. 그녀는 이리저리 살펴보다가 연못 근처 꽃이 침대처럼 피어 있고, 무화과나무가 그늘을 드리우고 있는 곳을 찾아 앉았다.
그곳에 앉은 뒤 그녀는 만족스러운 듯이 낮은 소리로 말했다.
"됐다, 여기라면 우리 얘기를 엿듣는 사람이 없겠지."
"참 현명하시군요, 노마님."
호리가 말했다.
"지금부터 하는 이야기는 우리 셋만 알고 있어야 한다. 호리, 난 자넬 믿어. 자넨 어렸을 때부터 우리와 함께 살았으니까. 그리고 자넨 항상 신중했고 입이 무거웠으며 현명했지. 여기 레니센브도 내 손주들 중 내가 제일 아끼는 애이고. 호리, 제발 이 애에게 어떤 해가 없도록 지켜주게나."

"알겠습니다, 에사 노마님."

호리의 목소리는 크지는 않았지만, 그 어조나 자신을 바라보는 눈빛을 보고 에사는 그를 믿을 수 있다는 만족스러운 느낌을 가졌다.

"호리, 흥분하지 말고 얘기를 잘 해봐. 오늘 무슨 일이 있었나?"

호리는 탄원서를 사원에 올린 일에 대해 설명을 했고, 에사는 주의 깊게 그 말을 들었다.

"자, 그럼 내 말을 들어 봐. 그전에 먼저 이것 좀 봐."

그녀는 옷에서 사자가 조각된 목걸이를 꺼내어 호리에게 건네주었다. 그리고 레니센브에게 말했다.

"네가 이걸 어디서 찾았는지 얘길 해줘라."

레니센브가 얘기를 하자, 다시 에사가 말했다.

"호리, 자넨 어떻게 생각하지?"

호리는 잠시 동안 침묵을 지키다가 말했다.

"노마님께선 경험도 많으시고 현명하시니, 먼저 어떻게 생각하시는지 말씀을 해보시지요."

에사가 말했다.

"호리, 넌 확실한 것 아니면 말을 안 하려고 하는 사람이로구나. 노프레트가 어떻게 죽었는지 알고 있니?"

"그저 추측으로만요, 노마님. 알려진 내용에 의심은 하고 있어요."

"그래, 맞아. 우리는 그저 의심만 하고 있는 거지. 하지만 여기 호숫가에서 우리 셋만 있는 자리에서라면야 얘길 못할 이유가 없지. 나중에 다시 얘기할 필요도 없고. 내가 생각하기엔 그 비극적인 죽음엔 세 가지 설명이 가능해. 맨 처음으론 그 목동아이가 본 게 진짜 노프레트의 유령이고, 그 유령이 명부에서 다시 나타나 우리 집안에 복수를 하려고 슬픔과 비통을 온 집에 뿌리고 다닌다는 거지. 아마 신관들이나 다른 사람들은 그렇게 말할지도 몰라. 우리도 악령 때문에 병이 생긴다는 건 알고 있으니 말이야. 하지만, 나처럼 나이먹고 신관이나 다른 사람들의 말을 믿지 않는 늙은이가 보기엔 조금 이상해. 틀림없이 사실과 다를 가능성이 있어."
"어떤 가능성이죠?"
호리가 물었다.
"노프레트가 사티피에게 죽었고, 나중에 바로 노프레트를 죽인 그 자리에서 노프레트의 혼백을 보고 죄책감에 사티피도 죽었다고 가정해 봐. 그러면 모든 게 명확해져. 하지만, 또 이런 가정도 해봐. 우리도 이미 발견했지만, 임호테프의 두 아들이 죽기를 바라는 충분한 이유를 가진 사람이 있을지도 모른다고 말이야. 그렇다면 노프레트의 악령을 빙자해서 다른 사람들을 현혹시킬 수도 있지 않을까? 아주 편리하지."
"소벡 오빠나 야모스 오빠를 죽이려는 사람이 누굴까요?"
레니센브가 외쳤다.
"적어도 하인은 아니야."
에사가 말했다.
"감히 그들이 그런 생각을 할 순 없지. 그렇게 되면 대상자가 몇 사람밖엔 안 남아."
"그럼, 우리 식구들 중 누가? 할머니, 그건 말도 안 돼요."
"호리에게 물어 보렴."
에사가 냉정하게 잘라 말했다.
"아마 나와 같은 생각일걸."
레니센브가 호리 쪽을 보았다.
"정말예요, 호리?"

호리가 그렇다는 뜻으로 머리를 침통하게 끄덕였다.
"레니센브, 넌 어리고 너무 사람을 잘 믿어. 넌 네가 좋아하는 사람은 모두 겉모습만 보고 있는 거야. 넌 사람의 내면에 자리잡은 그 사악함은 아마 모르고 있을 게다."
"하지만 도대체 누가 그런 짓을?"
에사가 다시 말을 시작했다.
"얘기를 다시 목동아이 쪽으로 돌려보자. 그는 노프레트의 목걸이를 하고 염색한 마직 옷을 입은 여자를 봤다고 했어. 만일 그 여자가 혼백이 아니라면 그 아이는 헛것이 아닌 진짜 사람을 보았다는 얘기지. 즉, 노프레트로 보이려고 분장한 다른 사람을. 카이트일 수도 있고, 헤네트일 수도 있고, 레니센브 바로 너일 수도 있어. 그 정도 거리라면 옷차림만 비슷하면 대충 사람을 속일 수 있으니까. 설사 남자가 그 옷을 입었더라도. 다음으로는, 그 아이가 거짓말을 했을지도 모른다는 가능성이 있지. 누군가가 그렇게 말하라고 시켰다면 그럴 수 있지 않겠어? 자신에게 그런 일을 시킬 만한 권한이 있는 사람이 잘 구슬리고, 돈이라도 몇 푼 집어주면 그런 정도쯤이야 우습지. 하지만, 그 아이가 죽어서 진상을 알 수가 없으니. 하긴 바로 그 사실에서 무언가 냄새가 나긴 하지만. 내가 보기엔 그 아이가 거짓말을 한 것 같아. 그리곤 입을 막으려고 죽인 게지. 그 아이만 살아 있어도 모든 일이 다 밝혀질 텐데."
"노마님의 생각은 그럼 우리들 중에 범인이 있다는 말씀입니까?"
"그렇지, 난 그렇게 생각해. 그래, 자네 생각은?"
호리가 대답했다.
"제 생각도 그렇습니다."
레니센브는 슬픈 눈빛으로 두 사람의 얼굴을 번갈아 살펴보았다.
호리가 말했다.

"그런데 그 동기를 알 수가 없거든요."
"나도 그래. 그래서 더 불안하단 말이야. 이번에 희생될 사람이 누구인지 도저히 예측을 할 수가 없거든."
레니센브가 대꾸했다.
"그런데 '우리들 중의 하나'임은 분명한 건가요?"
그녀는 아직도 믿고 싶지 않다는 듯이 물었다.
에사가 굳은 표정으로 말했다.
"맞다, 레니센브, 우리들 중 누구겠지. 헤네트, 카이트, 이피, 카메니, 혹은 임호테프일지도 모르고……. 응, 그래. 이 늙은이일지, 호리일지, 아니면……."
그녀는 부드럽게 미소를 지었다.
"레니센브, 너인지도 모르는 거다."
호리가 끼어들었다.
"그렇죠, 우리 자신들도 피해 대상이 될 수 있습니다."
"그렇지만 왜요? 대체 이유가 뭐예요?"
레니센브의 목소리는 알지 못할 공포에 떨리고 있었다.
에사가 말했다.
"그 이유를 알면 이 사태의 진상을 다 알게 되는 거나 마찬가지겠지. 우리는 이번에는 누구의 목숨이 위태로운지 그걸 점쳐 보는 수밖엔 도리가 없다.

기억하겠지? 야모스가 먼저 마시기 시작한 술을 뜻밖에 나타난 소벡이 거들어 마신 사실을? 그걸 생각해 볼 때 범인이 노린 건 야모스였다고 추측할 수 있지. 범인이 소벡까지 죽일 생각이었는지는 모르는 거야."
레니센브는 할머니의 말이 그럴 듯하면서도 또한 미심쩍은 구석이 있어 물었다.

"그러나 야모스 오빠 같은 사람을 누가 죽이려 했을까요? 큰오빠는 우리들 중 누구보다도 적을 만들지 않는 사람이에요. 언제나 신사적이고 자상하잖아요."

호리가 나섰다.

"그러니까 살해 동기가 사적인 원한이 아니라는 게 밝혀진 겁니다. 레니센브의 말대로 야모스는 원한을 살 만한 인물이 아니니까요."

에사도 말했다.

"음, 그래. 동기는 정말 막연해. 가령 우리 가족 모두에 대한 원한 때문이라고 가정을 해볼 수도 있지. 또는, 이 사건 배후에 프타 신이 말씀하신 엉큼한 탐욕이 숨어 있을 수도 있어. 프타신이 말씀하시길, 탐욕이란 온갖 사악한 것의 근본이며, 비난받아 마땅한 모든 것이 담긴 자루라고 하셨거든!"

호리가 말했다.

"노마님께서 말씀하시는 바가 무엇인지 알겠습니다. 그러나 일단 어떤 결론을 끌어내려면 앞으로의 전망을 대충 해본 뒤에야 가능할 것 같습니다."

에사가 긍정하는 듯 머리를 크게 끄덕였다. 그 순간 그녀가 쓰고 있던 커다란 가발이 한쪽 귀 위로 늘어뜨려져 그녀의 모습은 참으로 괴이하게 되었지만, 아무도 웃지 않았다.

"호리, 그럼 한번 앞으로의 일을 얘기해 봐요."

호리는 생각에 잠긴 눈으로 한동안 침묵을 지켰다. 에사와 레니센브도 말없이 그가 입을 열기만 기다렸다. 이윽고 호리가 말을 꺼냈다.

"범인이 의도한 대로 만일 야모스가 죽었다면, 그 이득을 볼 수 있는 가장 유력한 사람은 둘째 아들 소벡과 막내 이피입니다. 물론 재산의 한 부분이 야모스의 아이들에게도 돌아가긴 하겠지요. 그러나 재산 관리는 두 아들, 특히 소벡에게 넘어가게 됩니다.

결국 소벡이 가장 이득을 보는 사람이라는 점은 의심할 여지도 없지요. 주인님께서 집을 비우시는 동안 묘소지기 제관의 임무를 맡아 하다가, 주인님께서 돌아가시면 아예 그 지위를 이어받게 되겠지요.

하지만 소벡이 아무리 득을 본다 해도 그 스스로 독주를 마셔 버리고 말았으니 그가 범인일 수는 없는 거죠.

그러므로 이 두 아들의 죽음으로 인해 이득을 볼 수 있는 사람은 …… 현재로는…… 단 한 사람…… 이피라는 결론이 나옵니다."
에사가 말했다.
"그래, 호리. 자네는 무척 사려가 깊구먼. 이치에 딱딱 맞는 자네 말에 감탄을 할 지경이야.

그런데 말이 나왔으니 말이지만, 이피에 대해 좀 생각해 보자고. 그 애는 어린 데다가 성미가 급하지. 여러 모로 봐서 별로 칭찬할 만한 자질을 갖고 있는 녀석은 아니야. 그 나이 또래의 젊은 애들은 자기가 바라는 일을 성취하는 것을 이 세상에서 가장 중요한 일로 여기지.

그 애는 형들에 대한 불만과 증오심이 대단했지. 공동경영자에서도 제외되었으니 얼마나 불만스럽겠냐. 더구나 카메니가 그 애에게 좀 뭣한 말을 했다는구나."
"카메니가요?"
레니센브는 에사의 말을 도중에 끊었다. 그러나 곧 그녀의 얼굴은 상기됐고 그녀는 입술을 깨물 수밖에 없었다. 그러는 그녀의 얼굴을 호리가 바라보고 있었다.
"그래, 카메니. 헤네트가 카메니에게 뭐라고 말했다지만, 그거야 문제가 아니지. 그게 아니더라도 이피란 녀석은 야심만만하고 교만

한 성격에 형들이 자기보다 한 수 위에 올라선 것을 분해하고 있으니까. 그 애가 전에 나한테 말한 적도 있어. 그 애는 집안 사람들 가운데 사람을 다스릴 수 있는 뛰어난 머리를 가진 사람은 자기밖에 없다고 믿고 있단다."
호리가 물었다.
"노마님께 그런 말을 했습니까?"
"그 애는 친절하게도 이 늙은이와 자기 둘만이 뛰어난 두뇌의 소유자라고 말하더구나."
레니센브는 믿을 수 없다는 듯 말했다.
"그렇다면, 야모스 오빠와 소벡 오빠를 독살하려 한 게 이피라고 생각하세요?"
"말이 그렇다는 얘기지. 나는 하나의 가능성을 생각해 본 것뿐이다. 그 이상은 아니야. 지금 우리가 이야기하고 있는 건 혐의의 가능성일 뿐 증명할 길은 없다. 신께서 싫어하는 것을 앎에도 불구하고, 이 세상이 창조된 이래로 사람들은 탐욕과 미움에 사로잡혀 형제끼리 서로 죽인 예가 많지. 만일 범인이 이피라면 증거를 찾는 것은 참 어려울 게다. 이피의 지능이 남다르다는 점만은 우리도 인정하지 않을 수 없으니까 말야."
호리는 고개를 끄덕였다.
에사가 계속해서 말했다.
"하지만 미리 언급했듯이 지금 이 무화과나무 아래에서 하고 있는 얘기들은 다만 상상에 지나지 않는다는 점을 명심해라. 자, 이제 그 상상력을 동원해서 집안 사람들을 하나씩 살펴보는 게야. 음…… 우선 하인들은 제외시키기로 하자. 그 애들 중에는 이런 엄청난 짓을 저지를 인물은 없다고 봐도 좋을 것 같으니까. 아, 다만 헤네트는 예외다."

레니센브가 놀라서 말했다.

"헤네트? 헤네트는 이 집안에 헌신적으로 봉사하고 있는걸요. 그녀 스스로도 그렇게 말하고 있어요."

"거짓말하기가 참말을 하기보다 더 어려운 것도 아니란다. 나는 헤네트를 오래 전부터 알고 지내왔다. 아직 젊은 나이에 그 여자가 네 어미와 함께 이곳에 온 이후로 줄곧.

네 어미의 먼 친척뻘 되지. 가난하고 운도 나쁜 여자야. 그 여자의 남편은 그녀에게 매정했지. 사실 헤네트는 젊어서도 못생기고 애교도 없는 여자였으니까. 결국 둘은 헤어지고 말았다. 둘 사이에 애가 하나 있었는데, 젖먹이 때 죽고 말았어. 헤네트는 여기에 왔을 그 때부터 네 어미를 쫓아다니며 몸과 마음을 다 바쳐 충성하겠다는 둥 떠벌이고 다녔다. 그러나 어멈이 집안이나 정원을 거니는 모습을 바라보는 그 여자의 눈빛를 보고, 난 그 눈빛 속에서 조그만큼의 애정도 찾아볼 수 없었어. 있었다면 그릇된 부러움이나 시샘이 있었을까? 그러니까 너희들에 대한 애정이니 충성이니 하고 내세우는 말에도 도대체 믿음이 안 가."

호리가 레니센브에게 물었다.

"당신은 헤네트에게 호감을 갖고 있습니까, 레니센브?"

레니센브가 엉겁결에 대답했다.

"그렇지는 않아요. 호의를 가지려고는 했지만 잘 안 됐어요. 까닭없이 그녀를 싫어하는 나 자신을 나무라기도 했어요."

"당신이 그녀를 싫어하는 까닭은, 본능적으로 당신은 그녀가 거짓말쟁이라는 것을 알고 있기 때문이 아닐까요? 그렇게 생각하지는 않나요?

그녀가 떠벌이는 말만큼 구체적인 행동으로 나타난 바가 있었습니까? 그녀는 집안 사람들 사이를 비집고 다니면서 상대를 마음

상하게 하거나 분노케 하는 말만 내뱉어 가족들 사이에 분열이 일어나게 한다고 생각해본 적은 없습니까?"
"아, 예…… 그 말을 듣고 보니 그런 것도 같군요."
에사가 웃음을 터뜨렸다.
"호리, 자네는 머리 뒤에 눈과 귀를 달고 다니는군."
레니센브가 반문했다.
"그러나 아버지는 헤네트를 신임하고 계시잖아요?"
"네 애비는 멍청해. 옛날부터 어리숙했어. 사내들이란 누구든 아부에 약하거든. 헤네트는 아주 익숙하게 아첨을 잘하지. 하기야 그녀가 네 애비에게는 실제로도 헌신적일지도 모르지. 나까지 그렇게 생각될 때가 종종 있으니까. 그렇더라도 이 집의 다른 사람들에게는 헌신적이 아니라는 사실만은 확실하다."
레니센브가 반대했다.
"그렇지만, 헤네트가…… 그녀가 사람을 죽일 수 있다고는 상상이 안 가요. 우리를 독살할 필요가 어디 있겠어요? 그런 짓을 한다고 무슨 이득을 보나요?"
"아무 소득도 없지. 그리고, 그 동기에 대해서는…… 그 여자의 머릿속에 무슨 꿍꿍이가 들어 있는지는 나도 상상할 수가 없구나. 무얼 생각하고 느끼는지 도저히 알 수 없단 말이야. 그렇지만 그 치근거리며 아첨하는 태도 뒤에는 뭔가 속셈이 있는 게 분명해. 좀 엉뚱하고 기이한 속셈이. 그렇다면 헤네트의 살해 동기는 너도 나도, 호리도 예측할 수 없는 거지."
호리는 고개를 끄덕였다.
"우리의 내부에서 솟아나는 부패 같은 것이지요. 이 점에 대해서는 레니센브 아가씨에게도 언젠가 얘기한 적이 있었지요."
레니센브가 말했다.

"그때는 당신의 말뜻을 이해할 수 없었어요. 하지만 이제 차츰 이해할 수 있을 것 같네요.

노프레트가 여기에 올 때부터 일은 시작되었어요. 나는 그때 처음으로 집안 사람들이 내가 생각하던 것과는 다른 면을 갖고 있다는 걸 알 수 있었지요. 그런 발견에서 나는 무척 무서운 느낌을 받았어요. 그런데 지금……."
그녀는 두 손으로 얼굴을 가리고 절망적인 목소리로 말했다.
"모두 무서운 일뿐……."
"지식이 불완전할 때 무서움도 느끼는 법입니다, 레니센브. 다 알고 나면 무서움도 사라지지요."
에사가 아까 하던 말을 계속했다.
"그리고 카이트도 생각해봐야 돼."
레니센브가 항의했다.
"설마하니 카이트 언니가? 그 언니가 남편인 소벡 오빠를 죽일 리는 없잖아요. 그건 도저히 생각할 수 없는 일이에요."
"이 세상에 생각할 수 없는 일이란 하나도 없다. 한평생을 살아오면서 적어도 그것만은 배웠지.

카이트는 무척 우둔한 여자야. 나는 이제껏 우둔한 여자를 믿어본 적이 없다. 그런 여자는 차라리 경계해야 한다고 말할 수 있지. 왜냐하면 그런 사람은 자기 주위의 일밖에는 알지도 못하고, 하나를 보면 그 하나밖에는 보지 못하기 때문이야.

카이트는 자기와 남편 소벡, 그리고 자식들로 구성된 작은 세계 속에 살고 있다. 그 애 생각에 야모스만 없애면 자기 가족들은, 특히 자식들은 풍족하게 살 수 있을 거라는 계산을 할 수도 있었을 테니까.

임호테프는 소벡을 항상 불만스럽게 생각했다. 소벡은 경솔하고 서두르는 성미인데다가, 자제심도 없고 남에게 양보할 줄도 모른다고 말이야. 임호테프가 신뢰하고 있던 아들은 큰애였다.

따라서 야모스만 사라져준다면 임호테프는 싫어도 소벡에게 의지할 수밖에 없게 되는 거지. 카이트는 단순히 그렇게 생각했을지도 모른다."

레니센브는 오싹 소름이 끼쳤다. 그녀는 삶에 대한 카이트의 그런 단순한 태도를 어쩔 수 없이 인정할 수밖에 없었던 것이다. 카이트의 부드러움과 유순함, 침착한 애정……. 이런 것들은 온통 자식들에게만 쏟아지고 있었다. 그녀에게는 자신과 자식과 소벡을 제외한 이 세상의 존재들은 무의미할 뿐이다. 그녀는 외부 세계에 대해선 손톱만큼의 관심도 흥미도 없다. 레니센브가 찬찬히 말했다.

"카이트 언니가 아무리 우둔하다 하더라도, 남편이 돌아와서 목이 마른 김에 다시 술을 마실지도 모른다는 생각은 염두에 둘 수 있었겠지요."

"그렇지 않아, 카이트의 생각이 거기에까지 미치리라고는 생각지 않는다. 그 애는 우둔해. 자기가 보고 싶다고 느끼는 것밖에는 볼 수가 없는 거야. 무슨 말인고 하면, 야모스가 독주를 마시고 죽으면, 모든 일은 영악하고 아름다운 노프레트의 마력 탓으로 돌리면 된다는 생각밖에는 못하는 거지.

카이트는 하나밖에 모르는 여자야. 기타 여러 가능성이라든지 위험부담 같은 것은 고려하지도 않고…… 자기가 소벡의 죽음을 원하지 않는 이상, 의외로 그가 돌아와 술을 마실 수도 있다는 사실은 전혀 머리에 떠올릴 수도 없는 거지."

"그 결과 소벡 오빠는 죽고 야모스 오빠는 살아남게 되었다는 건가요? 만일에 할머니의 추측이 맞다면, 카이트 언니의 지금 기분은 정말 참기 힘든 것이겠죠!"

"사람이 어리석게 행동하면 그런 실수를 범하는 법. 계획했던 것과는 정반대의 결과를 불러올 수도 있는 것이란다."
잠시 사이를 둔 뒤 에사는 다시 말했다.
"다음으론 카메니."
"카메니?"
이 말을 하면서도 레니센브는 되도록 항의의 분위기를 드러내지 않고 평정하게 말해야 한다는 필요성을 느꼈다. 그녀는 호리의 시선이 자기에게 쏠려 있음을 의식하고는 불안해졌다.
"그래, 카메니도 빼놓을 수는 없지. 그 사람이 우리를 해쳐야 할 동기가 있는지, 있다면 대체 뭔지는 모르겠다만……. 사실 우리가 그에 대해 아는 게 뭐가 있냐? 아무것도 없거든.

그는 북쪽에서 왔지. 노프레트가 있던 그 지방에서 왔어. 그리고 노프레트를 거들어서——흔쾌히 했는지 억지로 했는지는 차치하고서라도——임호테프와 자식들을 이간하는 데 한몫한 장본인이야.

나는 그동안 죽 그를 관찰해 봤지만 별로 알아낸 게 없다. 내가 보기에는 대체로 아주 평범한 젊은이라는 정도야. 단지 좀 예민한 면이 있고 잘생긴 외모에 여자들의 눈길을 끄는 매력을 가지고 있다고나 할까. 그래, 여자들은 항상 카메니 스타일을 좋아하겠지.

그러나——내 생각이 다 맞으리라곤 말 못하겠지만——여자의 마음을 사로잡고 놓아주지 않는 그런 사내는 아니지. 언제나 밝고 명랑해서, 하다못해 노프레트가 죽었을 때조차 그리 마음아파하는 것 같지도 않더구나.

하지만 이 모든 일은 겉으로 그렇게 보일 뿐, 마음속에 무얼 품고 있는지는 누구도 몰라. 뭔가를 굳게 결심한 사내라면 연극쯤이야 쉬운 일이지…….

카메니가 노프레트의 죽음에 강한 울분을 느낀 나머지 복수를 결심했다, 이건 어떠냐? 사티피가 노프레트를 죽였으니 그 남편 야모스도 죽어 마땅하므로…… 뭐 이런 식으로 말이다. 그렇게 보자면 노프레트에게 겁을 준 소벡도…… 거기다 은근히 노프레트에게 거슬리게 행동한 카이트나, 노프레트를 질투했던 이피까지…… 상식적인 머리로는 생각할 수 없는 일처럼 들리겠지만, 그러나 인간의 마음이란 요지경 속이 아니겠느냐?"
에사는 입을 다물고 호리를 쳐다보았다.
"노마님 말씀이 옳습니다. 인간이란 알 수 없는 존재지요."
에사가 그 침침하나 예리한 눈으로 호리를 응시했다.
"자네라면 짐작이 가는 데가 있을지도 몰라, 호리. 알고 있지, 안 그런가?"
호리는 잠시 침묵을 지키더니 마침내 입을 열었다.
"예, 그 술에 독을 탄 사람이 누구이며, 그런 짓을 한 속셈은 무엇인지에 대해 제 나름대로 추측은 하고 있습니다. 그러나 그것은 아직 추측일 뿐, 분명한 게 아니지요. 더구나 제가 알 수 없는 것은 사실……"
그는 얼굴을 찡그리고 입을 다물고서 설레설레 고개를 저었다.
"아니에요, 지금으로선 그가 누구라고 정확히 집어낼 수는 없습니다."
"이 자리에선 그저 그럴 수 있다는 가능성만을 얘기하는 것이니까 너무 염려 말게. 호리, 자, 어서 말해 봐."
호리가 다시 고개를 저었다.
"아닙니다. 말하지 않는 편이 좋을 것 같습니다. 그저 막연한 생각일 뿐이니까요. 제 생각이 적중한다 하더라도 모르시고 계신 편이 좋습니다. 알고 있는 게 오히려 위험할 수도 있거든요. 레니센브

아가씨도 마찬가지입니다."

"호리, 그럼 자네는 알고 있어도 괜찮고?"

"아니죠, 저 역시 위험합니다. 우리 모두가 위험해지리라고 봅니다. 아마 레니센브 아가씨가 그 중 덜 위험하지 않을까 생각됩니다만."

에사는 말없이 호리를 건너다보고 있다가 말했다.

"자네 머릿속에 무슨 생각이 들어 있는지 꼭 알고 싶은데."

호리는 금방 대답하지 않고 한참 동안 생각에 잠기는 것이었다. 그가 마침내 입을 열었다.

"사람이 내심 무엇을 품고 있는지 그걸 알아낼 수 있는 단 하나의 단서는 그 사람의 행동거지에 있다고 생각합니다. 만일 어떤 사람이 괴상하니 색다른 행동을 해서 평상시와 다르다고 한다면……."

레니센브가 끼어들었다.

"그 사람을 의심해 보란 말인가요?"

호리가 대답했다.

"그래요, 바로 그 점입니다…… 내가 지적하고 싶은 게 말이죠. 마음이 비뚤어지고 그릇된 목적을 가진 남자는 그런 자기에 대해 스스로 깨닫고 있기 때문에 그 사실을 감추고자 애씁니다. 때문에 보통때와 다른 행동은 될수록 삼가기 마련이지요……."

에사가 물었다.

"남자라고?"

"남자건 여자건 마찬가지입니다."

"그런가?"

에사는 그를 잠시 쏘아본 다음 다시 물었다.

"그렇다면 우리들 자신은 어떤가? 우리들에 대한 혐의 말야."

호리가 대답했다.

"일단은 그것도 점검할 필요가 있겠지요. 저부터 하자면, 저는 여러 면에서 신용을 받고 있습니다. 계약서 작성이나 농작물 처분 같은 것들을 제가 늘 도맡아서 하고 있습니다. 모든 장부를 처리하는 서기지요.

따라서 제가 그 일에서 횡령을 하고 있다는 의심을 받을 수도 있습니다. 북쪽 지방에서 카메니가 발견했듯이 말입니다. 그래서 야모스가 저를 수상하게 생각했다고 해보시죠. 그는 의혹을 품기 시작합니다. 저는 야모스의 입을 다물게 해야 하지요······."
그는 자기의 말을 하고 들으면서 희미한 미소를 띠었다. 레니센브가 말했다.
"어머, 호리, 그런 끔찍한 말을 어째서 하는 거예요? 당신을 아는 사람은 아무도 그렇게 생각하지 않을 거예요."
"거듭 말하는 거지만, 타인의 일을 진실로 안다고 할 사람은 아무도 없습니다."
에사가 말했다.
"나는 어떻지? 나라면 어떤 혐의를 받을 가능성이 있을까? 응, 그래, 나는 늙은이지. 나이를 먹으면 머리도 혼미해지고 급기야 노망이 날 수도 있어.

그래서 사랑하던 사람에게 미움을 품게 될 수도 있지. 손자를 비롯한 자기 혈육을 파괴하고 싶은 충동이 일어날 수도 있고. 나이 많은 노친네들에게는 악마의 혼귀가 씌워질 때가 가끔 있기 쉬우니까."
이번엔 레니센브가 나섰다.
"그럼 저에 대한 혐의는요? 제가 사랑하는 오빠를 죽여야 하는 동기가 뭘까요?"
호리가 대답했다.

"야모스와 소벡, 그리고 이피가 죽어 버리는 경우에 임호테프 주인님의 자식은 아가씨 한 사람만 남는 겁니다. 주인님은 당신에게 새로운 배우자를 짝지어 주고 여기 있는 모든 재산과 임무를 인계합니다. 아가씨와 남편은 야모스와 소벡의 자식들을 양육할 보호자가 되기도 하겠지요."

그가 빙그레 웃으며 계속했다.

"그러나 이 자리, 이 무화과나무 아래에서 우리는 레니센브 당신을 의심하지는 않습니다."

에사도 동의했다.

"무화과나무 아래건 아니건간에 우리는 너를 사랑하고 있단다."

제17장

여름 둘째달 1일

절뚝거리며 에사가 자기 방으로 돌아오자 헤네트가 뛰어 들어오며 말했다.

"어머나, 산책을 나가셨던가요? 집 밖으로 나가신 지가 아마 거의 1년쯤 되시죠?"

그녀는 뭔가 궁금한 듯 에사의 얼굴을 보고 있었다.

에사가 말했다.

"나이를 먹으면 변덕을 부리고 싶어지는 게야."

"연못가에 앉아 계시는 모습이 잘 보이더군요. 호리와 레니셰브 아가씨도 함께."

"그들은 모두 내게 좋은 말동무야. 그런데, 너는 어느 것 하나라도 빼놓고 보지 않는 게 없구나!"

"어머나, 노마님, 그게 무슨 말씀이세요? 노마님께선 삼척동자라도 볼 수 있는 훤한 곳에 앉아 계셨잖아요?"

"하지만 온 세상 사람들이 들으려고 해도 들리지 않는 곳에서 얘기하고 있었지!"
에사는 이죽거리며 웃었다.
헤네트는 약이 오르는지 분한 마음을 애써 참으며 말했다.
"저에게 그렇게 이죽거리시는 이유가 뭡니까? 늘 무엇에 빗대어 빈정거리시고요. 저는 집안 일을 하기에도 바빠서 다른 사람들이 하는 얘길 엿들을 틈도 나지 않아요. 남들이 뭐라고 해도 저는 상관하지 않습니다!"
"글쎄, 과연 그럴까?"
"저의 노고를 알아주시는 임호테프 주인님을 위한 것이 아니라면 저는……"
에사는 헤네트의 말을 딱 잘라 낚아채듯 말했다.
"오, 그럴 거야. 임호테프를 위해서가 아니라면! 네가 기댈 곳은 임호테프뿐이니까. 그렇지? 임호테프에게 만일의 사건이 터진다면……"
이번에는 헤네트가 에사의 말을 잘랐다.
"임호테프 주인님께는 절대 아무 사고도 일어나지 않을 거예요!"
"그걸 네가 어떻게 알지? 이 집에서 안심하고 있을 만한 사람이 있는 게냐? 야모스와 소백에게는 벌써 사고가 났잖아?"
"그야 그렇지요. 소백님은 죽었고, 야모스님도 까딱하다가는……"
에사가 헤네트 쪽으로 몸을 내밀며 말했다.
"헤네트! 너는 지금 그 말을 하면서 왜 웃었지?"
헤네트는 뭔가 찔리는 듯한 눈치였다.
"웃다니요? 무슨 꿈같은 소리를 하시는 거예요? 하필 그런 흉측한 일에 관해 말하면서 제가 웃다니, 그럴 리가 있겠습니까?"
"내 시력은 장님과 다를 바 없지. 그렇다고 정말 장님은 아니야. 채광 상태에 따라, 또는 눈꺼풀의 움직임에 따라서 가끔 잘 보일 때도 있다고.

 이야기하는 상대의 시력이 시원치 않은 걸 아는 사람은 자칫 주의를 소홀히 하기 쉽단 말이야. 다른 사람들과 말을 주고받을 때는 잘 감추던 표정도 눈이 나쁜 사람 앞에선 무심결에 노출시키는 경우도 있지.

 다시 한 번 묻겠다. 너는 왜 지금 회심의 미소를 띤 거냐? 뭔지 모를 비밀스런 만족이라도 느끼는 모양이지?"
"말도 안 되는 말씀이십니다. 노마님 말씀은 너무하십니다요!"
"오, 이번에는 무서워 떠는구나!"
"무섭지 않은 사람이 어디 있나요? 이렇게 무시무시한 사고만 발생하는 집에 있으니 모두 무서워할 수밖에요. 저 죽음의 나라에서 돌아온 악령이 우리를 못살게 굴잖아요. 그러나 알 만합니다. 노마님께선 호리에게서 무슨 말을 들으신 거죠? 호리가 저에 대해 뭐라고 하던가요?"
"호리가 너에 대해 뭐 알고 있는 게 있냐?"
"아니오, 아무것도 모르지요. 차라리 제가 그에 대해 무얼 알고 있는지 물으시는 편이 낫겠지요."
에사가 눈을 반짝였다.
"옳지, 그에 대해 뭘 알고 있는 모양이구나?"
헤네트가 머리를 꼿꼿하게 쳐들었다.
"사람들은 이 불쌍한 헤네트를 멸시하지요! 추한 몰골에 멍청한 머리를 가진 보잘것없는 여자라고요. 그렇지만 저는 이 집안에서 무슨 일이 벌어지고 있는지 잘 알지요. 아주 여러 가지를 말입니다. 모르는 것은 거의 없다고 봐도 좋습니다.

 제가 좀 멍청할지는 모릅니다. 그러나 한 이랑에 심어져 있는 콩이 몇 개나 되는지는 헤아릴 수 있지요. 호리 같이 똑똑한 사람보다도 제게 오히려 사물을 바라볼 줄 아는 눈이 있을지도 모른답니다.

호리 그 사람은 저를 만나면 어디서건 제 존재는 마치 없기라도 한 듯 거들떠보지도 않고, 제 뒤의 허공에만 시선을 준답니다.

그는 저를 제대로 바라다봐야 하죠! 저처럼 미천한 것은 있으나 마나 한 그저 인간쓰레기로 여기실지 모르겠습니다만…… 그러나 머리가 똑똑하지 못하면서도 무엇이든 다 알 수 있는 사람도 있기 마련이거든요. 사티피 아씨는 자기야말로 영리하고 힘있는 사람이라고 생각했었지만, 지금 어떻게 됐습니까? 어디 한번 말씀해 보세요."

의기양양한 듯 말하던 헤네트가 입을 다물었다. 그리고 문득 어떤 위기 의식이라도 느꼈는지 다시 에사에게 비굴한 아첨의 시선을 던졌다.

에사는 혼자만의 생각에 몰두하고 있었다. 그녀의 얼굴에는 강한 충격이라도 받은 듯 당혹함과 두려움에 질린 표정이 어려 있었다.

그녀는 깊은 생각에 잠긴 채 음미하듯 중얼거렸다.

"사티피라……"

헤네트는 항상 그렇듯 어눌한 목소리로 말했다.

"제가 그만 흥분한 나머지…… 무례를…… 죄송합니다. 제가 어쩌다 이런 말을 토해냈는지 모르겠어요. 제 말에는 별 이렇다 할 뜻은 없고 그저……"

생각에 잠겨 있던 에사가 고개를 들고 헤네트의 말을 막았다.

"그만 나가 봐라, 헤네트. 네 말에 다른 뜻이 있든 없든 그런 건 상관 없다. 그런데 네가 말하던 중에 한 마디가 내 마음에 걸리더란 말이야……. 새로운 생각이 떠올랐어…….

자, 이젠 가보거라. 그리고 너에게 경고해 두겠는데, 앞으로 말과 행동에 좀더 조심하도록 해라. '누군가가 시체로 발견되는 걸 더 이상 보고 싶지 않구나.' 내가 하는 말을 명심해 두거라……."

'모든 것이 무서워…….'
연못가에서 상의하고 있는 동안 레니센브의 입술에서 자신도 모르게 새어나오려던 말. 그러나 그 말이 어떤 의미를 갖고 있는지 정말로 깨달을 수 있었던 것은 그 뒤의 일이었다. 그녀는 카이트와 아이들이 놀고 있는 정자 쪽으로 가려고 걷기 시작했다. 그러나 무심코 가던 걸음이 무거워졌다. 드디어 그 무거운 걸음은 어떤 의지에 의한 듯 우뚝 정지했다.

그녀는 두려워진 것이다. 카이트에게로 간다는 사실이……. 카이트의 그 개성 없이 온순하기만 한 얼굴을 대하기가 무서웠다. 어쩌면 그 얼굴에서 살인마의 표정을 읽게 되는 것은 아닐까 두려워하고 있는 것이다.

레니센브는 현관을 허겁지겁 나섰다가 다시 집안으로 들어가는 헤네트를 볼 수 있었다. 그녀에게서 항상 느껴온 환멸이 울컥 치미는 것을 깨달으며, 레니센브는 무의식중에 정원 쪽으로 걸음을 옮기고 있었다.

거기서 이피와 마주쳤다. 이피는 목에 빳빳한 힘을 준 채, 그 건방진 얼굴엔 유쾌한 미소를 흘리고 있었다. 그는 대문 안으로 활개를 치며 들어섰다. 그리고 싶은 마음은 없었는데 자신도 모르게 레니센브는 동생의 얼굴을 노려보고 있었다.

이피, 집안의 막내동이 이피. 그녀가 케이와 함께 이 집을 떠날 때만 해도 그 애는 장난꾸러기였고 귀엽고 잘생긴 소년이었지…….

"왜 그러세요, 누님? 이상한 얼굴로 그렇게 뚫어져라 쳐다보고 있으니 말예요?"

"내가 그랬나?"

이피가 웃었다.

"누님 표정이 마치 헤네트처럼 멍해 보여요."

레니센브가 고개를 저었다.

"헤네트는 멍청하지 않아. 아주 빈틈없는 여자야."

"말도 마세요. 그녀는 심술로 똘똘 뭉쳐진 여자예요. 이 집안에 액을 불러오는 아주 불길한 여자지요. 난 그 여자를 없애버릴 계획입니다."

레니센브는 저도 모르게 벌어진 입을 다물면서 차분하게 물었다.

"없애 버리겠다니?"

"누님, 정말 왜 이러세요? 누님도 그 가엾은 멍텅구리 목동처럼 무슨 귀신이라도 보셨단 말입니까?"

"네 눈에는 멍텅구리밖엔 보이지 않는 모양이지?"

"그 놈은 정말 멍텅구리였습니다. 나는 멍청한 건 도저히 봐줄 수가 없어요. 집안 사람들이 몽땅 멍청한 데에 완전히 질려버렸다니까요. 자기 발등에 떨어진 불조차 보지 못하는 바보 형님을 두 분이나 모시고 있으니 무슨 살 맛이 나겠습니까?

아무튼 그 두 사람이 그런 대로 제껴졌으니, 남은 대상은 이제 아버지뿐입니다. 두고 보세요. 모든 상황이 달라지고 말 겁니다. 아버지는 내 의견에 따르실 수밖에 없을걸요."

레니센브는 그를 살펴보았다. 평소보다도 훨씬 깔끔해 보이는 얼굴엔 자신만만함이 번들거리고 있었다. 그에게는 참신한 젊음이 있었다. 약동하는 생명력과 팽팽하게 긴장된 힘을 소유한……. 그것이 레니센브에겐 만만치 않아 보였다. 마음속 어디에 있는 자신감이 그에게 그토록 활기찬 안정감을 주는 것일까?

레니센브가 날카로운 목소리로 항변했다.

"형님 둘이 다 없어진 건 아니야. 야모스 오빠는 살아 있거든."
이피는 얕잡아 보는 듯 그녀를 바라보더니 빈정거렸다.
"그렇다면 누님은 큰형님이 다시 원래대로 건강을 회복하시리라 믿는다는 말씀입니까?"
"그야 물론이지."
이피가 웃음을 터뜨렸다.
"물론이라고요? 분명히 말할 수 있어요. 난 누님 생각과는 다릅니다. 야모스 형님은 오래 가지 못해요. 이미 싹수가 노랗습니다. 아, 조금쯤 기어다니다가, 양지 쪽에 앉아 신음이나 할까?

그러나 사나이다운 사나이 구실은 할 수 없겠지요. 형님은 애초의 그 독주에서 얻은 독에서야 풀려날 수 있었지만, 누님도 보면 알다시피 그 상태에서 더 회복될 기미는 안 보이지 않습니까?"
"왜 회복될 기미가 보이지 않는다는 거지? 의사는 시간이 지나면 곧 튼튼해지고 원래의 건강을 되찾을 수 있을 거라고 말씀하셨는데."
이피가 어깨를 으쓱해 보였다.
"의사가 모든 걸 다 아는 사람이라고는 할 수 없지요. 이번 사태의 원인이 노프레트의 망령 때문인지 아닌지는 몰라도 여하튼 누님이 가장 좋아하는 야모스 형님은 마술에 씌어 있는 것만은 틀림없다고요."
"그럼 너는? 이피. 너는 아무것도 안 무섭니?"
"무섭다니요? 내가요?"
이피는 머리를 젖히고 깔깔거리며 웃었다.
"노프레트는 특히 너를 탐탁지 않게 여겼던 것 같은데."
"내가 그렇게 하라고 명령하지 않는 한 아무도 나에게 손댈 사람은 없습니다. 내 나이가 아직 어리지만, 나란 놈은 성공을 위해 태어난 사내라 이겁니다.

누님도 내 편이 되는 게 유익할 거예요. 누님은 나를 책임감도 없는 어린애로 다루시지만, 이미 난 어린애가 아닙니다. 아시겠어요?

괄목할 만큼 내 능력이 향상되는 걸 지켜보시게 되겠지요. 오래지 않아 이 집에서는 내 의사만이 관철될 겁니다. 아버지는 명령이야 내리시겠지요. 그러나 아버지 입에서 나오는 명령은 내 머리에서 나온 생각이다 이 말입니다!"

그는 한두 발자국 떼다가 어깨 너머로 말했다.

"그러니 누님, 조심하는 게 좋을걸요. 내 눈 밖에 나는 일은 삼가는 게……."

그는 가버렸다. 그의 뒷모습을 한동안 바라보고 있는데 뒤에서 발소리가 났다. 카이트가 바짝 다가왔다.

"아가씨, 이피 도련님이 뭐라던가요?"

레니센브가 느린 목소리로 대꾸했다.

"앞으로 이 집 주인은 자기가 될 거래요."

"그래요? 그러나 난 그렇게 생각지 않아요."

2

이피는 발걸음도 가볍게 현관 돌층계를 올라 집안으로 들어섰다. 그는 침상에 누워 있는 야모스를 흘끗 보고는 씩 웃더니 밝은 목소리로 말을 걸었다.

"몸은 좀 어떠세요? 들판에는 다시 못 나가시는 겁니까? 형님이 관여 안 하셔도 일은 순조롭게 돼가는 모양이죠?"

야모스는 힘없는 목소리로, 그러나 짜증이 나는 듯 말했다.

"도저히 알 수가 없단 말이야. 독기는 이미 다 빠져 나갈 때가 됐건만 도통 힘을 쓸 수 없으니. 아까 아침결에 좀 걸어볼까 했는데, 다리에 힘이 없어서……. 약해지긴 약해졌나 봐. 아주 쇠약해졌어. 그런 데다가 상태가 차츰 악화되는 것 같으니 큰일이다."
이피는 동정의 표정을 지으며 고개를 설레설레 저었다.
"오, 거 참 안됐습니다, 형님. 의사는 무슨 처방을 안 해주신답디까?"
"메르스 신관님의 조수가 매일 왕진을 와주지만 내 증세엔 그저 고개만 저을 뿐 속수무책이야. 날마다 약초를 진하게 달여 마시고 있단다. 여신께 날마다 기도를 올리고, 나를 위해 만든 특별 음식만 먹고 있다.

그럼에도 불구하고 기운을 회복하지 못하고 있으니, 의사로서도 그 까닭을 모르겠다는 거야. 그럴수록 나는 점점 약해지기만 하니까."
"거 참 안됐습니다."
이피는 조그만 목소리로 노래를 흥얼거리며 그 자리를 떴다. 그는 한 장의 서류를 사이에 두고 아버지와 호리가 얼굴을 맞대고 있는 곳으로 갔다.
수심에 가득차고 수척해진 임호테프의 얼굴이 평소 총애하던 막내 아들을 보고는 밝아졌다.
"이피, 무슨 좋은 소식이라도 있느냐?"
"그럼은요. 모든 일이 착착 진행되어가고 있습니다. 지금 보리걷이를 하고 있는데, 수확량이 아주 많아요."
"그래? 리 신의 은총으로 농사 일은 순조롭게 돼가는 모양이구나. 거기다 집안 일만 잘 풀리면 더 바랄 게 없겠는데…….

아사예트에게 매달려 보는 수밖엔 없다. 그녀는 우리가 괴로워하는 모습을 그저 외면하지는 않을 게야. 내 걱정은 야모스의 건강이

제17장 223

다. 어쩌자고 그렇게 약해지기만 하는지 알 수가 없구나. 원인을 모르겠단 말이야."

이피는 조롱하듯 웃음을 띠었다.

"큰형님이야 원래 약골 아닙니까?"

호리가 점잖은 목소리로 끼어들었다.

"아닙니다, 그는 항상 건강한 사람이었습니다."

이피가 반발했다.

"사람이 건강하냐 아니냐는 그의 정신력에 달린 문제예요. 야모스 형님의 정신력은 매우 보잘것없습니다. 누구에게 뭘 시키는 일조차 당당하게 하지 못하지요."

임호테프가 나섰다.

"그러나 요즘엔 좀 달라졌더구나. 야모스는 지난 몇 개월간 아주 의젓하게 권위를 행사해 왔어. 나도 놀랐으니까. 그런데 다리에 힘이 빠져 버렸으니 큰일이다. 메르스 신관님은 독만 빼내면 급속히 회복될 거라고 진단했는데 말이야."

호리는 가운데에 있던 서류를 옆으로 치우면서 침착하게 말했다.

"또 다른 독이 있습니다."

임호테프는 얼른 고개를 돌려 물었다.

"무슨 말인가?"

호리의 사려 깊고 부드러운 목소리가 말했다.

"독 가운데는 한번에 증상을 일으키지 않으면서도 굉장히 치명적인 독이 있습니다. 매일 조금씩 섭취하면 그 독이 몸속에 축적되는 겁니다. 오랜 시간에 걸쳐 점차로 쇠약해지다가 결국 사망에 이르는 것이지요.

여자들 중에는 이 독약에 대한 지식을 갖고 있는 사람도 있지요. 자기 남편을 이 독약으로 살해하는 겁니다. 자연적인 병 때문에 죽은 것처럼 되니까 그녀는 안전하겠지요."
임호테프의 얼굴이 파랗게 질렸다.
"그러니까 자네 말은, 그게…… 야모스가 쇠약해지는 원인이라는 말인가?"
"그럴 가능성도 무시할 수 없다는 말이지요. 야모스의 식사를 먼저 노예에게 먹여보고는 있지만, 그 독은 하루 먹었다고 해서 아무 증상이 나타나지 않으니까, 그런 조심은 해도 소용이 없습니다."
이피는 큰소리로 부정했다.
"바보 같은 소리! 말도 안 돼요! 그런 독약이 있다는 소린 듣지도 못했는걸!"
호리가 눈을 들어 지그시 이피를 바라보았다.
"이피, 당신은 너무 젊어요. 이 세상에는 당신이 알지 못할 수많은 일이 있습니다."
임호테프가 외쳤다.
"그럼, 우리가 할 수 있는 대처 방안은 무엇인가? 아사예트에게 탄원서도 띄웠고, 사원에 가서 제물도 바쳤어. 하긴 사원에 그다지 신뢰가 가진 않지만. 그런 것에 잘 속는 건 여자들이지. 어쨌거나 이 이상 우리가 할 수 있는 게 뭐가 있겠나?"
혼자 골똘히 생각하던 호리가 말했다.
"우선 야모스의 음식을 믿을 만한 노예에게 준비하도록 하고 그 노예를 감시하는 겁니다."
"그렇다면 바로…… 이곳…… 이 집에……."
이피는 고함쳤다.
"쓸데없는 짓이에요! 어리석은 짓이라고요!"
호리가 정색을 하고 말했다. "한번 해보는 겁니다. 쓸데없는 짓인지 아닌지는 그때 밝혀지겠지요."

이피는 여전히 화를 내며 방을 나갔다.
호리는 알 수 없다는 듯한 표정으로 이피가 사라지는 뒷모습을 바라보았다.

3

잔뜩 화가 나서 방을 뛰쳐나오던 이피는 헤네트와 부딪쳐서 그녀를 쓰러뜨릴 뻔했다.
"저리 비키지 못해! 흥, 당신은 늘 소리없이 다니면서 귀찮게 군단 말이야."
"너무 말을 막 하시는군요. 제 팔을 보세요. 빨갛게 부어오른 것 좀 보시라고요."
"그것 참, 쌤통이군. 나는 당신의 그 불평불만에 차서 쥐어짜는 듯한 목소리엔 아주 신물이 나. 모두들 당신이 이 집에서 어서 나가기만 바라고 있지. 나도 당신을 내쫓는 데 한몫 거들까 해."
심통맞은 헤네트의 눈이 빛났다.
"아니, 저를 내쫓으실 생각이라고요? 당신들에게 저의 모든 걸 바쳐서 일만 해온 저를 말씀입니까? 제가 이 댁을 위해 얼마나 노력했는지는 도련님의 아버님께서도 아시는 일입니다."
"아버지도 지금쯤은 당신의 그 당치도 않은 말에 어지간히 질려버렸을 거야. 그 외의 사람들이야 말할 것도 없고, 나보고 말하라고 한다면, 헤네트는 심술궂고 자기 공치사만 떠들어대는, 그야말로 귀찮은 할망구라고 하겠어!

게다가 당신은 노프레트의 간계를 거들었어. 난 다 알아. 그 여자가 죽어버리니까 이번에는 우리에게 잘 보이려고 하고. 하여간 두고 보라고. 아버지도 당신의 그 엉큼한 거짓말엔 아랑곳하지 않으시고 내 말에만 귀를 기울이시게 될 테니까."

"이피 도련님, 무척 흥분하고 계십니다. 어쩌다 그렇게 화가 나신 겁니까?"
"상관할 바 아니야."
"도련님은 무엇엔가 떨고 있어요. 그렇게 보이는군요. 계속 기이한 사고들만 터지고 있으니까 그렇겠지요."
"겁을 주려고 하지만, 난 끄떡없어. 이 늙은 암코양이 같으니라고!"
이피는 그녀를 지나서 밖으로 나갔다.
헤네트는 천천히 안으로 들어갔다. 야모스의 신음소리가 들리고 있었다. 그는 침상에서 일어나 걸어 보려고 안간힘을 쓰고 있었으나, 일어나기가 무섭게 다리는 후들거렸다.
헤네트가 이때 급히 달려가 그를 부축해주지 않았으면 그는 마룻바닥으로 구를 수밖에 없었을 것이다.
"자, 이제 누워 계세요."
"헤네트, 당신, 이제 보니 힘이 대단하군. 별로 그렇게 보지 않았는데."
그는 다시 누워 목침을 베었다.
"고마워. 그런데 내 몸이 어찌 된 영문인지…… 왜 이러는 거지? 근육에 힘이 없고 축 늘어져 버린 것 같이……."
"북쪽에서 온 마녀 때문이에요. 그녀의 악령이 온 집안을 돌아다니고 있습니다. 북쪽 태생들은 다들 그렇게 문제가 있지요."
갑자기 울적해진 야모스가 말했다.
"결국 나는 죽을 거야. 아…… 나는 죽어 가고 있는 거야."
헤네트가 불쾌한 어투로 빈정댔다.
"서방님이 죽기에 앞서 먼저 죽을 사람이 있습니다."
야모스는 반쯤 몸을 일으키며 동그란 눈으로 그녀를 바라보았다.

"아니, 무슨 뜻으로 그런 말을 하는 거지?"
"제 말은 그저 하는 것이 아닙니다."
헤네트는 자기 말에 스스로 동의하듯 여러 번 고개를 끄덕였다.
"이번에 죽을 차례는 서방님이 아닙니다. 두고 보시면 자연히 아시게 됩니다."

4

지나가는 레니센브를 카메니가 가로막았다.
"어째서 나를 피하시는 겁니까, 레니센브?"
레니센브는 얼굴만 달아오를 뿐 뭐라 대답해야 좋을지 몰라 당황했다. 요즘의 그녀는 저만큼에서 카메니가 오는 것을 보면 일부러 다른 길로 돌아가곤 했던 것이다.
"레니센브, 왜 그러십니까? 날 피하는 이유가 뭐지요?"
왜 그러는지 그녀 자신도 꼬집어 말할 수 없었다. 그녀는 잠자코 고개를 젓기만 했다.
그러다가 그녀는 자기 바로 앞에 서 있는 카메니의 얼굴을 똑바로 바라보았다. 행여 그의 얼굴이 보통 때와 다른 모습이면 어쩌나 하는 막연한 걱정을 하면서. 그러나 그의 모습은 여느 때와 같았다. 다만 그녀를 직시하고 있는 엄숙한 눈길과, 늘 입가에 머금고 있던 그 미소가 사라져버렸다는 점이 다르다면 달랐다. 그런 그의 표정이 이상하게 그녀를 안심케 했다.
그의 강한 눈빛에 레니센브는 그만 시선을 떨구었다. 카메니는 늘 이런 식으로 그녀의 마음을 어지럽히는 것이다. 그와 가까이 서 있다는 사실이 그녀에게 신체적 통증까지 불러왔다. 심장이 빨리 뛰기 시작했다.
"왜 나를 외면하는지 압니다, 레니센브."

그녀는 간신히 목소리를 내어 말했다.

"나는…… 당신을 외면하려고 한 게 아니에요. 당신을 보지 못했기 때문에 그랬겠지요."

"그건 거짓말입니다."

그리고 그는 미소지었다. 그의 목소리에서 그녀도 그 미소를 느낄 수 있었다.

"레니셴브, 아름다운 레니셴브!"

그의 따뜻하고 힘있는 손이 자기의 팔에 닿는 걸 그녀는 느꼈다. 그녀는 재빨리 그 손에서 팔을 빼어냈다.

"건드리지 말아요! 누가 날 만지는 게 싫어요."

"나를 거부하시는 까닭이 뭡니까? 우리 사이에 어떤 기운이 흐르고 있는지 당신도 잘 알 텐데요. 우리를 잇고 있는 끈 같은 거.

당신은 젊고 건강하며 매우 아름다워요. 그런 당신이 이미 저승 사람이 된 남편을 위해 독신으로 외롭게 살아간다는 것은 자연의 순리로 따져봐도 옳지 못한 일입니다.

나는 당신을 이곳으로부터 벗어나게 할 생각이에요. 이 집은 죽음과 악령으로 그늘져 있습니다. 나와 함께 떠납시다. 당신은 나와 함께 있을 때 안전합니다."

레니셴브가 메마른 목소리로 차갑게 질문했다.

"내가 당신과 함께 떠날 생각이 없다고 말한다면요?"

카메니는 웃었다. 입술 속에서 그의 튼튼하고 하얀 이가 반짝이며 드러났다.

"아니, 당신은 떠나고 싶어합니다. 단지 그런 자신을 인정하지 않으려 할 따름이지요!

레니셴브, 신랑과 신부가 짝을 이루어 사는 인생은 참으로 달콤한 것이지요. 나는 당신에게 사랑과 행복을 줄 것이고, 당신은 나의 자랑스런 아내가 되고 나는 당신의 남편이 되는 겁니다.
 이제 나는 '오늘밤 나에게 연인을 보내소서'라고 프타 신께 간구하지는 않겠습니다. 그 대신 당신 아버지를 뵙고, '저의 연인 레니센브를 제게 맡겨 주십시오'라고 말씀드릴 생각입니다.
 여기는 당신에게 안전한 곳이 되지 못합니다. 나는 당신을 이곳에서 데리고 나가겠습니다. 나는 인정받는 서기입니다. 본래 이런 전원생활을——논과 밭, 가축들, 추수하는 사람들의 노랫소리와 배를 타고 강에서 고기잡이하는 것 등을——좋아합니다만, 당신이 원하신다면 테베 시의 귀족 밑에서 일할 수도 있습니다.
 당신과 함께 강물에 배를 띄우고 돌아다니는 것은 즐거울 겁니다. 물론 테티도 데려가야지요, 귀엽고 명랑한 그 애를 나도 좋아합니다. 분명 좋은 아빠가 될 겁니다. 레니센브, 당신은 어떻게 생각하십니까?"
레니센브는 말없이 일어섰다. 두근거리던 가슴이 더욱 떨리고, 심지어 오관을 마비시키는 듯한 나른함을 느꼈다. 그리고 부드럽고 고분고분한 느낌, 또한 이와는 다른 어떤 반발심도 생겼다. 그녀는 생각했다.
'그의 손이 내 팔에 닿았지. 나는 온몸에 힘이 빠지는 듯 나른해졌어. 그에겐 뭔가 강한 힘이 있어. 그의 강인한 어깨…… 입가에 머금은 미소…….
 하지만 나는 그의 마음이 어떠한지, 그가 무슨 생각을 하고 있는지, 그의 느낌이 어떤 색깔인지 아무것도 모르는걸. 우리 둘 사이에는 어떤 평온함이나 감미로움 같은 것도 없어. 내가 정말 원하는 것은 뭐지? 모르겠어……. 그렇지만 적어도 이런 것만은 아니야……. 이런 게 아닌 건 확실해. 엉겁결에 그녀는 말하고 있었다.
 "나는 또 다른 남편을 갖고 싶지 않아요……. 난 혼자서 살아갈래요……. 나 자신을 찾는 거지요……."
그러나 이 말은 그녀가 듣기에도 허술하고 불분명했다.
"아니에요, 레니센브. 당신 생각은 잘못됐습니다. 당신은 독신으로 늙을 여자가 아니에요. 당신 손이 증명합니다. 자, 보세요. 내 손 안에서 떨고 있는 당신의 손을……."
레니센브는 자신의 손을 낚아챘다.
"카메니, 난 당신을 사랑하지 않습니다. 차라리 당신을 미워해요."
그가 빙그레 웃었다.
"당신이 날 미워한다는 것은 별 의미가 없습니다. 당신의 미움과 사랑은 손바닥을 뒤집는 차이 정도니까요. 그 문제에 대해서는 나중에 다시 얘기할 시간을 갖도록 합시다."
그는 아주 경쾌한 듯 가벼운 발걸음으로 그녀를 떠났다. 레니센브는 카이트와 아이들이 모여 있는 연못가로 천천히 발걸음을 떼었다. 카이트가 뭐라고 말을 걸어왔고, 레니센브는 생각없이 대꾸했다. 그래도 카이트는 마음 상해하지 않는 것 같았다. 늘 그렇듯이 온통 아이들에게만 마음을 빼앗겨 다른데 한눈을 팔 새가 없는 모양이었다.
침묵을 깨고 불쑥 레니센브는 엉뚱한 말을 내뱉었다.
"나, 재혼을 해야 할까요? 카이트 언니의 생각은 어때요?"
카이트는 별 흥미를 못 느끼는 모양이었다.
"하는 것도 좋겠지요. 아가씨는 아직 젊고 건강해서 아이도 많이 낳을 수 있을 거예요."
"그런 것만이 여자의 일생일까요? 집안에서 가사를 돌보느라 바쁘고, 아이를 기르고, 오후에는 연못가에 있는 무화과나무 아래에서 자식들과 놀아주고…… 그런 것이 전부냐고요?"
"그렇죠. 그 모든 것이 여자가 하는 일이지요. 아가씨도 그 정도는 알고 있을 텐데요? 자신이 노예인 것처럼 말하지 마세요. 이집트에서는 여자에게 권리를 주었어요. 유산은 집안의 여자를 통해서 후손에게 상속되는 것이지요. 여자는 이집트에 있어 생명의 피와도 같아요."

레니센브는 테티가 노는 모습을 지켜보며 생각했다. 테티는 인형에게 걸어줄 꽃다발을 만들고 있었다. 그 작은 이마에 주름까지 잡히도록 테티는 자기 일에 몰두하고 있었다.

한동안 테티와 케이가 혼동될 때가 있었다. 아랫입술을 삐죽이 내밀 때나, 또는 목을 갸우뚱할 때…… 그럴 때마다 레니센브의 가슴은 통증과 애정으로 엇갈리는 것이었다. 그러나 지금 케이의 영상은 레니센브의 기억 속에서 차츰 그 빛이 바래가고 있으며, 테티 역시 입술을 내민다거나 고개를 갸우뚱하는 버릇이 뜸해진 것이다.

이따금씩 레니센브는 테티를 꼭 끌어안고는, 자기의 분신에 대한 강한 소유욕에 떨면서 입속으로 중얼거리는 것이다.

'오, 내 딸. 너는 내 거야, 내 모든 것이야……'

테티를 바라보는 지금 그녀는 다시 되새긴다.

'테티는 나야…… 테티는 케이야……'

그때 테티가 엄마에게 눈길을 주면서 웃었다. 자신과 기쁨, 진지함과 다정함을 담은 웃음이었다.

레니센브는 다시 생각했다.

'아니야, 이 아이는 나 자신도 아니고, 케이가 될 수도 없어. 이 아이는 자기 자신일 뿐…… 테티일 뿐. 나처럼, 세상 모든 사람들처럼 테티 역시 혼자인 거야. 테티와 나, 둘 사이가 애정으로 묶여 있으면 생을 마칠 때까지 다정한 친구처럼 살 수 있겠지. 그러나 애정이 없다면 세월이 지날수록 점점 멀어지겠지. 너는 테티, 나는 레니센브, 그런 식으로.'

"아가씨는 뭘 원하는 거죠? 이해할 수가 없군요."

레니센브는 아무 말도 하지 않았다. 자신도 알 수 없는 일을 남에게 설명할 수 있을까?

그녀는 주위를 죽 둘러보았다. 뜰의 울타리, 화사하게 색칠이 된 현관, 연못의 잔잔한 물결, 아담한 정자, 아름다운 꽃밭과 파피루스 숲 등에 시선을 주었다. 외부세계와는 유리된, 평화롭고 두려울 것 없는 곳이다. 들리는 거라고는 항상 들리는 집안일하는 소리와 아이들의 목소리, 여자들의 수다소리 중에 언뜻언뜻 튀어나오는 카랑카랑한 소리, 저 멀리서 들리는 가축들의 울음소리.

그녀는 중얼거렸다.

"여기선 강이 보이지 않네요."

카이트는 눈을 동그랗게 뜨고 놀란 표정이다.

"어머, 왜 강이 보고 싶으세요?"

레니센브가 느린 목소리로 대답했다.

"나도 참 멍청해요. 어째서 보고 싶은지 나도 몰라요."

그녀의 시야에서 초록빛 들판과 기름지고 싱그러운 논밭의 파노라마가 펼쳐지더니, 저 멀리 지평선에 연분홍과 자수정빛이 어른거렸다. 그 두 색을 가르듯 연푸른 나일강이 흐르고 있다. 그녀는 이러한 영상을 생생하게 떠올릴 수 있었다.

그녀는 어느새 숨을 꿀꺽 삼켰다. 이러한 파노라마가 펼쳐짐과 동시에 그녀 주위의 풍경과 소음은 완전히 종적을 감춰버렸기 때문이다. 풍경과 소음이 사라진 대신 고요함과 풍족함, 그리고 가없는 만족감에 젖는 것이다.

그녀는 독백을 하고 있었다.

"살짝 옆으로 보면 거기엔 호리가 있어. 서류를 들여다보던 그가 눈을 들어 나를 보고, 미소를 짓고…… 어느덧 땅거미가 지고 어두움이 내려 앉겠지. 나는 스르르 잠이 들고…… 이윽고 죽음이…

…."

"뭐라고 중얼거리는 거예요, 아가씨?"

그 말에 레니센브는 깜짝 놀랐다. 자신이 입 밖으로 소리내어 말하고 있는 줄은 몰랐기 때문이다. 그녀는 꿈나라를 떠돌다가 이제 현실로 돌아왔다.

카이트가 궁금하다는 듯 그녀를 쳐다보고 있었다.

"아가씨 입에서 '죽음'이라는 단어가 나왔어요. 무슨 생각을 하고 있었는데 그러세요?"

레니센브는 고개를 가로저었다.

"글쎄, 모르겠어요. 별 뜻이 있어 한 말은 아니고요……."

그녀는 다시 한 번 사방을 둘러보았다. 이 단란한 가정의 단면――물 튀는 소리――꼬마들이 노는 모습은 보기만 해도 즐거웠다.

그녀는 공기를 깊이 들이마셨다.

"여기는 무척 평화로운 곳이에요. 이 집안에…… 그런 참사들이…… 줄을 잇다니 정말 어울리지 않는 일이에요."

그런데 이튿날 바로 그 연못에서 이피의 시체가 발견되었다. 엎어져서 얼굴은 물에 담그고 사지는 길게 뻗고 있는 이피의 시체. 어느 누군가가 물속에 그의 머리를 처박아 익사시킨 모양이었다.

제18장

여름 둘째달 10일

임호데프는 웅크리고 앉아 있었다. 의기소침하다 못해 뭔가에 시달리고 찌들려서 쪼글쪼글 오그라든 늙은이의 형상이었다. 어찌할 줄 몰라 하는 약자의 가엾은 표정을 담고 있었다.

음식을 가져온 헤네트가 그를 위로하고 있었다.

"주인님, 조금이라도 드셔야지 기운을 차리십니다."

"꼭 그래야 할까? 기운을 차려서 뭣해? 이피는 강한 애였지. 젊고 잘생긴 얼굴에 정열이 넘쳤어. 한데, 지금은 소금물에 씻겨 관에 들어가길 기다리고 있는 신세니……. 내 귀여운 아들이, 내가 가장 아끼던 막내가……."

"그렇지만 아직 야모스 서방님이 계시지 않습니까? 야모스 서방님은 뛰어난 분이시죠."

"그 애도 언제까지 살아 있을 것인지? 아니, 운명의 신은 이미 그 녀석에게서도 떠났어. 우리 모두 신에게서 버림받은 거야. 우리를 이 지경에 몰아넣은 그 악의 정체는 뭐란 말인가? 첩을 들여놓는다는 것이 이토록 어려운 것인지 미처 몰랐지. 나는 아주 자연스럽고 당연한 일을 한 것뿐인데. 사람의 법으로도 신의 법으로도 거슬릴 게 없는 온당한 일이었어. 나는 할 수 있는 데까지 그녀를 예우해 주었어. 그런 나에게 왜, 왜 이런 끔찍한 일이?

혹시 아사예트의 질투가 나를 이렇게 만든 것은 아닐까? 아사예트가 나를 용서하지 않는 것일까?…… 내 탄원서에 그녀가 응답하지 않은 것만은 분명해. 비극이 그치지 않고 꼬리를 물고 있는 걸 보면."

"에구머니, 주인님. 그런 말씀은 마십시오. 제사를 지내고 제물을 바치고 간청의 편지를 띄운 지 얼마나 되었다고 그러십니까? 이 세상에서도 재판을 하는 데에 시간이 꽤 걸린다는 사실을 생각해 보세요. 군청 법정에서 지루하게 이어지는 재판…… 사건이 위에 올라가는 시간만도 오래 걸리잖아요?

하지만, 이승에서건 저승에서건 옳은 건 옳은 거지요. 비록 재판 과정이 어렵더라도 정의가 꼭 이기기 마련입니다."

임호테프는 약간 어리둥절한 표정으로 머리를 흔들었다.

"더구나 이피 도련님이 아사예트 마님의 친자식은 아니라는 사실을 잊으셔선 안 됩니다, 주인님. 이피 도련님은 주인님의 두 번째 부인 앙카 마님의 소산입니다. 아사예트 마님이 자기가 낳지도 않은 자식을 위해 뭘 하고 싶으시겠습니까? 하지만, 야모스 서방님은 문제가 다르지요. 야모스 서방님은 꼭 완쾌되실 겁니다. 아사예트 마님께서 일일이 지켜 주실테니까요."

"헤네트, 네 말에 적잖이 위로를 받았다. 그 말은 맞아. 실제로도 야모스는 조금씩 차도를 보이고 있어. 그 애는 성실하고 효성이 지극하지……. 헌데, 이피 역시…… 활기차고…… 잘생긴 아이였지……."

임호테프는 다시 비탄에 빠졌다. "아…… 아!"
헤네트도 그의 슬픔을 보고 울먹이기 시작했다.
"그 저주스럽게 아름답던 계집! 그 아름다움에 내 눈이 멀었던 거야!"
"정말 그렇습니다, 주인님. 그 여자야말로 세토(암흑과 사악의 신)의 딸일 겁니다. 어머니에게서 마술과 악한 저주를 배웠겠지요. 제 말이 틀림없을 거예요."
똑똑거리는 지팡이 소리가 마루를 울리더니 에사가 절룩거리며 거실로 들어섰다. 그녀는 이죽거렸다.
"흥, 이 집안에는 제정신을 가진 사람은 한 명도 없나 보구나. 그 불쌍한 노프레트에게 저주의 말을 돌리고 핑계댈 재주밖에 할 일이 없는 게냐?

너는 첫눈에 그녀에게 반해 버리지 않았느냐? 그랬기 때문에 너의 소심한 자식들이 여우 같은 마누라들의 부추김에 넘어가서는 유치한 장난질을 좀 쳤을 따름이지. 안 그러냐?"
"장난을 좀 쳤을 따름이라고요? 어머니는 그게 그저 장난친 정도라고 생각하십니까? 세 아들 중 둘은 이미 죽었고, 나머지 하나도 죽어가고 있는 이 마당에! 오, 저를 낳아주신 어머님께서 어떻게 그런 말씀을!"
"너는 당면한 사실을 직시할 줄 알아야 하느니라. 네가 길을 잃었으니 누군가는 말해줘야 할 것 아니냐? 죽은 여자의 악령이 저쩌고 저주가 어쩌고 하는 따위의 미신은 머릿속에서 지워버려라.

이피의 머리를 연못 속에 처박은 것은 살아 있는 사람의 소행이야. 야모스와 소벡이 마실 술독에 독약을 집어넣은 것도 사람의 손이었다.

임호테프, 너에게는 적이 있어. 그것도 이 집안에 있지. 호리가 제안한 대로 야모스가 먹을 음식을 레니센브의 감독하에 노예가 주의해서 만들고, 레니센브가 직접 야모스에게 가져다 주니까 야모스가 차도를 보이고 있지 않니? 그것만 봐도 알 수 있다. 이제는 머리를 써야 할 때야. 앓는 소리나 내면서 머리를 내두르고 있으면 무슨 수라도 생긴다는 게냐? 게다가 헤네트까지 덩달아."
"에구머니나, 노마님, 그건 오해십니다!"
"헤네트가 덩달아 설치는 것은 생각이 너무 모자라거나, 아니면 뭔가 숨기고 있는 속셈이……."
"이 불쌍하고 초라한 여자에게 그토록 매정한 말씀을 하시는 우리 노마님을 용서하옵소서, 오, 리 신이여!"
에사는 지팡이를 홰홰 휘둘러 상대방을 저지시키고는 계속 말했다.
"임호테프, 정신을 가다듬고 차분히 생각해 보자꾸나. 너의 죽은 아내 아사예트는 심성도 곱고 머리도 좋은 여자였어. 그래서 저 세상에서라도 너를 위해 여러 방도로 힘을 써줄 수는 있겠지.

허나, 이 세상에서 너 대신 이 사건을 풀어 주지는 못해. 임호테프, 지금 당장 우린 대책을 세워서 행동을 개시해야 돼! 만일 이대로 있다가는 또 다른 희생자만 나올 뿐이다!"
"살아 있는 적? 집안에 있는 적? 어머님은 정말 그렇게 믿고 계십니까?"
"물론이다. 믿지 않는다면 내 얘기가 모순이겠지."
"그럼 우리 모두 피해 대상이 될 수 있다는 얘긴가요?"
"그렇다. 악령의 저주나 주술에 걸려 있어서가 아니라 사람의 손——음식에 독약을 풀고, 읍내에서 밤늦게 돌아오는 이피의 뒤로 다가가서 연못에 그 머리를 처박아 익사시킨 그 손——그 손길이 우리를 향해 뻗어오고 있어."
임호테프는 잠시 생각하더니 말을 했다.

"그러려면 힘이 꽤 세야 할 텐데."
"정정당당하게 붙는다면 그래야겠지. 그러나 내 생각엔 그럴 필요는 없다고 본다. 이피는 읍내에서 맥주를 상당히 많이 마시고는 기분좋게 취해서 노래까지 불렀다는구나. 아마 갈지자를 그리며 돌아오는 길이었겠지.

 그런 상태에선 누가 말을 걸어도 겁을 내지 않아. 연못 물에 세수라도 할 생각이었는지도 몰라. 그 애를 죽이는 데 별로 애를 먹지 않았어도 됐겠지."
"어머니 주장은 뭡니까? 그럼, 범인은 여자일 거라는 말씀입니까? 하지만, 그건 안 될 말씀입니다. 어머니 이야기는 전혀 신빙성이 없어요. 이 집안에 그럴 사람은 없습니다. 있다면 벌써 알아챘겠지요. 최소한 저는 눈치챌 수 있었을 겁니다."
"임호테프, 사악한 마음은 얼굴에 나타나지 않을 수도 있다."
"어머니는 우리 집안의 하인이나 노예들을 의심하시는 건가요?"
"하인도 노예도 아니야."
"그럼, 우리 가족들 중의 누구? 아니면, 호리나 카메니 말씀입니까? 호리는 가족이나 마찬가지이지요. 오랫동안 우리 집안 일에 충실해 온 사람입니다.

 카메니 역시——그에 대해서 자세히 알고 있는 바는 없어도——우리와 혈연관계에 있는 먼 친척인 데다, 절 위해 열심히 일하고 있는 사람입니다. 오늘 아침엔 저를 찾아와 레니센브와의 결혼을 승낙해 달라고까지 하던걸요."
에사는 호기심이 가는 듯 물었다.
"오, 그래? 그래서 너는 뭐라고 말해줬느냐?"
임호테프가 이맛살을 찌푸리며 대답했다.
"제가 무슨 말을 할 수 있겠습니까? 지금 결혼 운운할 때냐고 말할 수밖에요."

"그랬더니 그 녀석은 뭐라고 하든?"

"지금 같은 상황이기 때문에 결혼을 서두를 수밖에 없다고 말하더군요. 레니센브를 더 이상 이 위험한 집에 머물게 할 수 없다는 거였습니다."

"그야 그렇지. 아마 그럴지도 몰라…… 그 애까지? 흠, 나는 그 애만은 안전하리라 생각했었지. 호리도 그렇게 생각했고. 그런데 이제 보니……."

임호테프가 말했다.

"그렇더라도 결혼식과 장례식을 함께 치를 수는 없는 것 아닙니까? 점잖은 가문에서 할 바가 아닙니다. 이 고장에서 소문거리가 되기에 충분하지요."

"체면치레를 할 때가 아니다. 아예 미라 제조업자가 이 집의 고용인처럼 상주하게 된 이 마당에. 아이피나 몬투 같은 장의사에서야 우리에게 고마워하겠지. 덕분에 장사가 잘된다고 말이야."

이 말에 임호테프는 초점에 빗나가는 말을 떠들었다.

"그들이 장례 비용을 10퍼센트나 인상했지요! 아주 우스운 작자들입니다. 인건비가 많이 들어서 올릴 수밖에 없다나요."

"단골이 됐으니 할인해줘야 할 게 아니냐?"

에사는 자기가 던진 농담에 씁쓰레하게 웃었다.

임호테프는 갑자기 무서움을 느끼는 듯 정색을 하고 어머니를 바라보았다.

"어머니! 웃어넘길 일이 아니에요!"

"인생은 웃음거리로 가득찼어. 최후의 웃음이 바로 죽음이지. 왜 축제 때마다 부르는 노래 있잖니? '먹고 마시고 맘껏 떠들어라. 내일은 이 세상과 작별하리니'…… 뭐 그런 노래 말이야. 바로 우리 집안을 두고 한 말이야. 문제는 내일 죽을 차례가 누구냐는 것뿐이지."
"어머니는 끔찍한 얘기만 하시는군요. 오싹합니다. 대체 절더러 어찌 하라는 말씀입니까?"
"아무도 믿지 말라는 게야. 우선 할 일이 그거다. 또한 가장 중요한 일이고."
에사는 다시 한 번 강조했다.
"절대 아무도 믿어선 안 돼!"
헤네트가 훌쩍거리며 눈물을 짰다.
"어째서 저만 뚫어져라 보십니까? 신용할 만한 사람이 있다면, 그야말로 저 같은 사람입지요. 과거 몇십 년 동안의 제 행실을 보셔도 그건 분명합니다.
임호테프 주인님, 에사 노마님의 말씀을 곧이 듣지 마세요. 저를 믿으세요, 제발."
"걱정할 것 없다. 헤네트. 나야 물론 너를 믿지. 너의 솔직하고 충직한 마음을 내가 왜 모르겠니."
에사가 말했다.
"너야말로 아무것도 모른다. 우리 모두 아는 것이라곤 없어. 그래서 더욱 위태로운 거다."
헤네트가 그녀 특유의 우는 목소리로 말했다.
"마님께선 모든 죄를 저에게만 덮어씌우시는군요."
"아니, 나는 남에게 누명을 뒤집어씌울 생각은 없다. 아무것도 모르고 증거도 댈 수 없는데 왜 그러겠느냐? 그저 수상하다고 의심해 볼 뿐이야."
임호테프가 머리를 쳐들었다.
"의심하시다니, 대체 누가 수상쩍다는 말씀입니까?"

에사가 떠듬떠듬 여유있게 대답했다.

"나는 처음에 의심을 했다. 그리고 두 번째, 세 번째…… 솔직이 얘기하지. 나는 처음엔 이피를 의심했다. 그런데 이피마저 살해됐으니 내가 헛다리를 짚은 게지. 그래서 다음 사람을 찍었지. 이피가 살해된 그날 새로운 생각이 떠오른 거야……"

그녀는 잠시 쉬었다가 다시 말했다.

"호리와 카메니는 집에 있느냐? 있으면 당장 내게 불러오너라. 음, 그래. 레니센브도 함께. 그리고 또 카이트와 야모스도 불러라. 다들 모여 있는 자리에서 내가 할 말이 있다."

2

다들 모인 가족들의 얼굴을 에사는 찬찬히 둘러보았다.

야모스의 점잖고 무게 있는 선한 눈매, 항상 쾌활한 미소를 짓는 카메니, 겁먹은 듯한 눈과 수심 어린 표정의 레니센브, 조용히 생각에 잠긴 호리의 불가사의한 눈동자, 짜증스럽게 움찔거리는 임호테프의 초조하고도 침울한 표정, 그리고 왠지 그렇게 볼 수밖에 없는 기쁨의 빛을 반짝이고 있는 헤네트. 에사는 생각했다.

'이들의 얼굴에는 아무것도 나타나 있지 않아. 그저 표면적인 감정 밖에는. 그러나 내 짐작이 틀린 게 아니라면 어딘가에 사건의 열쇠는 숨어 있을 거야.'

이윽고 그녀는 입을 열었다.

"너희들에게 들려줄 말이 있어 불렀다. 그러나 우선은 헤네트에게만 이야기할 게 있다. 바로 여기, 다들 보는 앞에서."

헤네트의 표정이 달라졌다. 그 심술궂게 웃음짓던 표정은 겁을 집어먹고 있었다. 그녀는 째지는 듯한 목청을 돋우며 반발했다.

"저를 의심하신다는 말씀이시죠? 저는 알고 있어요. 저에게 누명을 씌우신다 해도 배운 것도 없고 초라한 저 같은 건 자기 변호조차 할 수 없다는 것을요. 저는 짓지도 않은 죄를 뒤집어쓰고, 제 주장 같은 건 입 밖에 꺼내어 보지도 못한 채 처벌을 받겠지요?"
"네 주장을 들어 보지 않을 수야 없지."
짓궂게 말을 던진 에사는 호리가 미소짓는 것을 보았다.
헤네트가 계속 말했다. 그녀의 목소리는 더욱 히스테릭해졌다.
"저는 아무 짓도 안 했어요……. 저에겐 아무 죄도 없어요. 임호테프 주인님, 오, 존경하는 주인님, 절 도와 주세요."
그녀는 주저앉아 그의 무릎을 잡고 늘어졌다. 임호테프는 헤네트의 머리를 토닥거려 주고는 참을 수 없다는 듯이 침을 튀기며 항변했다.
"그냥 있을 수가 없군요. 참으로 좋지 못한 일입니다."
에사가 그의 말을 막고 나섰다.
"나는 죄를 지었다고는 말하지 않았다. 증거도 없이 내가 죄를 물을 사람 같으냐? 난 단지 헤네트가 한 말을 좀더 자세히 듣고 싶다는 것뿐이다."
"제가 무슨 말을 했습니까? 전 아무 말도 하지 않았는데요."
"아니, 말한 게 있어. 내 이 두 귀로 똑똑히 들었거든. 나는 눈이 어두운 대신에 소리는 잘 듣는단다. 너는 호리에 대해 뭘 알고 있다고 했었지. 자, 호리에 대해 알고 있는 바를 얘기해 보거라."
헤네트는 임호테프 앞에 무릎을 꿇고 쭈그리고 앉아서 눈물을 훔쳤다. 시무룩하게 튀어나온 입이 반항적으로 보였다.
"아무것도 모릅니다. 대체 제가 뭘 안다고 그러십니까?"
호리가 끼어들었다.
"그걸 듣자고 이렇게들 기다리는 게 아니겠소?"
헤네트가 어깨를 으쓱했다.
"저는 그냥 생각 없이 한 말이에요. 별다른 뜻으로 말한 건 아니었지요."
에사가 말했다.
"네가 말한 그대로 말해볼까?——이 집안 사람 모두 나를 멸시하고 있다. 하지만 이 집안에서 무슨 음모가 진행되고 있는지 나는 안다. 그리고 영리하다고 말하는 다른 사람들보다 오히려 내게 더 사물을 꿰뚫는 눈이 있다.

또 호리는 나와 마주치면 나 같은 건 아예 무시하고 내 뒤편, 아무것도 없는 곳에 시선을 준다——라고 말한 적이 있었어."
헤네트가 불만이 섞인 목소리로 말했다.
"호리가 절 쳐다보는 눈길은 항상 그렇다니까요. 벌레나 무슨 못 볼 것을 본 것처럼. 있어도 그만, 없어도 그만인 사람이라는 듯이 무시하고 들어요."
에사가 또박또박 말했다.
"헤네트가 한 이 말이 내 머릿속을 떠나지 않더군. '뒤에 있는 뭔가, 있지도 않은 뭔가를'이라는 말이……. 헤네트는 또 이런 말도 했었어. 자기를 똑바로 바라봐야 한다고.

그리곤 사티피에 대해 말하더구나. 그래, 사티피. 사티피는 자기가 똑똑한 여자라고 여겨왔으나 지금은 어떻게 된 거냐고……."
에사는 모인 식구들을 죽 훑어보았다.
"자, 이쯤해서 어디 짐작가는 데가 없느냐? 사티피에 대해 생각해 보자꾸나. 사티피의 죽음. 사람은 사람을 그대로, 똑바로 봐야 하고 거기에 없는 것을 보아서는 안 되지……. 자, 머리를 돌려 봐."
한 순간 쥐죽은 듯 섬뜩한 침묵이 흘렀다.

갑자기 헤네트가 비명을 질러댔다. 카랑카랑하고 듣기 거북한 비명. 절대의 공포 앞에 선 인간의 비명.

그리고 그녀는 알아듣기 힘들 정도로 토막난 목소리로 외쳤다.

"제가 그러지 않았어요……. 오, 주인님 도와 주세요……. 그만하시라고…… 제발…… 저는 아무 말도 안 했습니다, 절대 아무말도……."

임호테프가 누르고 있던 분노를 터뜨리며 고함을 쳤다.

"이런 일은 결코 그냥 넘어갈 수 없습니다. 이 여자를 위협하거나 누명을 씌우는 일은 제가 용납할 수 없습니다. 헤네트에게 죄가 있다는 걸 증명이라도 하실 수 있습니까? 어머니의 추측일 뿐, 근거가 없지 않습니까?"

그 겁많은 표정의 야모스도 아버지 말에 동의하고 나섰다.

"아버지 말씀이 옳아요. 헤네트가 죄를 지은 게 틀림없다는 증거를 대셔야 합니다."

에사가 천천히 말했다.

"난 헤네트를 살인범이라고 말한 적 없다."

그녀는 자신의 지팡이에 의지했다. 왠지 모르게 몸이 줄어드는 기분이 들었다. 말투도 힘이 빠져 느려지는 것이었다.

야모스는 주인의 권위를 갖추고 헤네트를 굽어보았다.

"할머님 말씀을 오해하지 말아요. 요즈음의 불상사가 모두 당신 소행이라는 말씀은 아니실 테니까.

할머님은 당신이 뭔가 알고 있으면서도 말하지 않는다고 생각하시는 모양이야. 그러니 뭔가 알고 있는 게 있으면…… 호리에 대해서건, 다른 무엇에 대해서건 이 자리에서 털어 놓는게 좋아. 모두들 모인 이 자리에서. 어서 말해. 무엇을 알고 있는지."

헤네트가 설레설레 고개를 흔들었다.

"아무것도 모릅니다"

"헤네트, 잘 생각해서 말해. 알고 있다는 건 위험하다는 뜻이니까."

"천지신명께 맹세코 저는 아무것도 모릅니다. 엔니드의 아홉신과 마아트 여신, 리 신께 맹세해도 좋습니다."

헤네트는 두려움에 떨고 있었다. 그녀의 목소리는 여느 때와는 달리 지어낸 듯한 느낌 없이 엄숙한 두려움을 자아내고 있었다.

에사는 땅이 꺼질 듯한 한숨을 내쉬었다. 고개를 떨구고 그녀는 중얼거렸다.

"나를 방으로 데려다 주겠니?"

호리와 레니센브가 옆으로 다가가 부축했다.

에사가 말했다.

"레니센브, 너는 예 있거라. 호리에게 데려다 달랠 테다."

그녀는 호리에게 의지해 방 쪽으로 걸어갔다. 호리에게 기댄 채 에사가 그를 올려다보았다. 그의 얼굴은 슬픔으로 굳어 있었다.

"호리, 자네는 어떻게 생각하나?"

"노마님은 너무 성급하셨습니다. 분별 없는 일을 하셨어요."

"아무튼 나는 밝혀내고 싶었으니까."

"그러셨겠지요. 그러나 위험천만한 일이었습니다."

"그래? 그럼, 호리, 자네 생각도 나와 같은 게로군?"

"짐작이야 오래전부터 했지요. 그러나 증거가 있어야지요. 증거의 증자도 찾을 수 없습니다. 지금 노마님께서도 증거를 잡아내지 못하시지 않았습니까? 심증만 굳히셨을 뿐."

"내 심증만으로도 충분하다고 봐."

"지나치게 충분할는지도 모르지요."

"무슨 말을 하는 게지?…… 아! 그래, 물론 그렇겠지."

"노마님, 몸조심하셔야 합니다. 세심하게 주의를 기울이세요. 마님 역시 위험 대상이 된 셈입니다."

"어서 대책을 세워야 할 텐데 말이야."

"옳은 말씀입니다. 그러나 우리가 뭘 할 수 있겠습니까? 우선 증거를 잡아내야 합니다."

"나도 알고 있네."

두 사람은 여기까지 말했다. 에사의 몸종이 달려왔다.

호리는 노마님을 노예 소녀에게 맡기고 돌아섰다. 그의 얼굴은 굳어 있었고, 쫓기는 자의 초조함이 어려 있었다.

에사의 몸종은 뭐라고 종알거리며 주인을 보살피고 있었다. 그러나 그 종알거리는 소녀의 존재조차 잊은 에사는 멍해 있었다. 갑자기 온몸이 떨리면서 약해지는 자신을 느꼈다.

그녀는 조금 전, 자기가 이야기하는 동안 자신을 바라보던 사람들의 얼굴을 하나하나 되새겨 보았다. 그 긴장된 모습들.

섬광처럼 지나가던 표정의 번뜩임…… 들켰다고 느꼈을 때의 그 두려움과 가학의 표정.

잘못 본 게 아닐까? 그녀의 눈이 예리하게 포착했다고 봐야 할까? 어쨌건 그녀의 시력은 형편없는 것이 아닌가?

아니, 분명히 보았다. 얼굴 표정이라기보다는 온몸을 흐르는 긴장감 같은 것…… 굳어지던 그 모습…… 한순간 바짝 긴장하는 느낌.

불연속적으로 토막난 그녀의 이야기를 전체적으로 알아들을 수 있는 사람은 단 한 사람뿐이다. 그녀가 한 말 속에 숨어 있는 결정적이고도 명확한 진실을 아는 사람은……

제19장

여름 둘째달 15일

"문제는 이제 네 앞에 놓여 있다. 그래, 레니센브, 네 생각은 어떤지 궁금하구나."

뭐라고 대답해야 좋을지 몰라 그녀는 아버지와 오빠를 번갈아 바라보았다. 그녀의 머리가 온통 뒤죽박죽이 되면서 어지러웠다.

그녀는 막연하게 대답할 수밖에 없었다.

"잘 모르겠어요."

임호테프가 말했다.

"보통 때 같으면야 심사숙고할 여유가 있겠다만, 친척 중에 네 배필이 될 만한 남자가 많으니 적당한 사람을 물색할 수도 있지. 그러나 지금 같은 상황에서야 내일의 목숨도 기약할 수 없으니 어쩌겠니? 정말 내일 일도 예측할 수 없으니······."

그는 떨리는 목소리로 계속했다.

"레니센브, 지금의 상황이 그래. 지금 우리는······ 야모스와 너, 그리고 나, 우리 세 사람은 죽음을 눈앞에 두고 있다. 우리들 중 누가 내일 죽을지는 아무도 몰라. 그러니 한시라도 빨리 집안일을 정리 해두고 싶은 거란다.

만일 야모스에게 불상사가 일어난다면, 너는 나의 유일한 자식이 되는 거다. 여자의 몸으로 이 많은 재산과 땅을 관리해나갈 수는 없을 테니, 너와 함께 이 모든 땅들과 재물을 관리할 만한 남자가 필요한 게야. 나도 언제 너와 작별해야 할지 장담할 수 없기 때문이다.

야모스가 없을 경우, 소벡의 아이들 후견인 겸 재산 관리인으로는 호리를 임명할 생각이다. 물론 야모스의 자식들도 마찬가지야. 야모스도 그걸 바랄 게다. 안 그러냐, 야모스?"

야모스가 고개를 끄덕였다.

"호리는 오래 전부터 제 일을 도와 주었고, 그 동안 가족처럼 정이 들었지요."

"그래, 맞다. 그렇지만, 실상 그 사람을 가족의 일원으로 칠 수야 없지. 반면에 카메니는 우리의 먼 친척이야. 피를 나눈 친척. 그래서 말인데, 여러 가지 면을 따져 본 결과 네 배우자로 카메니가 가장 적합할 것 같다. 네 생각은 어떠냐, 레니센브?"

레니센브는 같은 말을 되풀이할 수밖에 없었다.

"저는 모르겠어요."

그녀는 문득 일종의 무료함을 느끼고 있었다.

"카메니는 능력 있고 잘생긴 남자다. 너는 그렇게 생각하지 않니?"

"그렇게 생각해요."

야모스가 은근하게 물어왔다.

"그래도 그와 결혼하고 싶은 생각은 없다는 거냐?"

레니센브는 오빠의 그 말이 고마웠다. 오빠는 서두르다가 누이가 바라지 않는 방향으로 일이 진행될 것을 염려하고 있는 것이다.

"제 자신이 뭘 원하는지도 전 모르겠어요. 제가 생각해도 바보 같아요. 아마 오늘 정신이 좀 나갔나 봐요. 요사이 부쩍 긴장을 하고 있었더니."

임호테프가 말했다.

"카메니가 곁에서 지켜주면 너도 좀 안정될 게다."

야모스가 임호테프에게 물었다.

"호리는 어떻습니까? 레니센브의 신랑감으로 호리를 생각해보신 적은 없으세요?"

"음, 그래. 그것도 나쁠 거 없지."

"그는 젊어서 아내를 잃었지요. 레니센브는 호리와 잘 통하고 호감을 갖고 있는 것 같던데요."

부자(父子)는 그녀의 결혼 문제를 놓고 얘기하고 있었다. 그녀는 그들의 얘기를 꿈속에서 듣는 기분으로 그저 앉아만 있었다.

오빠는 누이동생이 원하는 남편을 골라 주려고 애쓰고 있었다. 그러나 당사자인 레니센브에겐 그 문제가 별로 와닿지 않았다. 자신은 마치 어린 테티의 목각 인형처럼 아무런 생명도, 자기 주장도 없는 존재인 것 같았다.

그러다가 불현듯 두 사람의 말에 끼어들었다.

"아버지와 오빠가 원하신다면 카메니와 결혼하겠어요."

임호테프는 만족한 듯 환호를 지르며 거실을 나갔다. 야모스가 그녀에게 다가와 그녀의 어깨를 쓰다듬었다.

"넌 정말 카메니를 원하고 있냐? 이 결혼이 너를 행복하게 해줄 것 같으냐?"

"불행해질 것도 없죠, 뭐. 카메니는 외모도 수려하고 쾌활한 성격에다 제게 아주 자상한걸요."

그래도 뭐가 불만인지 그는 다시 말했다.
"무엇보다 중요한 것은 너의 행복이다. 아버지가 바라신다고 모두 따라가다 보면 네 행복을 잃을 수도 있는 거야. 아버지 성미는 너도 알잖니?"
"알아요. 뭐든지 아버지가 시키는 대로 순종해야만 직성이 풀리시지요."
야모스가 단호하게 말했다.
"그러나 반드시 그래야 하는 법은 없다. 네가 굳이 말리지만 않겠다면 나는 이 문제만은 아버지께 승복하지 않겠다."
"어머, 오빠는 이제까지 아버지 뜻을 거역하신 적이 없잖아요?"
"이번만은 예외야. 아버지가 끝까지 고집을 피우신다 해도 나는 내 주장을 굽히지 않을 생각이다."
레니센브는 오빠의 얼굴을 새삼스레 살펴보았다. 술에 술탄 듯 물에 물탄 듯 그저 순하기만 했던 오빠가, 오늘은 꽤 완강한 자기 주장을 하고 있는 것이다.
"오빠가 절 위해 그토록 마음을 써주시다니 정말 고마워요. 그러나 제가 아버지의 명령에 어쩔 수 없이 복종하는 것은 아니에요.
제가 기대하고 돌아온 이곳은 이미 옛날의 그 고향이 아니었어요. 저는 카메니와 함께 새로운 생활을 꾸려나가고 싶어요. 다정한 남편과 아내로서 살아갈 수 있을 거예요."
"네 생각이 그렇다면……."
"예, 그럴 생각이에요."
레니센브는 자기의 결심을 간결하게 말하고는 오빠에게 따뜻한 미소를 보냈다.
그녀는 거실에서 나와 현관으로, 현관을 지나 정원으로 들어갔다. 연못가에서 카메니와 테티가 놀고 있었다. 레니센브는 소리나지 않게

다가가 그들을 지켜보고 있었다.

카메니는 그 특유의 명랑한 표정으로 어린애라도 된 양 테티와의 장난에 빠져 있었다. 레니센브는 가슴이 서서히 훈훈해짐을 느꼈다. 카메니라면 테티의 좋은 아빠가 되어줄 수 있을 거라는 생각이 들었다.

그때 카메니가 그녀 쪽을 돌아다보며 활짝 웃는 것이었다.

"우리는 테티의 인형으로 묘소지기 제관을 만들었어요. 그 인형이 제물을 바치고 제사의식을 행하게 하는……."

귀여운 테티가 어른스럽게 말했다.

"이름은 메프타로 지었어. 메프타에게는 자식이 둘 있고, 호리 아저씨 같은 서기도 두었지."

카메니가 웃음을 터뜨렸다.

"오, 머리 좋은 꼬마 아가씨! 건강하고 발랄하지요."

그의 시선이 테티에게서 레니센브에게로 옮겨왔다. 그녀를 포옹하는 듯한 그의 눈빛 속에서 그녀는 그의 마음을 읽을 수 있었다. 미래에 그녀가 낳게 될지도 모를 자기의 아이를 그려 보고 있음을.

이러한 깨달음이 그녀를 들뜨게 했다. 아련한 전율. 그러나 왠지 모를 실망감이 그녀를 스치는 것도 느낄 수 있었다. 그녀는 지금 그의 눈에 그녀 자신의 모습만 보인다면 좀더 좋으리라 생각했다.

그녀는 생각했다. '이 사람이 나만을 바라볼 수는 없는 것일까?'

생각을 접어두고 그녀는 상냥한 미소로 그를 바라보았다.

"아버지께서 오늘 말씀하시더군요."

"그래, 당신도 동의하셨습니까?"

순간 그녀는 주춤했다. 그러나 곧 대답했다.

"예, 동의했어요."

결국 마지막 말을 뱉고 말았다. 아, 이제 끝났다. 모든 건 해결됐다. 그런데 왜 이렇게 힘이 빠지고 모든 감각이 달아난 것 같지?
"레니센브."
"예, 왜요, 카메니?"
"강으로 나가 뱃놀이를 하지 않으렵니까? 난 당신과 함께 강에 나갈 날을 고대해 왔습니다."
이 말은 그녀에게 이상하게 들렸다. 카메니를 처음 보았을 때, 그녀는 네모난 돛과 강물, 그리고 케이의 웃음소리를 연상했었다. 그런데, 그녀의 기억 속에서 케이가 희미해진 지금, 카메니가 대신 네모난 돛과 강을 배경으로 그녀에게 웃음짓고 있다니…….

죽음이란 이런 것이다. 이것이 바로 사람이 죽는다는 것이 무엇인지를 말해 주고 있다. 그녀는 죽음에 대해 '나는 이렇게 느꼈다' '저렇게 생각한다'라고 말하곤 했다. 그러나 입으로만 그렇게 말했지, 지금에 와서 정말 그것이 와닿는 느낌은 없었다. 이미 죽은 사람은 저승에 속한 사람. 과거의 추억이 무슨 소용인가?

그러나 테티가 있다. 해마다 찾아오는 홍수로 옛 흙은 씻겨 내려가고 새로운 토지가 마련되듯이, 하나의 생명엔 그 생명을 새롭게 하는 또 하나의 생명이 있는 법.

카이트가 한 말이 있다. 한 집안의 여자들은 똘똘 뭉쳐야 한다고. 그러면 자기는 어떤 존재인가? 단지 집안 여자들 중의 하나? 레니센브건 카이트건 간에 결국 다를 바 없는 여자다…….

생각중인 그녀의 머릿속에 카메니의 목소리가 비집고 들어왔다. 초조한 듯 재촉하는 목소리…….

"레니센브, 무슨 생각을 그토록 합니까? 당신은 때때로 먼 곳에 있는 사람처럼 느껴집니다. 자, 이제 강으로 나가 보지 않겠어요?"
"예, 함께 가요, 카메니."

"테티도 데려가지요."

2

레니센브는 마치 꿈을 꾸는 기분이었다……. 배, 돛단배, 카메니, 테티, 그리고 자신. 그들은 마침내 죽음과 공포가 없는 곳으로 노저어 가는 것이다. 새로운 생활의 막이 열렸다.

꿈결처럼 카메니의 목소리가 들리고, 그녀는 꿈꾸듯 대답한다……

그녀는 생각했다.

'내 생활은 바로 이런 것이야. 달리 탈출할 곳은 없어.'

자신의 생각에 그녀는 당혹감을 느꼈다.

'나는 왜 탈출이라는 말을 썼지? 마치 날아갈 수 있기라도 하단 말인가?'

이어서 무덤 옆의 자그마한 바위집과 그 옆에 턱을 괴고 앉아 아래를 굽어보는 자신의 영상이 눈앞에 어른거렸다. 그녀는 생각했다.

'그러나 그런 것은 내 삶의 영역을 넘어선 것이다. 지금 내 눈앞에 펼쳐져 있는 이 모습이 바로 나의 삶일 뿐. 죽음이 내 생명을 앗아가기 전까지 내가 누려야 할 삶은 이것……'

카메니는 돛배를 강가에 댔다. 그녀는 땅에 발을 디뎠다. 카메니가 테티를 안아올렸다. 테티가 그의 목에 매달리는가 했더니 그의 목에 걸려 있던 부적 목걸이가 끊어졌다. 레니센브의 발 밑으로 부적이 떨어졌다. 그녀가 집어들었다. 양은과 금으로 만든 것인데, 앙크의 사인이 새겨져 있었다.

그녀가 아깝다는 듯 섭섭한 얼굴로 말했다.

"어머, 어떡해요. 찌그러졌어요. 깨질지도 모르니까 조심하세요."

그러나 그는 손가락에 힘을 주어 그것을 두 조각 내어 버렸다.

"아니, 왜 그러세요?"

"자, 이쪽을 가지십시오. 나머지는 내가 보관하겠습니다. 이걸로 우리 두 사람의 부적을 삼는 겁니다. 우리가 하나됨의 정표죠."

카메니는 조각난 부적 한쪽을 그녀에게 주었다. 레니센브가 그것을 받아들려는 순간 그녀의 뇌리를 스치는 것이 있었다. 그녀는 깜짝 놀랐다.

"무슨 일입니까, 레니센브?"

"노프레트……."

"노프레트? 그녀가 어쨌다는 겁니까?"

레니센브는 또박또박 말했다.

"그녀의 보석함에는 반조각의 부적이 있었어요. 당신이 그녀에게 그걸 준 거군요? 당신과 노프레트는…… 이제야 확실히 알겠어요……. 날 속일 생각은 마세요, 카메니. 난 다 알고 있다니까요."

카메니는 부정하지 않았다. 그는 그저 그녀를 응시했다. 그 빤히 쳐다보는 눈길에 주저하는 빛은 없었다. 그는 드디어 입을 열었다. 평소의 그답지 않게 목소리는 심각했고, 그의 부드러운 미소도 사라진 모습이었다.

"나는 당신을 속이려는 게 아닙니다."

생각을 정리하려는 듯 그는 잠시 이맛살을 찌푸리더니 다시 말했다.

"차라리 당신이 알게 되어 홀가분합니다. 그러나 당신이 상상하는 그런 관계는 아니었습니다."

"그녀에게 부적을 쪼개어 준 건 당신이었지요? 나에게 준 것과 같은 식으로…… 부적을 나눠가짐으로써 뗄 수 없는 하나라는 정표. 그렇지요?"

"레니센브, 화났군요. 그 모습이 나에겐 도리어 기쁨입니다. 당신은 나를 사랑하고 있기 때문에 화를 내는 거니까요. 그러나 사실은 사실대로 알아야지요. 그 부적은 내가 그녀에게 준 것이 아닙니다. 그녀가 내게 준 거지요."

그가 사이를 두고 다시 말했다.

"당신은 나를 믿지 못할지도 모릅니다. 하지만 맹세코 내 말은 사실입니다."

레니센브가 천천히 말했다.

"당신을 믿지 못하겠다는 소리는 안 했어요……. 당신은 사실대로 말했겠지요."

얼굴에 그늘을 드리운 채 외로워 보이던 노프레트의 모습이 어른거렸다.

카메니는 소년처럼 발랄하게 이야기를 계속하고 있었다.

"나를 이해해 주십시오, 레니센브. 노프레트의 미모는 당신도 인정하시겠죠? 그녀의 나에 대한 관심이 불쾌했다고는 말하지 않겠습니다. 남자라면 누구나 그랬을 겁니다. 그러나 그녀를 마음속으로부터 사랑하지는 않았지요."

레니센브의 가슴에 아련한 연민의 정이 솟아올라 스스로를 아프게 했다.

그래, 카메니가 노프레트를 사랑하지는 않았다고 치자. 그러나 노프레트는 그를 몹시도 사랑했다. 가슴이 아프도록 열렬히 그를 원했다. 바로 이곳, 나일 강가에서…… 언젠가 아침 나절에, 레니센브는 그녀에게 말을 건네며 친구가 되자고 제안했었다. 그때 그녀의 얼굴은 미움과 괴로움으로 일렁이고 있었지.

그때는 그녀의 그런 표정을 이해할 수 없었다. 지금 그 까닭이 명백해진 것이다. 외로웠던 노프레트, 말 많은 늙은이의 첩이었던 고독한 그녀, 그녀가 남몰래 정을 준 밝고 명랑하고 잘생긴 청년은 그녀를 외면했던 것이다.

카메니는 열을 내서 얘기하고 있었다.

"이곳에 오자마자 내 마음은 온통 당신에게 빼앗겼습니다. 그 이후로 나는 당신 이외의 사람은 거들떠보지도 않았지요. 노프레트도 내 마음을 눈치챘습니다."

그때, 노프레트는 곧 알아챌 수 있었을 거야. 그녀는 그 때부터 레니센브를 미워했겠지……. 그렇다고 이제 와서 그녀를 나무랄 생각은 조금도 없다.

"나는 당신 아버님께 편지 쓰는 것이 탐탁지 않았습니다. 노프레트의 계략에 말려들어가기도 싫었습니다. 그러나 나로선 힘이 없었어요. 아시겠지요? 난 달리 빠져 나갈 구멍이 없었다고요."

레니센브는 짜증이 났다.

"예, 알 만해요. 그것은 어쨌거나 상관하지 않겠어요. 문제는 노프레트예요. 그녀는 슬픔을 품고 있었어요. 당신의 생각 이상으로 그녀는 당신을 사랑했어요."

카메니는 다소 귀찮은 듯했다.

"내 마음은 손톱만큼도 그녀를 사랑하지 않았습니다."

"당신 심장은 강철로 만들어졌나 보군요!"

"나는 사나이입니다. 한 여자가 나 때문에 괴로워한다 해서, 내 마음도 덩달아 맞장구칠 수는 없는 거지요. 귀찮을 뿐입니다.

솔직이 말씀드릴 수 있습니다. 나는 노프레트를 원한 게 아닙니다. 내 관심은 온통 당신뿐이었습니다. 당신을 사랑합니다. 그런 하찮은 일로 내게 화를 내지는 마십시오."

그녀는 어느새 미소를 짓고 있었다.

"벌써 저 세상 사람이 된 그 여자 때문에 버젓이 살아 있는 우리 사이가 멀어진대서야 말이 되겠습니까? 나는 당신을 사랑합니다.

그리고 당신 또한 나를 사랑하고 있음이 분명합니다. 이 사실만이 중요합니다. 뭐가 문제입니까?"

그렇다, 레니센브 역시 그것만이 중요한 사실이라 생각한다. 그녀는 카메니를 똑바로 쳐다보았다. 그는 약간 고개를 기울이고 서서 그녀를 재촉하는 듯하면서도 자신에 찬 표정을 떠올리고 있었다. 그는 젊고 튼튼했다.

그녀는 생각했다.

'이 사람 말은 일리가 있어. 노프레트는 이미 죽었고, 우리는 살아 숨쉬고 있어. 물론 그녀가 고통스러워한 것을 이해하며 동정도 하지. 그러나 그게 내 잘못은 아니잖아. 그녀를 사랑하지 않았다 해서 카메니를 나쁜 사람이라 탓할 수는 없어. 그런 일은 충분히 있을 수 있는 일이야.'

강가에서 신나게 놀던 테티가 그녀에게 달려와서는 손을 잡아끌었다.

"엄마, 집으로 가자. 빨랑 집으로 가자."

레니센브가 한숨을 쉬고는 말했다.

"그래, 집으로 가자꾸나."

세 사람은 집을 향해 걸었다. 테티가 앞장서서 뛰어갔다.

카메니는 안도의 한숨을 내쉬며 말했다.

"레니센브, 당신은 외모만 아름다운 게 아니라 마음까지 넓군요. 우리 사이는 이상 없는 거지요?"

"예, 이상 없어요, 카메니."

그는 은근한 목소리로 속삭였다.

"저 강물 위에서 우리는 즐거운 한때를 보냈습니다. 그렇지 않습니까, 레니센브?"

"나 역시 즐거웠어요."

"행복해 보였습니다. 그러나 마음은 먼 곳을 날아다니는 것 같더군요. 내 욕심 같아서는 당신이 나만을 생각해 주었으면 좋겠습니다."
그는 레니센브의 손을 살며시 쥐었다. 레니센브는 그 손을 뿌리치지 않았다. 그가 부드러운 목소리로 감미롭게 노래불렀다.

나의 연인은
페르세어 나무처럼
……

카메니는 그녀의 손이 자기의 손 안에서 바들바들 떨고 있음을 알았다. 그리고 고르지 않은 그녀의 숨소리를 들었다. 비로소 그는 만족의 미소를 떠올렸다.

3

레니센브는 자기 방으로 헤네트를 불렀다. 급히 달려오던 헤네트는, 레니센브가 보석함 뚜껑을 열고 조각난 부적을 손에 든 모습을 보고 멈춰 섰다.
레니센브의 얼굴은 노여움을 누르느라 굳어 있었다.
"당신이 이 보석함을 내 방에 갖다놓았겠죠? 이 부적을 내게 보이려는 속셈이었죠? 당신은 어느 날엔가는 이 부적을 내가……"
"다른 반쪽의 부적을 누가 갖고 있는지 밝혀내리라 여기고 있었다──라고 말씀하시려고요? 그런데 정말로 그렇게 됐네요? 아무튼 안다는 건 좋은 일 아니겠어요, 아씨?"
헤네트는 짓궂게 이죽거렸다.
레니센브는 더욱 화가 났다.

"그 발견으로 내가 가슴아파할 모습을 기대했겠군? 당신은 사람들을 귀찮게 하고는, 그들이 괴로워하는 모습을 즐기는 아주 고약한 취미를 가졌군요. 헤네트, 어디 할 말이 있으면 해봐요! 당신 입에서 나온 말은 항상 모호하고 사실과는 다른 것이었지. 당신은 덫을 놓고 그 덫에 사람들이 걸려들 때까지 조용히 기다릴 줄도 아는 심술꾸러기예요. 당신은 우리 모두를 골탕먹일 생각만 하고 있어요. 아주 옛날부터 줄곧!"

"아씨, 그게 무슨 말씀입니까? 정말 그렇게 여기시는 건 아니겠지요?"

헤네트의 목소리엔 그러나 예의 그 투정 어린 말투가 아닌 승자의 교활함 같은 느낌만 들어 있었다.

"당신은 나와 카메니 사이를 갈라놓고 싶었겠지요? 그랬다면 참 안됐어요. 우리에겐 아무런 마찰도 없었으니 말예요."

"아씨는 너그러운 심성을 가지셨습니다. 노프레트 아씨와는 비교도 안 되지요. 안 그렇습니까?"

"그 여자 얘기는 집어치워요."

"아, 예, 그래야겠군요. 카메니는 외모도 준수하지만 행운의 사나이이기도 합니다. 시기적절하게 노프레트 아씨가 죽어주었으니 얼마나 운이 좋습니까?…… 그 분이 카메니를 곤궁에 빠뜨릴 방법이야 많았을 테니까요. 그저 주인님께 한마디만 쏙닥거리면 해결되었겠지요.

그 분은 그와 아씨의 결혼을 쉬이 축복하시진 않았을걸요? 그래요, 어떻게든 훼방을 놓았겠지요……. 살아 있었다면 그랬을 거라는 말씀입니다. 확실한 얘기지요."

레니센브의 싸늘하고 경멸스런 눈초리가 헤네트를 쏘아보았다.

"당신 말 속에는 항상 가시가 숨어 있군요. 전갈처럼 사람을 쏘는 독을 품었어요. 그러나 날 불행의 함정에 처넣으려는 헛수고는 이제 그만하라구요."
"듣던 중 재미있는 말인데요. 아씨는 사랑에 푹 빠지신 모양입니다? 하긴, 그는 아주 잘생긴 데다가 감미로운 노래도 잘 부르는 청년이니까요.

그는 자기가 갖고 싶은 것은 꼭 손에 넣고야 만답니다. 저도 그에게 감탄할 정도죠. 정말 그래요. 그는 얼핏 보기에도 단순하고 우직한 사람인 걸 알겠어요."
"헤네트, 무슨 말을 하고 싶은 거예요?"
"그에게 감탄하고 있노라는 말씀입지요. 여하튼 그는 단순하고 우직한 청년임이 분명합니다. 일부러 꾸미는 듯한 모습도 없고요.

그야말로 저자거리의 이야기꾼이 들려주는 재미있는 얘기같아요. ……아, 그 가난한 젊은 서기는 주인집 딸과 결혼해서는, 그 많은 유산을 상속받고 풍요롭고 행복하게 잘 살았다는 것이었던 것이다……. 어때요, 신나는 얘기지요? 남자든 여자든 자고로 잘생기고 봐야 운도 따르나 봅니다."
"내 짐작대로군. 당신은 우리를 끔찍이도 미워하고 있어요."
"무슨 말씀을 그렇게 섭섭하게 하십니까, 아씨? 저는 아씨 어머님이 돌아가신 이후로 이 집안을 위해 뒤에서 죽어라 일해왔습니다. 그 점은 아가씨도 인정하셔야 합니다."
여전히 그녀의 목소리에는 비굴함 대신에 비틀린 승리의 빛이 배어 있었다.
다시 보석함을 내려다보던 레니센브의 머릿속에 퍼뜩 다른 생각이 스쳤다.
"이 보석함에다 황금 사자 목걸이를 넣어둔 것도 당신 짓이지요? 부인할 순 없을걸요. 안 그래요, 헤네트? 내 눈은 못 속여요."

헤네트의 얼굴에서 교활한 승리감은 자취를 감추고 삽시간에 겁에 질린 표정이 떠올랐다.

"할 수 없이…… 레니센브 아씨. 저는 무서워서 그만……."

"무섭다니, 뭐가?"

헤네트는 레니센브에게 한 발자국 다가와서는 숨을 죽여 말했다.

"그 목걸이는 그 분이 제게 준 거예요. 세상을 뜨기 한참 전이었어요. 그것 말고도 한두 가지의 선물을 받았습니다. 그 분은 씀씀이가 꽤 컸지요. 예, 그랬어요."

"물론 당신에게야 충분한 사례를 했겠지요."

"아이고, 그런 말씀은 하시는 게 아닙니다. 솔직이 털어놓자면, 그 분은 제게 황금 사자 목걸이와 자수정 장식편, 그 외에 한두 가지를 주셨지요.

그런데, 그 목동아이가 이 목걸이를 걸고 있는 여자를 보았다고 말하지 않겠어요? 그 술항아리에 독을 넣은 게 저라고 지목될까 봐 겁이 나길래 그걸 이 함 속에 넣은 겁니다."

"헤네트, 사실인가요? 당신도 솔직이 얘기할 때가 다 있나요?"

"아씨, 맹세코 정말입니다. 저는 어찌나 무서웠던지……."

레니센브는 의아한 듯 그녀를 보았다.

"당신, 떨고 있군요, 헤네트. 뭔가에 겁먹고 있는 것 같아요."

"예, 겁이 납니다……. 무서워할 만한 이유가 있어요."

헤네트는 입술이 타는지 침을 묻혔다. 그리고는 뒤를 흘끔 돌아보더니 사냥꾼에게 쫓기는 짐승처럼 불안한 눈을 반짝이는 것이었다.

레니센브가 다그쳤다.

"어서 말해 봐요."

헤네트는 불안에 떨며 고개를 저었다.

"말씀드릴 게 없습니다."

"당신은 이것저것 너무 많은 걸 알고 있어요. 원래부터 무엇이든 모르는 게 없었지요. 예전엔 그걸 즐길 수 있었지만 지금은 달라요. 오히려 당신에게 해로워요, 그렇죠?"
헤네트는 다시 고개를 젓더니 심술궂게 웃었다.
"두고 보세요, 아씨. 제가 이 집에서 채찍을 휘두를 날이 올테니까요. 휙휙 채찍을 휘두를 테니 두고 보시라고요."
레니센브가 바로 앉으며 말했다.
"당신은 나를 괴롭힐 수 없을 거예요. 어머니가 허락하지 않으실걸요."
헤네트의 표정이 급변했다. 눈은 이글거리고 있었다.
"저는 당신 어머니를 증오합니다. 애초부터 미워하고 있었어요. 당신 눈은 어머니를 쏙 빼닮았어요…… 목소리, 그 미모하며, 귀부인 티도…… 모두 닮았어요. 저는 당신을 혐오합니다, 레니센브!"
레니센브는 미소를 지었다.
"결국 당신 입에서 그 말이 튀어나왔군요!"

제20장

여름 둘째달 15일

힘이 빠진 에사는 간신히 자기 방에 들어섰다. 그녀는 피곤했다. 나이를 무시할 수는 없다는 사실을 새삼 깨달았다. 지금까지 육체적인 피로는 느꼈지만 정신적인 피로는 느끼지 않았었다. 그러나 이 순간 그녀의 정신적 긴장 상태는 그녀의 육체마저 시들게 하고 있었다.

그녀의 육감은 지금 어느 쪽에서 위험의 손길이 뻗쳐오는지 가르쳐 주고 있었다. 적어도 그녀는 그렇게 믿는다. 그러나 그것을 안다고 해서 정신적 여유를 찾을 수는 없는 것이다.

이미 상대에게 자기가 그 범인을 알고 있음을 드러낸 이상, 전보다 더 자기 자신을 지켜야 할 입장에 놓인 것이다. 증거, 증거, 증거만 있으면 되는데. 그런데 어떻게 증거를 잡아내느냐 말이다.

이런 중요한 시기에 노쇠가 말썽을 부리는 것이다. 너무도 지친 그녀는 상대에게 대항할 만한 대책을 강구할 여력이 없었다. 이제 그녀가 할 수 있는 일이라고는 자신을 지키는것, 신경을 곤두세워 조심하고 경계하는 일 뿐이다. 살인자──그녀는 이제 그가 누구인지 확실히 알았다——는 또 다른 누군가를 죽이고자 하고 있을 것이기 때문에.

그녀 자신이 이번 차례가 되고 싶은 마음은 물론 없다. 그러나 자기를 노린다면? 독약으로 죽일 게 틀림없다. 하녀들에게 둘러싸여, 그녀 혼자 있을 경우는 없을 테니, 범인이 폭력으로 자신을 죽일 염려는 우선 없다. 그러니 독약을 쓸 수밖에. 독약이라면 자기도 자신 있다. 식사는 레니센브가 직접 가져다 주기로 되어 있고, 방에는 술병과 받침대가 놓여 있다. 노예 한 명이 먼저 음식을 맛보고 아무 이상이 없는지 확인하기 위해 하루를 꼬박 기다린다.

게다가 레니센브와 같이 식사한다. 레니센브가 설마 독을 탈까 싶기도 하지만, 조심해서 나쁠 건 없다. 하기야 레니센브를 의심한다는 것은 좀 너무한 일인 것 같기도 하다. 그렇지만 에사는 거기에까지도 주의를 기울였다.

식사를 하지 않는 시간에는 줄곧 생각만 했다. 꼼짝 않고 앉아, 풀어지는 사고를 옥죄면서 증거를 잡을 생각만 했다. 또는 몸종이 그녀의 옷에 물을 뿌리고 주름을 다리는 것, 목걸이나 팔찌의 구슬을 풀어 다시 꿰는 모습을 구경하기도 했다.

그날 밤 그녀는 매우 피곤했다. 그녀는 임호테프의 방에 가서 레니센브의 결혼 건에 대해 얘기를 나누었다. 임호테프는 딸과 최종적인 얘기를 하기 전에 에사의 의견을 우선 듣고 싶었던 것이다.

임호테프는 왜소해 보였고, 정신 상태도 불안정해 보였다. 예전의 그 오만하고 자신만만했던 태도는 찾아볼 수 없었다. 지금의 그는 어머니의 단호한 의지와 결단에 따를 생각뿐이다.

에사는 자기가 경솔하게 얘기할 성질이 아님을 알고 무척 신경을 쓰고 있었다. 상황 판단을 잘못하고 생각 없이 말했다가는 엉뚱한 생명이 위험하게 될 테니까.

그녀는 주저주저하다가 할 수 없이 입을 뗐다.

"음, 글쎄 결혼시키는 게 좋은 일이긴 하지. 그런데 어디 좋은 가문의 훌륭한 신랑감을 물색할 만한 시간이 없구나. 하긴 모계(母系)가 더 중요하니까……. 남편은 그저 레니센브나 그 자식에게 상속될 재산 관리인에 불과할 테니 말이다."

신랑감 후보자로 호리와 카메니가 거론되었다. 호리, 오래전부터 신뢰와 성실로 일관해 온 사람. 소지주의 자제였으나, 그 땅이 임호테프의 소유로 넘어감에 따라 땅을 잃은 호리. 그 다음 먼 친척뻘인 젊은이 카메니.

에사는 아주 신중히 따져 본 다음 말해야 하리라 생각하고 있었다. 잘못 말했다가는 또 다른 비극이 일어날 것이다.

이윽고 그녀는 고집세고 완강한 어투를 드러내며 대답했다. 레니센브의 남편감은 카메니가 적격이라고.

약혼 발표나 축하 파티는 잇따라 일어난 집안의 우환을 고려해서 1주일 뒤 가족끼리만 조촐하게 치르기로 했다. 물론 최종 결정이야 레니센브가 하겠지만.

카메니는 건강한 청년이다. 그 둘은 자식들을 튼튼하게 양육할 수 있을 것이다. 게다가 그 둘은 사랑하는 사이가 아닌가! …… 그녀는 이런 조언을 했던 것 같다.

에사는 생각했다. 마침내 주사위는 던져진 것이라고. 이제 승자가 결정되리라. 운명은 자기 손에서 떠났다. 자신은 최선을 다해 적절하다고 생각되는 말을 했을 뿐이다. 만일 이로써 자기의 승산이 없어졌다면? 어쩔 수 없는 일이다. 자기도 이피처럼 노름을 재미있어한다. 어차피 인생이란 끊임없는 노름일 뿐, 이기기 위해서는 위험도 감수해야 하는 법이다.

방으로 돌아온 그녀는 조심스레 방안을 살펴보았다. 술단지는 특별히 점검해 보았다. 그녀가 나갈 때 있던 그대로 뚜껑은 씌워졌고 밀봉되어 있었다. 그녀는 방을 비울 경우에는 늘 마개를 봉하고 그 봉인 도장은 안전하게 목에 걸고 다녔던 것이다.

돌다리도 두드려 보고 건너리라. 그녀는 묘한 안도감을 느끼며 미소지었다. 늙은이 하나를 죽이는 게 그리 쉬운 일은 아닐걸? 늙으면 그만큼 생명의 진가를 아는 게야. 어설픈 속임수는 통하지 않아. 내일이면……."

그녀는 하녀를 불렀다.

"호리가 어디 있는지 아느냐?"

하녀는 그가 묘소 옆의 그 바위로 된 오두막에 있을 거라고 얘기해 주었다.

에사가 고개를 끄덕이며 말했다.

"그럼, 거기 좀 다녀오렴. 가서 이렇게 일러라. 내일 임호테프와 야모스, 카메니가 들판에 나가고, 카이트가 아이들을 데리고 연못가로 나갈 즈음에 내게로 와 달란다고. 알겠니? 내가 말한 대로 반복해 봐."

하녀는 노마님이 이르는 대로 따라 하고는 방을 나갔다.

계획은 잘 진행되고 있다. 준비는 끝났다. 헤네트마저 베짜는 오두막에 심부름을 보낼 테니, 자신과 호리와의 얘기를 엿들을 사람은 없을 것이다. 자기가 계획하고 있는 바를 호리에게 말해주고, 그의 의견도 들어볼 참이다.

호리에게서 돌아온 하녀는 그가 말씀대로 하겠단다고 회답을 전해주었다. 에사는 안도의 한숨을 내쉬었다.

갑자기 피곤이 그녀를 엄습했다. 그녀는 몸종에게 향긋한 향유로 자신의 손발을 마사지하게 했다. 마사지의 박자에 따라 그녀의 몸이 서서히 풀렸다. 뼈마디마다 욱씬거리던 신경통이 향유에 녹아 흩어지고 있었다.
 이윽고 온몸을 편히 하고 목침을 뺐다. 그녀는 잠을 청했다. 공포심도 차츰 희미해져 가고 있었다.
 얼마 뒤 알 수 없는 추위에 몸을 떨면서 그녀는 눈을 떴다. 팔과 다리에 마비가 오면서 움직일 수 없었다. 온몸이 죄어들면서 숨이 막혀 왔다. 머릿속의 생각이 정지되고, 의지가 마비되고, 심장의 고동이 점차로 희미해지는 것을 느낄 수 있었다. 그녀는 생각했다.
 '이게 바로 죽음인가!'
 승복할 수 없는 죽음…… 예고도 없었고, 아무도 모를 죽음. 늙고 쇠약하여 맞는 죽음…….
 퍼뜩 다른 생각이 스쳐갔다. 이건 자연적인 죽음이 아니야! 범인의 뜻하지 않은 습격을 받은 것이다.
 독?
 언제? 어떻게? 알 수 없는 노릇이다. 먹은 것, 마신 것 모두 잠시도 방심한 적이 없었건만.
 그러니까 언제? 어떻게?
 그녀의 추리력이 차츰 떨어졌다. 마지막 남은 그 희미한 예지를 쥐어짜면서 에사는 이 수수께끼를 풀려고 혼신의 힘을 기울였다. 알아내야 해…… 어떻게 해서든…… 숨이 끊어지기 전에…….
 심장을 짓누르는 힘이 더 세어졌다. 얼음이 덮인 듯한 오한…… 호흡이 곤란하다. 그는 어떻게 독을 넣었단 말인가?
 문득 그녀의 기억력이 회생되면서 아주 오래된 옛날 일이 떠올라 그녀의 이해를 도왔다. 머리카락을 깎은 흑인 소년…… 악취나는 기름덩어리…… 그녀의 어린 시절 아버지가 했던 실험…… 피부로 스며드는 독이 있다는…… 양털 기름…… 그것으로 만든 마사지용 기름.

맞아, 그 방법으로 범인은 그녀를 처치한 것이다. 향기로운 냄새의 향유병, 이집트 여자에게 애용되는 향유. 그 속에 독을……

그런데 내일이 되어도…… 호리…… 그는 알 수 없겠지. 그에게 알릴 길이 없을까…… 아, 너무 늦었어.

이튿날 아침 몹시 겁을 집어먹은 하녀는 온 집안을 돌아다니며 노마님이 잠든 채로 세상을 떠났음을 알리고 다녔다.

임호테프는 어머니의 시체를 내려다보고 있었다. 어머니를 잃은 슬픔이 어린 그의 얼굴에, 그러나 의심스러워하는 표정은 없었다.

어머니는 연로하신고로 돌아가신 거라고, 편안히 세상을 뜨신 거라고 말했다.

"어머님은 늙으셨던 거야. 죽음의 신 오시리스 곁으로 갈 만큼 너무 나이가 많으셨지. 하기야, 계속되는 집안의 걱정거리들과 불상사로 더욱 지치신 탓이기도 하지. 그렇지만 비교적 편안히 죽음을 맞으신 모양이야. 남에게 살해되거나 악령의 주술에 걸려 돌아가신 게 아니니 다행이다. 모두 리 신의 은총 덕분이야. 자, 너희들도 보면 알겠지? 평온한 얼굴로 돌아가셨잖니?"

레니센브는 눈물을 흘리며 울었다. 야모스가 누이를 위로하고 있었다.

헤네트는 한숨을 쉬고 고개를 내저으면서, 에사의 죽음이 자기에게 얼마나 슬픈지, 자기가 에사에게 쏟았던 봉사가 어느 정도 헌신적이었는지를 늘어놓고 있었다.

카메니는 상(喪)을 맞은 사람답게 근엄하고 침울한 얼굴을 하고 있었다.

달려온 호리가 시체 앞에 우뚝 멈췄다. 에사와의 약속 때문에 오던 길이었다. 노마님은 자기에게 무슨 말을 하려 했을까? 어쩌면 영원히 알 수 없으리라.
그러나 상상은 가능할지도 모른다고 그는 생각했다…….

제21장

여름 둘째달 16일
"할머니의 죽음은 타살일까요, 호리?"
"그런 것 같습니다."
"어떻게 살해할 수 있었을까요?"
"모르겠군요."
레니센브는 그 말에 슬픈 절망을 느꼈다.
"할머니는 주의를 게을리하지 않으셨어요. 예방책이란 예방책은 다 동원해서 만반의 준비를 하고 계셨어요. 음식물에도 얼마나 신경 쓰셨다고요."
"나도 잘 압니다. 그렇지만 살해됐다는 생각엔 변함없습니다."
"할머니는 젊은 우리들 누구보다도 현명하고 지혜로우셨지요. 자신은 절대 안전하리라는 확신 같은 게 있으셨어요. 호리, 이건 무슨 주술이나 악령의 소행임이 분명해요!"
"그렇게 믿어버리면 속이야 편하겠지요. 보통 사람이라면 그렇게 생각해버리고 맙니다. 그러나 할머님은 그렇게 생각지 않으셨을 거예요.

 만일 그 분에게 마지막 의식이 있었다면——숨이 끊어지기 전에, 더욱이 주무시는 중에 자연적으로 돌아가신 게 아니라면 말입니다——노마님께선 자신이 누군가의 음모에 의해 살해되고 있는 거라고 깨달으셨음이 분명합니다."
"범인이 누구인지도 아셨을까요?"
"물론입니다. 노마님은 자기가 알고 있음을 드러내기까지 하셨습니다. 범인은 노마님을 노릴 수밖에 없었지요. 노마님의 죽음은 노마님의 추측이 옳다는 사실을 말하고 있는 거나 다름없습니다."
"그 자가 누구인지, 당신에게 귀띔하시던가요?"
"아뇨, 말씀하시지 않았습니다. 이름을 말한 적은 없지요. 그러나 나와 같은 생각이었을 겁니다."
"당신이 무슨 생각을 하고 있는지 내게도 가르쳐 주세요. 그래야 나도 조심하지요."
"안 됩니다, 레니센브. 나는 당신의 안전을 위해서도 얘기할 수 없습니다."
"나는 안전한 거예요?"
호리의 얼굴이 어두워졌다.
"아니오, 레니센브. 당신도 안전하진 않습니다. 안전한 사람은 한 명도 없습니다. 그러나 모르고 있는 편이 도리어 안전하지요. 당신이 진상을 알게 되면 범인의 표적이 될 테니까요. 무리를 해서라도 죽이려 할 겁니다."
"그럼, 호리, 당신은요? 당신은 사실을 알고 있잖아요!"
그는 그녀의 말을 고쳐 말했다.
"나는 안다고 '생각하고' 있을 따름이지요. 안다고 말하지도 않고 내색하지도 않습니다.

노마님께선 성급하셨지요. 공공연한 자리에서 발설을 하셨던 겁니다. 자신의 추리 방향을 노출시키고 말았습니다. 그건 어리석은 일이었어요. 나도 그분께 말씀 드렸었는데……."
"그러나 호리…… 당신에게 위험이 닥친다면……."
　그녀는 말을 이을 수 없었다. 호리의 시선이 그녀에게 쏟아지고 있음을 느꼈다. 그의 눈길은 그녀의 마음에 직접 와닿는 진실하고도 긴장된 눈길이었다.
　호리가 가볍게 그녀의 손을 잡았다.
"내 걱정은 마십시오, 레니센브…… 모든 일이 잘 풀리겠지요."
　호리의 말은 항상 옳다. 그가 그렇게 말한다면 분명히 모든 일은 잘 풀릴 것이다. 알 수 없는 만족감이 그녀의 가슴을 뿌듯하게 했다. 고요한 선율의 노랫소리를 들을 때의 평화로움…… 묘소에 앉아 멀리 저쪽을 내려다볼 때의 아름답고 황홀한 느낌…… 인간에게 부여된 요구와 규제의 번거로움에서 해방된 자유로움…….
　엉뚱하게도 그녀는 딱딱한 목소리로 내뱉었다.
"카메니와 결혼할 것 같아요."
　호리가 잡고 있던 그녀의 손을 살그머니 놓았다. 자연스럽고도 부드러운 몸짓이었다.
"알고 있습니다, 레니센브."
"아버지 생각도 그랬으면 하시니까요."
"예, 알고 있습니다."
　호리가 대여섯 발자국 물러섰다.
　갑자기 정원 울타리가 가까워진 듯 집안에서, 옥수수 창고에서 떠드는 사람들의 목소리가 들려왔다. 그런 시끄러운 경황 중에도 레니센브의 생각은 하나에 고정되어 있었다.
'호리가 떠난다…….'

그녀는 조심스럽게 물었다.

"어디로 가시는 거죠, 호리?"

"야모스와 밭에 나가려고 합니다. 거들어야 할 일도 많고, 장부 정리도 해야지요. 대충 추수가 끝나가니까요."

"카메니는요?"

"함께 갑니다."

레니센브가 두려운 듯 큰소리로 말했다.

"여기는 무서워요, 그래요. 밝은 곳에서 하인들과 함께 있는데도, 태양의 신이 버젓이 지켜 주어도 나는 무서워요."

가던 길을 급히 되돌아온 그가 말했다.

"두려워할 것 없습니다, 레니센브. 결코 그럴 필요가 없다고 자신 있게 말씀드릴 수 있습니다. 최소한 오늘 하루는 걱정 없습니다."

"그럼 내일부터는요?"

"오늘 하루 살아 있는 것이 중요한 겁니다. 당신에게 오늘 위험이 닥치지는 않을 겁니다. 내 말을 믿으세요."

레니센브는 이맛살을 찌푸리며 그를 빤히 쳐다보았다.

"어쨌든 우리 모두 위험한 거지요? 야모스 오빠와 아버지, 그리고 나까지. 그 중에서 제일 먼저 희생될 사람이 나는 아닐까요? 당신 생각도 그런가요?"

"레니센브, 이만 생각하기로 합시다. 내가 비록 아무것도 손쓰고 있는 게 없어 보이지만, 나름대로 최선을 다하느라 부심하고 있으니까요."

레니센브는 의아한 듯 그를 올려다보았다.

"아, 무슨 말인지 알겠어요. 큰오빠가 제일 위험한 지경에 놓여 있단 말씀이지요? 범인은 야모스 오빠를 독살하려 두 번이나 시도했지만 실패했죠. 이제 세 번째의 시도가 있겠군요?

당신이 오빠 옆에 붙어다니며 그를 지켜 주시는 걸 알아요. 만일 오빠가 죽는다면 다음 차례는 아버지인가요? 아, 대체 우리 가족에게 무슨 원한이 있다고 이렇게……."
"쉿, 그런 말을 삼가는 게 당신에게 안전합니다. 내 말대로 해요, 레니센브. 당신 마음속 깊숙한 곳에 자리잡은 그 공포와 집착을 떨쳐버리도록 노력해야 합니다."
레니센브는 가슴을 펴고 머리를 들어 호리의 얼굴을 마주 바라보았다. 그녀의 눈빛은 자랑스러운 듯 빛났다.
"그래요, 호리, 당신을 믿겠어요. 나를 이대로 죽게 놔두지는 않겠죠? 나는 살아 있음에 감사해요. 이대로 죽기에는 인생이 너무 아름다워요."
"그렇게 내버려 두지는 않습니다, 레니센브."
"당신 역시 같은 생각이시죠, 호리?"
"예, 물론입니다."
두 사람은 서로의 얼굴을 바라보며 미소를 지었다.
호리는 야모스에게로 갔다.

2

　레니센브의 시야에 카이트가 쭈그리고 앉아 있는 모습이 들어왔다.
　카이트는 아이들을 도와 연못 물로 찰흙을 개어 여러 가지 모형을 만들고 있었다. 그녀는 재빠른 동작으로 찰흙을 개고 모형을 만들면서, 입으로는 곁에서 역시 찰흙놀이에 열중하고 있는 두 꼬마를 칭찬하고 있었다.
　그녀의 얼굴은 여느 때와 같이 잔잔한 애정밖에는 아무 표정도 없었다. 죽음이나 곳곳에 잠복해 있는 위험에는 아랑곳하지도 않는 모양이었다.

호리는 레니센브에게 더 이상 생각하지 말라고 했다. 호리의 말대로 하고 싶었지만, 그게 뜻대로 되지 않았다. 현재 호리가 범인이 누구인지 알고 있다면, 에사 역시 범인의 정체를 눈치채고 있었다면, 자기가 알아서 안 될 이유는 또 뭔가? 차라리 모르고 있는 게 안전하다고는 하지만, 모른 채로 그냥 지내기는 너무 참기 힘든 것이다. 수단과 방법을 가리지 않고 알 수 있는 방법이 없을까?

사실 알아내려고만 한다면 어려울 것도 없다. 의외로 쉬울지도 모른다. 먼저 아버지 임호테프. 아버지가 자식을 죽일 수는 없는 법이다. 그럼 나머지 사람은 누구? 카이트와 헤네트 두 사람만 남는다.

여자. 둘 다 여자인 것이다. 더구나 두 사람 다 살해 동기를 갖고 있지 않다. 그러나 그 중 헤네트는 가족들에게 증오심을 품고 있다. 그건 이미 밝혀진 사실이다. 얼마 전 레니센브 앞에서 그녀 입으로 뱉은 말이 있다. 그녀가 레니센브를 비롯해서 모두를 증오하고 있다고 짐작해도 틀리지 않으리라.

레니센브는 헤네트의 그 음습한 마음 깊숙이까지 헤집어 보았다. 오랫동안 이곳에만 머물면서, 자기의 헌신적인 봉사를 드러내려 무던히도 애쓰면서, 거짓말을 퍼뜨리고, 남의 말이나 엿듣고, 심술궂은 장난을 쳤다. 더구나 훌륭한 가문의 아름다운 여인의 몸종으로 이곳까지 따라온 그녀는 다른 사람들의 행복한 모습을 부러워했다. 자기 남편과는 헤어졌고, 하나뿐인 자식은 어려서 죽었다——이것이 그녀 인생의 전부였다.

언젠가 레니센브가 본 적 있는 창에 찔린 상처에 비유할 수 있을 것이다. 겉으로 보기에 상처가 나은 것 같아도 딱지 밑으로는 고름이 괴고, 딱딱하고 벌겋게 부어오르던 그 상처. 의사는 뭐라고 주문을 외더니 상처 부위를 손칼로 쨌었다. 그 작은 상처 속에서 나오던 그 많은 고름…….

헤네트의 마음도 이와 비슷할 것이다. 표면으로는 고통이나 슬픔 따위가 드러나지 않지만 그 내면에는 부패한 독이 시기와 원한으로 응어리져서 부어오르다가……

그렇다면 그녀는 임호테프까지 증오했던가? 그럴 리는 없다. 그녀는 몇십 년에 걸친 세월 동안 임호테프를 따라다니며 갖은 아첨과 애교를 다했었다. 임호테프는 덮어놓고 그녀를 믿어 왔다. 그 긴 세월 동안 그렇게 완벽하게 위장할 수 있었을까? 만일 임호테프에 대한 헤네트의 행동이 모두 진심이었다면, 이런 식으로 주인을 괴롭힐 수는 없는 일이 아닌가?

하지만 만일의 경우 그녀가 주인마저 경멸하고 있었다고 가정한다면? 애초부터 미워하고 있었다면? 그의 허점을 찌르려고 오히려 그에게 아부한 거라면? 혹시 그녀가 가장 증오한 대상이 바로 임호테프라면?

사악하고 뒤틀린 심보엔 그 이상의 만족도 없을 것이다. 자기의 피를 이은 자식들이 차례로 죽어 넘어지는 것을 지켜보며 그들의 장례를 치르도록 만드는 것만큼…….

"무슨 일이에요, 아가씨?"

카이트가 그녀를 응시하고 있었다.

"얼굴이 이상해요……."

레니센브가 일어섰다.

"속이 메슥거리는 게 기분이 안 좋아요."

이 말이 거짓은 아니었다. 그녀의 상념이 만들어낸 가상은 그녀에게 강한 구토증을 일으킨 게 사실이다.

카이트는 레니센브의 말을 액면 그대로 해석했다.

"덜 익은 대추를 너무 많이 먹었나 보죠? 아니면 아까 먹은 생선이 좀 오래 된 것이었던지……."

"아녜요, 먹은 것 때문이 아니에요. 지금 우리들 주위에 깔려 있는 위험들 때문에……."

"아, 예……."

건성으로 쉽게 대답하는 그녀의 말에 레니센브는 놀랐다. 그녀는 올케 언니의 얼굴을 다시 한 번 바라보았다.

"어머, 언니는 무섭지도 않나봐요?"

"예, 별로 무섭지 않아요. 아버님께 안 좋은 일이 생긴다면 호리가 아이들의 후견인이 돼줄 텐데요, 뭐. 호리는 정직한 사람이니까 아이들을 안심하고 맡길 수 있지요."

"그 일은 야모스 오빠가 알아서 하실 거예요."

"아주버님도 돌아가실 텐데요."

"끔찍한 말을 거리낌없이 하는군요. 전혀 마음이 아프다거나 하지 않나요? 아버지와 오빠가 죽는다는 것을 그렇게 태연히 말할 수가 있느냐고요?"

카이트는 잠깐 생각하더니 어깨를 움츠렸다.

"우리끼리니까 내 솔직히 말하지요. 난 오래 전부터 아버님을 존경하지 않았어요. 폭군이고 공평하지 못한 사람이라 생각했지요. 그 노프레트 건만 해도 그래요. 한 여자에게 빠져서 자식에게 돌아갈 유산까지 첩에게로 돌리다니, 그런 당치도 않은 일이 세상에 어디 있겠어요? 난 아버님에 대해 좋게 생각할 수가 없어요.

야모스 아주버님에 관해서는 별로 할 말이 없어요. 사티피 형님이 살아 계실 때는 꼼짝도 못하시더니 이제야 간신히 기를 펴시고는 이래라저래라 하시게 되었죠. 그리고 우리 아이들보다는 당신 아이들을 우선으로 생각하죠. 그거야 당연하고 자연스런 현상이지만.

차라리 아주버님이 돌아가시는 것이 우리 애들에겐 이로워요. 난 그렇게 생각해요. 호리는 자식도 없고 차별을 않는 사람이지요.
　　요즘 잇따라 일어나는 일들——비참하고 끔찍한 일들뿐이에요
——그러나 어떻게 생각하면 우리에겐 차라리 잘 되었다 싶어요."
"맨 처음으로 살해된 사람이 언니의 남편, 언니가 그렇게 하늘처럼
모시던 남편이었는데도 그런 말이 나올 수 있나요?"
딱 꼬집어 말할 수 없는 이상한 그림자가 카이트의 얼굴에 스쳤다.
그녀는 환멸인지 냉소인지 모를 눈길로 레니센브를 바라보았다.
"이따금 아가씨는 테티가 되는 것 같아요. 테티 또래의 애들처럼
어려 보여요!"
레니센브는 정신을 가다듬고 천천히 대꾸했다.
"언니는 오빠가 죽은 게 전혀 슬프지 않은 거군요. 그래요, 그런
것 같기도 했어요."
"뭐가 잘못된 거죠, 아가씨? 나는 전해 내려오는 관습을 지켰어
요. 미망인다운 행동만 해왔다구요."
"그래요……. 허나 그뿐…… 그러니…… 그것은 다시 말해…… 언
니는 오빠를 사랑하지 않았다는 결론이 나오는 거예요."
카이트는 어깨를 으쓱해 보였다.
"꼭 사랑해야 하나요?"
"아니, 언니! 소벡 오빠는 언니의 남편이었어요! 언니 자식의 아
빠고요."
카이트의 표정이 다시 부드러워졌다. 그녀는 찰흙놀이에 열심인 두
사내아이와 노래를 부르며 이리저리 뛰어다니는 귀여운 앙크를 바라
보았다.
"그래요, 아이들의 아빠는 소벡이에요. 그 점만은 그에게 감사할
수 있어요. 하지만 그것 외에 그의 좋은 점은 뭐라고 생각하세요?
허우대만 멀쩡한 허풍쟁이에 여자들 꽁무니만 따라다니는 난봉

꾼! 차라리 정식으로 첩이라도 데려오면 좋았겠죠. 집안일이라도 도울 수 있는 참한 여자로.

그러기는커녕 이상한 술집에 가서 구리나 금을 뿌리며 술을 마시고는 값비싼 무희들과 놀아나고……. 아버님이 그이에게 돈을 맡기지 않으시고, 농산물 판매대금도 상세히 보고하도록 하셨을 때 나는 그게 차라리 고맙더라니까요.

그런 사내에게 애정이니 존경이니, 당치도 않아요. 남자의 본질이 뭔가요? 아이를 낳기 위한 수단일 뿐 아닌가요? 한 민족을 움직이는 건 여자의 힘이에요. 우리가 소유했던 것들을 후손에게 물려주는 것은 바로 우리 같은 여자들이 할 일이에요. 아가씨, 그러니 남자란 자식이 자란 뒤엔 어서 죽어주는 편이 나아요……."
카이트의 목소리는 환멸과 냉소로 더욱 고조되었고, 그 못생긴 얼굴은 더욱 미련스러워 보였다.

레니센브는 슬퍼졌다.

'카이트 언니는 강해. 그녀를 우둔하다고 한다면, 그건 자신의 그 우둔함을 만족스럽다는 듯 고집하는…… 바로 그런 우둔함이야.

그녀는 남자를 혐오하고 멸시하지. 나는 왜 아직까지 그걸 눈치채지 못했을까? 그러고 보니 언젠가 카이트의 이같은 위협적인 성격을 엿보았던 기억이 난다. 그래, 카이트 언니는 강한 게 틀림없어…….'

레니센브의 눈길은 어느새 카이트의 손에 가 있었다. 찰흙을 움켜쥐고 있는 그 손을 보면서 죽은 이피를 연상했다. 이피의 머리를 물속에 처넣고 숨이 끊길 때까지 사정없이 짓누르는 강한 손을 상상했다. 그렇다. 카이트의 손이라고 살인하지 못하란 법은 없다.

막내딸 앙크가 가시풀 위로 구르면서 울음을 터뜨렸다. 카이트가 그쪽으로 쏜살같이 달려갔다. 그녀는 아이를 일으켜 가슴에 안고는 호호 불어주며 달래기 시작했다. 그런 그녀의 얼굴에는 부드럽고 잔잔한 애정이 충만해 있었다. 현관에서 헤네트가 뛰어나왔다.
 "무슨 일입니까? 어린아이 울음소리가 너무 커서, 혹시 또 무슨……."
 말을 멈춘 헤네트의 표정엔 실망의 빛이 역력했다. 무슨 사고가 나기를 은근히 기대하고 있는 그녀의 야비하고 짓궂은 표정이 김 샜다는 듯한 실망으로 바뀌고 있었다.
 레니센브는 두 여자의 표정을 유심히 살펴보았다. 한 여자는 증오, 다른 한 여자는 사랑——어느 쪽이 위험한 얼굴일까? 그녀는 혼자 저울질하고 있었다.

3

"야모스 오빠, 카이트 언니를 조심하세요."
 야모스는 깜짝 놀랐다.
 "제수씨가? 레니센브, 그게 무슨……."
 "그 언니는 정말 위험해요."
 "그 수다분한 제수씨가? 제수씨는 천성이 온순하고 의지력이 약해. 그다지 머리가 빨리 돌아가는 편도 아니고……."
 레니센브가 말을 끊었다.
 "카이트 언니는 의지가 약하지도 않고 온순한 천성을 갖고 있는 것도 아녜요. 전 언니가 무서워졌어요. 오빠도 명심해두세요."
 그는 여전히 믿을 수 없다는 표정이었다.
 "카이트? 그녀가 그렇게 많은 사람을 죽일 수 있다니 도저히 상상이 안 되는구나. 그럴 만한 머리도 못 될 텐데."
 "문제는 머리가 아니에요. 독약에 대한 지식만 있으면 충분히 가능한 일이에요. 그런 종류의 지식은 경우에 따라선 쉽게 얻을 수도 있는 거예요. 어머니로부터 딸에게, 딸로부터 그 딸에게 전해내려오는 집안의 지식이라고나 할까?

그런 사람들은 여러 가지 약초를 혼합해서 독을 만들 수도 있대요. 카이트 언니가 그런 민간비법을 알고 있을 수도 있잖아요? 게다가 아이들 약을 언니가 직접 조제하는 걸 본 적도 있어요."
무슨 생각이 떠올랐는지 야모스도 동의했다.
"그럴 수도 있겠지."
"헤네트도 수상해요."
"헤네트? 그래, 우리는 그녀에 대해 호의를 가진 적이 없었지. 사실 아버지의 총애만 아니었더라면……."
"아버지는 그녀의 아첨에 속고 있어요."
야모스가 말했다.
"그럴 가능성도 있어. 그녀는 항상 아버지 주위만을 맴돌며 뭐라고 이간질을 하고 다니는 건지……."
레니센브는 야모스의 말에 적이 놀랐다. 큰오빠가 아버지에 대해 나쁘게 말한 적은 이제껏 없는 일이었으니까. 그만은 진심으로 아버지를 존경하고 있는 줄 알았는데…… 그러나 그녀의 생각은 요즘 들어서 오빠는 집안의 가장 행세를 하고 있다는 데까지 미쳤다.

아버지는 요 몇 주 동안 몇 년은 더 늙어 보였다. 요즘의 그는 혼자서 무슨 일을 판단하거나 결정내리는 일을 좀처럼 하지 않았다. 근력도 예전보다 시원치 않았다. 그는 장시간 한곳에 앉아 초점 없는 눈으로 막연한 곳을 바라보며 시간을 보내는 일이 허다했다. 남의 말을 빨리 알아듣지도 못했다.
"오빠는 헤네트가……."
그녀는 입을 다물고 주위를 살펴본 뒤 다시 말했다.
"그녀라고 생각하세요? 그러니까…… 이제까지 그런 짓을 한……."

야모스가 그녀의 팔을 잡더니 말했다.
"아무 말 마. 그런 말은 함부로 하지 않는 게 좋아. 귀엣말로라도 말이야."
"그러니까 오빠의 추측도……."
야모스는 조용히, 그러나 또박또박 말했다.
"지금은 잠자코 있는 거야. 나한테도 다 생각이 있다."

제22장

여름 둘째달 17일

이튿날은 달맞이 축제날이었다.

임호테프는 묘소에 올라가서 제물을 바쳐야 했다. 야모스는 이번 일을 자기가 맡아 하겠노라 임호테프에게 부탁했으나, 임호테프는 자기가 하겠다고 고집을 부렸다.

조금 남은 거만함을 한껏 발휘해 임호테프가 중얼거렸다.

"제물이 온전하게 바쳐지는지는 내가 직접 감독해야 된다. 내 임무를 내가 게을리해서야 될 법한 말이냐? 나는 이 나이가 되도록 너희 모두를 교육시키고……."

그가 갑자기 입을 다물었다.

"모두. 모두? 아, 그래…… 나의 두 아들, 팔팔하고 잘생겼던 내 아들 소벡…… 총명하고 사랑스러웠던 이피…… 둘 다 불행하게 되었구나.

야모스와 레니센브, 나의 사랑스런 아들과 딸…… 너희들은 아직 내 곁에 남아 있구나……. 그러나 이 상태나마 언제까지 갈는지

…… 앞으로 얼마나……."
야모스가 대답했다.
"몇 년 정도는 문제 없습니다."
가는 귀가 먹었는지 임호테프가 큰소리로 물었다.
"뭐라고?"
임호테프는 정신이 나간 것 같았다.
그러더니 엉뚱한 말을 하는 것이었다.
"그건 헤네트 손에 달려 있어, 그렇지 않냐? 그래, 맞아, 헤네트 소관이야."
레니센브와 야모스의 시선이 마주쳤다.
레니센브는 일부러 상냥한 목소리로 물었다.
"아버지, 말씀하시는 뜻을 모르겠는데요?"
임호테프는 알아들을 수 없는 혼잣말을 중얼거리더니 그 텅 빈 눈을 치켜뜨고 목소리를 높였다.
"헤네트는 나를 잘 이해해 주는 여자야. 줄곧 그래왔지. 내 어깨의 짐이 얼마나 과중한지 그녀만은 알고 있다. 얼마나 중대한지도, 아, 그러나 너희들은 은혜도 모르고…… 하늘이 노하실 만도 하지. 옛날부터 내려오는 전통과도 같은 것이지. 분수를 모르고 날뛰는 자는 벌을 받고야 만다. 헤네트는 겸손하고 신중해. 나를 진심으로 섬겼다. 그녀에게 충분한 보상을 해야……."
그는 자세를 고치더니 괄괄한 목소리로 말했다.
"무슨 말인지 알겠느냐, 야모스? 헤네트가 원하는 건 뭐든지 내주어라. 그녀의 명령대로 해야 하느니라!"
"그건 왜지요?"
"왜라니? 내 말이면 다지, 무슨 잔소리냐! 헤네트의 원대로 해준다면 이제 아무도 죽을 필요가 없게 된다는데도……."

임호테프는 위엄을 갖추고 고개를 끄덕이더니 다른 곳으로 갔다.
그 자리에 남은 오누이는 의혹과 근심의 얼굴로 상대방을 바라보았다.
"오빠, 대체 무슨 뜻이지요?"
"글쎄다. 아버지 자신도 무슨 말씀을 하고 있는지, 무슨 일을 하고 있는지 모르고 계실 때가 있는 것 같다."
"예, 그럴지도 몰라요. 그러나 헤네트 그 여자는 자기의 언행을 잘 알고 있어요. 요전번에 그녀는 자기가 이 집에서 채찍을 휘두르게 될 거라는 얘기를 했거든요."
둘의 시선이 다시 부딪쳤다.
야모스가 그녀의 어깨에 손을 얹었다.
"레니센브, 그녀를 건드리지 않는 게 좋을 것 같다. 너는 종종 자신의 감정을 쉽게 노출시키는 경향이 있더구나. 아버지 말씀 들었지? 헤네트의 원대로 들어주면…… '아무도 죽을 필요는 없다'는 말……."

2

창고에 들어선 헤네트는 웅크리고 앉아 쌓여 있는 시트를 세고 있었다. 오래된 시트들뿐이었다. 그 중 귀퉁이에 표시가 새겨진 시트를 발견하자 그녀는 반색했다. 그녀는 그 시트 가까이에 눈을 갖다 대고 자세히 들여다보았다.
그리고는 이죽거렸다.
"아사예트, 음, 아사예트의 시트로군. 그녀가 이곳으로 온 연도가 새겨져 있어. 나도 그때 함께 왔었지. 그간 강산이 몇번은 바뀌었을걸?
아사예트, 당신의 시트가 지금은 어떤 용도로 쓰일는지 상상이나 하십니까?"

혼자 소리 죽여 킬킬거리던 그녀는 뒤에서 나는 인기척에 웃음을 그쳤다. 몸을 돌려 올려다본 그녀의 가슴이 철렁했다. 야모스였다.

"예서 뭘 하오, 헤네트?"

"미라 제조업자가 시트가 더 필요하다고 해서요. 여러 겹, 겹겹이 싸야 한다는군요. 어제도 4큐피트를 썼는뎁쇼.

장례 때 쓰이는 시트의 양은 정말 어마어마합니다. 그러다보니 이렇게 낡은 것까지 쓸 수밖에요. 낡았다고는 하지만, 품질도 좋은 것이고 별로 닳지도 않았습니다. 돌아가신 마님의 시트랍니다. 예, 서방님 어머님의 시트……"

"이 시트를 써도 좋다고 누가 그랬지?"

헤네트의 얼굴에 웃음이 번졌다.

"임호테프 주인님께서 제게 모든 걸 맡기셨지요. 이제 누구의 허락을 받을 필요는 없습니다. 주인님이 제 능력을 인정하신 거지요.

저는 오랫동안 이 집안의 잔일들을 모두 해왔습니다. 이제는…… 저도 보상을 받을 때가 된 겁니다."

수그러든 목소리로 야모스가 말했다.

"음, 그런 것 같구먼. 아버님께선……"

그는 잠시 쉬었다가 다시 말했다.

"당신 손에 달려 있다고 말씀하시더군."

"그런 말씀을 하셨어요? 듣던 중 반가운 말씀이네요. 하지만 야모스님의 생각은 다르겠지요?"

"음, 글쎄, 모르겠어."

야모스의 말투는 부드러웠으나 눈은 그녀를 살피고 있었다.

"주인님 말씀에 순종하는 게 좋으실 거예요. 이제 살인사건 같은 데 골치썩는 일에는 신물이 났을 테니까요. 안 그래요?"

제22장

"무슨 말인지 잘 모르겠군. 이제 사람이 죽는 데는 질렸다는 뜻인가?"

"아직도 죽을 사람은 더 있어요, 틀림없습니다."

"다음에 죽을 사람은 누구지, 헤네트?"

"그런 걸 왜 제게 물으시죠?"

"당신은 이것저것 모르는 게 없잖아? 가령 지난번에는 이피의 죽음을 점치기까지 하지 않았어? 당신은 영리해. 어떻게 생각하지, 헤네트?"

헤네트는 어깨에 힘을 주고 말했다.

"이제야 아셨습니까? 멍청하고 불쌍한 헤네트는 이제 없습니다. 저는 뭐든지 알고 있지요."

"당신이 알고 있는 게 뭐야, 헤네트?"

헤네트의 목소리가 낮고 또렷하게 변했다.

"이 집에서 이제야 제가 하고 싶은 일을 할 수 있게 됐다는 겁니다. 누구도 저를 막지는 못해요. 임호테프 주인님도 저만을 믿고 계시며, 야모스님도 곧 그래야 할 겁니다."

"레니센브는?"

헤네트가 웃었다. 가학의 기쁨을 즐기는 듯한 비틀린 웃음.

"레니센브는 여기에 존재할 수 없게 됩니다."

"이번엔 레니센브가 살해될 차례라는 뜻인가?"

"당신 생각은 어때요, 야모스?"

"당신 대답을 기다리고 있잖아."

헤네트가 다시 킬킬거리며 웃었다.

"언젠가 에사 노마님께서 제 입놀림이 위험하다 하셨지요. 정말 그럴지도 모릅니다."

그녀는 아예 몸을 뒤틀며 깔깔거렸다.

"야모스, 당신은 어떻게 생각하시죠? 저도 이제는 이 집에서 권한을 가질 만하다고 생각지 않으십니까?"
야모스는 잠시 그녀를 살펴보았다.
"글쎄, 여하튼 당신 재주는 알아줘야겠어. 아무거나 하고 싶은 대로 하랄밖에."
호리가 거실 쪽에서 오고 있는 것이 보였다. 그는 다가와서 말했다.
"야모스, 여기 있었군요! 아버님께서 함께 묘소에 올라갈 시간이라고 기다리고 계십니다."
알았다는 듯 야모스는 고개를 끄덕이고는 목소리를 낮춰서 말했다.
"호리, 가세나. 헤네트 저 여잔 머리가 좀 돈 것 같아. 악령이 씐 게 분명해. 요즘 일어난 일련의 사태가 저 여자 짓이 아닐까 싶은데?"
"헤네트가?"
"저 여자가 슬그머니 암시하더군. 다음에 봉변을 당할 사람은 레니센브일지도 모른다고 말이야."
기다리던 임호테프가 짜증스레 소리쳤다.
"아주 하루 종일을 기다리게 할 심사냐? 고작 그렇게밖에 못하겠어? 나에게 관심을 가져주는 놈은 하나도 없구나. 내 고민은 아무도 몰라 줘. 헤네트는 어디 있지? 헤네트야말로 날 이해해 줄 수 있어."
창고 안에서 헤네트의 건방지고 날카로운 웃음소리가 들려왔다.
"야모스 서방님, 들으셨지요? 어딜 가나 헤네트가 제일이지요!"
야모스가 거칠게 대꾸했다.
"알았어, 헤네트. 당신 역시 권력을 쥐었군. 당신과 아버지, 그리고 나…… 우리 세 사람……."

호리가 임호테프에게로 갔다.

야모스는 헤네트와 몇 마디 더 나누는 것 같았다. 헤네트는 고개를 끄덕이고 있었다. 심술맞은 승리감이 그녀의 얼굴에서 빛났다.

뒤늦게 야모스는 임호테프와 호리가 있는 곳으로 다가와 늦은 것을 사과했다. 세 사람은 함께 묘소로 향했다.

3

그 하루가 레니센브에게는 길고도 지루하게 느껴졌다. 왠지 마음이 안정되지 않아 집에서 현관, 그리고 연못, 다시 집을 왔다갔다 했다.

임호테프는 오후가 되어 돌아왔다. 점심식사를 마친 그가 현관으로 나왔다.

레니센브는 아버지 곁에 앉았다. 그녀는 두 팔로 무릎을 감싸고 가끔 가다 아버지의 얼굴을 쳐다보았다. 그의 얼굴은 보통때처럼 당황함과 멍청함이 섞인 그런 표정이었다. 그는 어쩌다 한 번씩 한숨을 내쉴 뿐 말이 없었다. 한번은 헤네트를 불러오도록 하인에게 이르기도 했다. 그러나 헤네트는 미라 제조업자에게 시트를 가져다주느라 자리에 없었다.

레니센브는 그에게 호리와 야모스의 행방을 물었다.

"호리는 아마밭에 갔다. 수를 헤아려 장부에 올려야 하니까. 그리고 야모스는 농사 일을 돌보고 있을 게다. 지금은 대개 그 녀석이 맡아 하고 있지⋯⋯. 둘째와 셋째가 없으니까. 아, 그 애들 둘 다 진짜 아까운 내 자식이었건만⋯⋯."

레니센브는 아버지의 기분을 전환시키기 위해 화제를 다른 데로 돌려야 했다.

"카메니는 일꾼들을 감독할 능력이 없나요?"

"카메니? 카메니라니? 나는 그런 아들을 둔 적 없다."

"아버지가 고용한 서기 말예요. 제 신랑감, 카메니요."

그는 딸의 얼굴을 물끄러미 내려다보았다.

"레니센브, 네가? 너는 케이와 결혼하기로 했잖니?"

그녀는 한숨을 쉬었다. 그 이상 아무 말도 할 수 없었다. 그를 다시 현실로 돌아오게 한다는 것이 잔인하다고 생각되었기 때문이다.

조금 있다가 임호테프가 벌떡 일어나더니 소리쳤다.

"아, 카메니! 그는 양조장 감독에게 내 말을 전해주러 갔지. 나도 거기 좀 다녀와야겠다."

그는 혼잣말로 뭐라 중얼거리더니 예전의 늠름한 모습을 회복, 성큼성큼 사라져갔다.

레니센브의 마음은 다시 밝아지는 듯했다. 그 약간의 정신착란은 일시적 현상이리라.

그녀는 주위를 빙 둘러보았다. 집안도 정원도 너무 조용한 것이 왠지 불길한 공기에 싸여 있는 것 같았다. 아이들은 연못 가장자리에서 놀고 있었지만, 카이트는 보이지 않았다. 어디로 간 것일까?

이때 헤네트가 현관에서 나왔다. 그녀는 주위를 살피고 레니센브에게로 왔다. 그녀는 아첨기가 도는 비굴한 태도로 속삭였다.

"아씨 혼자 계실 때를 기다렸습니다."

헤네트는 숨죽여 말했다.

"전해 드릴 말이 있어요. 호리한테서."

레니센브는 귀를 세웠다.

"무슨 얘긴데요?"

"아씨가 묘소로 올라와 주시면 고맙겠다고요."

"지금 말예요?"

"아뇨, 해지기 한 시간 전에요. 혹시 자기가 없더라도 올 때까지 기다려 달라더군요. 무슨 중요한 일이 있다고요."

잠시 끊었다가 그녀는 덧붙였다.

"아무도 못 듣게…… 아씨 혼자 있을 때 전해달라고 했어요."

헤네트는 발소리를 죽여 사라져갔다.

구름이 드리웠던 레니셴브의 마음이 차차 개이는 것 같았다. 묘소의 그 평화로움과 고요 속으로 간다는 생각이 그녀의 마음을 밝게 했다. 호리와 여러 가지 얘기를 자유롭게 나눌 수 있음은 생각만 해도 기뻤다.

다만 하필 헤네트에게 심부름을 시켰다는 것이 의외였다. 어쨌든 그 심술꾸러기가 충실히 전해주었으니 다행이다.

레니셴브는 생각했다.

'내가 헤네트를 무서워할 까닭이 무엇인가? 나는 헤네트보다 훨씬 강해.'

그녀는 가슴을 쪽 펴고 심호흡을 했다. 자신이 젊고 박력있으며 싱그럽다고 느껴졌다.

4

헤네트는 레니셴브에게 말을 전한 뒤 창고로 들어갔다. 그녀는 만족의 미소를 띠고 있었다.

그녀는 어지럽게 쌓여 있는 시트에 몸을 굽혀 말하는 것이었다.

"흐흐, 너희들이 또 필요해질 거야. 아사예트, 듣고 있나요? 이제 이 집의 안주인은 바로 납니다. 그래서 알려드리는 건데, 당신의 시트가 새로운 시체싸개로 쓰일 것 같군요. 자, 누구의 시체일까요? 킬킬킬! 당신도 힘쓸 도리가 없는 모양이지요?

당신도, 당신의 외숙이라는 그 군(郡)의 장관 나리도! 재판? 저승에 있는 당신이 이 세상 재판을 어떻게 한다는 거지요? 자, 할 말이 있거든 어디 해봐요!"

모시 더미 뒤쪽에서 인기척이 들렸다. 헤네트가 고개를 돌렸다.
 그때, 넓은 시트가 그녀를 덮치더니 입과 코를 막았다. 야멸찬 손은 시체라도 싸는 것처럼 그녀의 몸에 천을 칭칭 감았다. 꿈틀거리며 반항하던 그녀의 몸이 축 늘어지면서 미동도 않게 될 때까지……

제23장

여름 둘째 달 17일

바위굴집 앞에 턱을 괴고 앉은 레니센브는 멀리 흐르는 나일강에 시선을 준 채, 그녀만의 신비한 회상과 환상을 더듬고 있었다.

그녀가 친정으로 돌아와 처음 이 자리에 앉았던 때가 까마득한 옛날 일처럼 느껴졌다. 그때, 그녀는 기쁨에 들떠 이곳은 8년 전 그녀가 시집을 가면서 떠날 때와 조금도 변함없다고 말했었다.

그러나 호리는 레니센브가 케이와 이 집을 나설 때의 그녀는 이미 아니라고 말했었다. 그 말을 들은 자신은 확신에 차서 대답했었다.

"그러나 곧 예전으로 돌아갈 거예요."

그러자 호리는 변화란 내부로부터 서서히 일어나며 겉으로는 부패의 조짐 따위는 드러나지 않는다고 말했었다.

그녀도 지금은 그가 그때 무슨 생각으로 그런 말을 했는지 잘 알 수 있었다. 호리는 그녀에게 미리 마음을 다잡게 하려고 그랬던 것이리라. 그 무렵 그녀는 아무 의심 없이, 눈뜬 장님처럼, 가족들을 표면적으로만 보았다.

노프레트의 등장으로 그녀의 눈은 조금 뜨였다. 노프레트의 출현. 그렇다, 사건은 거기서부터 시작된 것이다.

노프레트가 몰고 온 죽음······.

노프레트 자체가 악했는지 어땠는지는 모른다 쳐도, 그녀로 인해 집안이 온통 쑥대밭이 된 것만은 부인할 수 없다. 그 사악함은 아직도 어느 구석에선가 호시탐탐 그들을 노리고 있다.

레니센브는 다시 한 번 이 모든 참극의 원인은 노프레트의 악령이라 애써 믿으려 했다. 노프레트······ 독을 품은 여자······ 지금은 명부의 세계에 있는······.

그리고 헤네트, 아직도 살아 있어 심술만 부리는 헤네트······ 혐오스런 여자. 아첨꾼이자 어울리지도 않는 애교를 떠는 그 여자······.

온몸에 소름이 끼치는 걸 느끼며 레니센브는 슬슬 일어났다. 더 이상은 호리를 기다릴 수 없을 것 같다. 해가 뉘엿뉘엿 지고 있었다. 호리는 어째서 안 오는 걸까?

그녀는 사방을 둘러보며 섰다가, 결국 아래 골짜기로 이어진 오솔길을 내려가기 시작했다. 해질녘 이맘때의 이 오솔길은 꽤 한적했다. 고요한 아름다움이 있었다.

호리는 왜 늦는 걸까? 그가 왔더라면 이 아름다운 시간을 그와 함께 나눌 수 있으련만······. 이제 그럴 시간도 얼마 남지 않았다. 오래지 않아 카메니의 신부가 되면······.

'나는 정말 카메니와 결혼하는 걸까?'

그녀는 문득 마음의 눈이 뜨이는 걸 느꼈다. 그녀는 오랫동안 억압해 왔던 자신을 그대로 풀어주었다. 마치 열병을 앓고 난 뒤와 같은 느낌이었다.

그녀는 그동안 불안과 공포에 싸여 자기 주장을 잊고 있었다. 때문에 자기의 결혼 문제를 별로 진지하게 생각해 보지도 않고 승낙했던 것이다. 그러나 이 순간 그녀는 자신을 되찾았다. 따라서 이제 카메니와 결혼한다는 것은 자신이 그 결혼을 원하기 때문이지 결코 집안의 강요에 의한 것은 아니다.

카메니, 출중한 외모와 늘 미소짓는 얼굴! 그녀는 그를 사랑하고 있지 않은가! 그녀는 그와 결혼하고 싶은 것이다.

해질녘에 이곳에 있으면 모든 희미한 것들은 명확하고 진실되게 도드라진다. 혼란은 사라지고, 이곳에 서 있는 그녀 자신은 레니센브이다. 관습의 굴레를 벗어난 존재이며, 공포를 떨쳐 버리고 평정을 찾은, 잃었던 자기를 되찾은 레니센브인 것이다.

그녀는 어느 날엔가 호리에게 노프레트가 죽은 해질녘을 틈타 이 벼랑길을 한번 걸어보고 싶노라고 말한 바 있었다. 두렵지만 꼭 혼자 걸어봐야겠다고 했었다. 지금 그녀는 그것을 행동으로 옮기고 있다. 마침 시간도 사티피와 그녀가 노프레트의 시체를 발견했던 그 시간과 비슷하다. 게다가 이길로 내려오던 사티피가 갑자기 뒤를 돌아다보더니…… 죽음으로 굴러떨어진 그 시간.

장소도 그때 그 부근이다. 갑자기 사티피가 뒤돌아본 것은 무슨 소리를 듣고 그랬을까?

발자국 소리?

발자국 소리…… 그러고 보니 레니센브의 귀에도 지금 발자국 소리가 들린다. 그녀 뒤에서 그 발소리는 오솔길을 내려오고 있다…….

그녀의 가슴은 갑작스런 공포로 방망이질쳤다. 아, 역시 그랬구나! 노프레트가 뒤에서, 뒤에서 나를 따라오고 있다.

그녀의 전신은 공포로 떨리기 시작했다. 하지만, 그녀의 걷는 속도는 느려지지도 빨라지지도 않았다. 어떻게 해서든 이 공포를 극복해야 한다. 나는 양심에 위배되는 나쁜 짓은 한 적이 없으니까……. 그녀는 마음을 진정시키려고 안간힘을 썼다. 한껏 용기를 북돋웠다. 그리고는 걸어가는 자세로 뒤를 돌아봤다. 순간 그녀는 안도의 한숨을 쉬었다. 자기를 따라오던 사람은 큰오빠 야모스였던 것이다. 억울하게 죽은 사람의 넋이 아닌 살아 있는 친오빠.

그는 묘소에서 제사 일로 분주했을 것이다. 그리고 이제야 내려가는 것이다.

그녀는 반갑게 소리쳤다.

"어머, 오빠, 오빠였군요. 너무 반가워요."

그는 발걸음을 재촉해 누이에게 다가왔다. 그녀는 오빠에게 말할 것이 있었다. 자기가 얼마나 터무니없는 공포에 떨고 있었는지를. 그 순간 말은 입속에서 얼어붙었다.

그녀 앞에 보이는 야모스는 그녀의 큰오빠 야모스가 아니었다.

그 부드럽고 신사적이던 오빠가 아니었다. 그의 눈에는 살기가 번뜩이고 있었으며, 혀는 입술을 핥고 있었다. 앞으로 살짝 내민 두 손은 굽어졌는데, 손가락은 마치 매의 발톱같이 보였다.

그는 그녀를 쏘아보고 있었다. 살인자의 눈길이 분명했다. 그리고, 또 하나의 희생자를 내고야 말겠다는 눈길이었다. 그의 얼굴에는 가학적 쾌감을 즐기는 악마의 웃음이 서려 있었다. 야모스…… 숨어 있었던 범인은 바로 야모스! 그 다정하고 부드러운 가면 뒤에…… 이런 얼굴이!

그녀는 이제껏 오빠의 사랑을 받고 있다고 믿어 의심치 않았다. 그런데, 이 야수적인 가학에 황홀해 있는 얼굴 어디에 사랑이 있겠는가!

레니센브는 비명을 질렀다. 절망에 몸부림치는 가냘픈 비명.

죽음은 이런 것일까? 야모스의 힘에 대항할 만한 힘을 그녀는 갖고 있지 않았다. 노프레트가 굴러떨어진 이곳, 가파르고 한적한 오솔길에서 그녀 또한 죽음의 구렁텅이로 떨어질 수밖에 없다…….

"오빠!"

마지막 애원이었다. 그 가냘픈 목소리에는 오빠에 대한 그녀의 모든 애정이 함축되어 있었다. 그러나 그것도 부질없는 것이었다. 야모스는 웃고 있었다. 음흉하고 비인간적인 빈정거림이었다.

그가 한 발 앞으로 내디뎠다. 매 발톱 같은 매정한 두 손은 그녀의 목을 향해 뻗쳐왔다.

레니센브는 절벽을 뒤에 두고 뒷걸음질쳤다. 힘없는 두 손은 헛되이 앞을 휘저으며. 이것은 그야말로 인간의 본질적인 공포, 죽음 그것이었다.

그때 어떤 소리, 희미하게 공기를 가르는 듯한 소리가 들려왔다. 뭔가 휘잉 울리며 날아온 것 같다.

야모스는 멈춰 섰고, 몸을 비틀거렸다. 그리고 날카로운 비명을 지르며 그녀 발밑에 엎어졌다.

그녀는 깃털이 달린 화살 하나를 바라보았다. 아무 생각도 할 수 없었다.

2

"야모스…… 오빠가……."

레니센브는 충격에서 헤어나지 못한 채 그의 이름만 되풀이하고 있었다. 아무래도 믿기지 않는 것이다.

작은 바위 오두막 바깥에서 호리는 팔로 그녀를 감싸고 있었다. 레니센브는 그가 어떻게 자기를 데리고 이곳까지 왔는지 기억할 수도 없었다. 의혹과 공포가 교차된 상태로 오빠의 이름만 중얼거릴 뿐이다.

부드러운 목소리로 호리가 말했다.

"그랬습니다. 야모스였어요. 모두 야모스가 꾸민 짓이었어요."

"그렇지만, 왜? 오빠가 그럴 수 있다니, 그건 불가능해요. 하다못해 오빠도 독살될 뻔했었잖아요? 생명까지 위태로웠어요."
"아니오. 죽을 정도로 위험하지는 않았습니다. 술의 양을 미리 조절하며 조심스레 마셨습니다. 가볍게 앓을 만큼 마시고, 증세며 통증을 과장했던 겁니다. 그러면 혐의에서 풀릴 줄 미리 계산하고서."
"그래도 이피를 살해할 수는 없었을 거예요. 그때 오빠는 너무 약해져서 다리에 힘도 없었잖아요?"
"그 역시 사실과는 다릅니다. 기억하시죠? 메르스 신관이 했던 말…… 독기가 빠졌으니 곧 차도를 보일 거라는. 그 말이 맞습니다. 그때는 이미 회복된 상태였습니다"
"그러나 그럴 필요가 있었을까요? 오빠는 왜 그런 짓을 한 것일까요? 그걸 알 수 없어요……."
호리가 한숨을 내쉬었다.
"레니센브, 언젠가 내가 당신에게 부패는 내부로부터 생겨나는 것이라고 말한 것을 기억합니까?"
"예, 기억해요. 사실 아까 저녁때에도 그 생각을 하고 있었는걸요."
"당신은 노프레트가 이곳으로 오면서 불행은 시작됐다고 말했었죠? 그건 잘못된 생각이었습니다. 악의 씨앗은 이미 집안 내부에 잠재해 있었으니까요. 다만 그녀의 등장으로 그 숨은 악이 밖으로 드러난 것뿐이지요.

그녀의 등장이 이 집안의 후미진 곳을 노출시켰지요. 카이트의 부드러운 모성애는 자기와 아이들만을 생각하는 이기주의로 변질했고, 소벡은 명랑하고 쾌활하던 청년에서 허풍쟁이 바람둥이로 바뀌었지요. 귀여운 응석받이 이피도 잔꾀나 부리는 버릇없는 아이로

변했습니다. 헤네트는 충성을 가장하던 껍데기를 벗고 쌓인 증오를 표출했으며, 사티피는 약한 자나 못살게 구는 겁쟁이에 불과했음이 밝혀졌습니다. 임호테프 주인님조차 말 많은 폭군으로 전락해버렸지요."

레니센브는 괴로운 듯 얼굴을 가렸다.

"알아요, 알고 있다고요. 그렇게 설명하지 않아도 알아요. 내 눈에도 그런 모습이 비쳐졌으니까요.

어쩌다 이 지경이 되어 버린 거지요? 당신 말마따나 왜 이런 부패가 내부에서 솟아난 거냐고요?"

"아무도 모르는 일이지요. 아마 모든 것은 생겨나서 자라기 때문이겠지요. 바꿔 말하면, 가령 사람이 점차로 다정하고 현명하고 보다 향상된 상태로 성장하지 못할 때엔 오히려 비뚤어진 방향으로 치닫게 될지도 모른다는 얘깁니다.

아니면, 생활 범위가 너무 좁다 보니 폐쇄적인 일상에 얽매여, 넓은 마음과 시야를 가질 여유가 없었다고 할까요. 혹은 병충해처럼 하나의 병원균이 한 사람씩 차례로 전염시켜 급기야 모두 병에 걸리게 하는 것과 같다고 할 수 있겠지요."

"그런데 야모스…… 야모스 오빠만은 전과 달라진 점이 없었어요."

"바로 그겁니다. 내가 그를 의심하기 시작한 이유 중 하나가 그겁니다.

다른 사람들은 제 나름대로의 기질로 억압된 기분을 풀어버릴 수 있었어요. 하지만 야모스는 소심한 성격인 데다가 타인의 지배에 쉽게 순종하는 사람이지요. 반항할 용기가 없는 사람이에요. 그는 주인님을 존경했고, 아버님을 기쁘게 하려고 성실히 일했지만, 주인님은 그를 인정해주지 않으셨습니다. 아내도 그에게 멸시와 야유로 일관했었지요.

마음 깊숙한 곳에 차곡차곡 쌓여 있던 그런 것이 차츰 그에게 억압으로 작용해왔던 겁니다. 겉으로 부드럽게 대하려고 하면 할수록 내면의 분노는 더욱 응어리진 거지요.

 그러다가 겨우 야모스가 아버지에게 자기의 성실성을 인정받아 공동경영권을 쥐려던 찰나에 노프레트가 나타난 겁니다. 그의 내부에 숨겨져 있던 폭탄에 불을 붙인 것은 노프레트, 노프레트의 미모였으리라 생각됩니다.

 그녀는 세 형제의 자존심을 철저히 짓밟고 다녔습니다. 소벡에게는 허세만 부리는 멍청이라고 했고, 이피는 말썽쟁이 꼬마라고 아이 다루듯 했지요. 야모스는 그녀의 눈에 사내도 아닌 사람으로 비쳤음도 그녀가 공공연히 떠들고 다닌 말을 듣고 알았습니다.

 야모스가 아내의 독설을 민감하게 받아들인 것도 노프레트의 등장 이후였습니다. 사티피로부터 그녀가 자기보다 훨씬 용감하다는 빈정거림을 받고 그는 완전히 자제력을 잃었던 겁니다.

 그러던 중 이 오솔길에서 노프레트를 본 그는 그만 울분을 참지 못하고…… 벼랑 아래로 그녀를 밀어 버린 거지요."
"아니, 민 사람은 사티피 언니……."
"아닙니다, 레니센브. 착오는 거기서부터였습니다. 사티피는 다만 아래에 있다가 우연히 목격했을 따름입니다. 자, 이제 사건의 진상이 밝혀진 셈이지요?"
"아니, 오빠는 그때 당신과 함께 들판에 나가 있었잖아요?"
"그렇습니다. 사고 한 시간 전부터 계속 같이 있었습니다. 하지만, 시체가 발견되었을 때 그것이 싸늘하게 식어 있던 것을 당신은 눈치채지 못했었나요? 당신은 그녀의 뺨을 만졌어요. 당신은 그녀가 떨어진 지 얼마 안 됐는 줄 알았겠지만, 사실은 그게 아니었지요. 사망한 지 적어도 두 시간은 됐겠던데요. 그 뜨거운 햇볕 아래에서 볼이 그토록 싸늘할 수 있겠습니까?

　사건을 목격한 사티피는 겁에 질려 당황하면서 그 자리를 뜨지 못하고 있었겠지요. 그때 당신을 만난 겁니다. 그녀는 무슨 수를 써서라도 당신을 되돌아가게 해야 했지요."
"호리, 당신은 언제부터 그걸 눈치챌 수 있었지요?"
"사건이 일어나고 얼마 안 되어서였을 겁니다. 사티피의 태도가 수상했지요. 그녀는 무엇인가, 또는 누군가를 무척 두려워하는 모양이었습니다. 그녀가 무서워하는 존재가 야모스라는 사실도 곧 알게 됐지요. 그녀는 남편을 들볶는 대신 그에게 꼼짝달싹 못하게 됐더군요.

　사내도 아닌 겁장이일 뿐이라고 얕봤던 야모스가 노프레트를 살해하는 모습을 보았으니, 그녀의 충격은 상상할 수 있겠죠. 그로 인해 그녀의 성격은 180도 달라졌지요. 큰소리치는 여자의 대부분이 그렇듯이 그녀 역시 겁쟁이에 지나지 않았습니다. 그녀는 야모스의 새로운 면을 발견하고, 완전히 졸아들고 말았습니다. 공포에 질리다 못해 잠꼬대까지 하게 되었지요. 사티피는 야모스에게 있어 제거해야 할 대상이 된 것입니다……

　이제 당신이 전에 직접 목격한 사고를 이해하시겠지요? 사티피가 낭떠러지를 구른 것은 노프레트의 유령 때문이 아니었습니다. 오늘 당신이 당한 경우와 같은 겁니다. 그녀는 자기 뒤에서 따라오는 남편의 얼굴에서 자신을 밀어뜨리려는 살기를 본 것이지요. 겁에 질려 뒷걸음질치던 그녀는 발을 잘못 디디고 벼랑 아래로 떨어졌습니다. 죽어가는 마지막 순간 그녀가 중얼거린 노프레트라는 말은, 노프레트를 죽인 사람이 야모스라는 사실을 당신에게 알리려는 안간힘이었습니다."
호리는 한숨을 돌리고 난 뒤 계속했다.

"노마님께선 이 사건과는 무관한 헤네트의 말에서 힌트를 얻었습니다. 헤네트는 내가 자기를 똑바로 보지 않고, 있지도 않은 어깨 너머의 무엇을 본다고 말했죠. 이어서 사티피에 대한 얘기를 했습니다.

그녀의 말을 듣고 있던 노마님은 사건의 실마리를 쉽게 깨달으셨습니다. 사티피는 야모스 뒤의 무엇을 본 것이 아니라, 바로 야모스만을 본 거라고요.

노마님은 자신의 추측을 확인해 보기 위해 가족들을 불러놓고 그 이야기를 꺼냈습니다. 만일 자기의 추리가 맞다면, 다른 사람은 알아채지 못해도 야모스에게만은 의미 있는 이야기를 전할 수 있다고 생각하셨던 거지요.

그 이야기에 야모스는 놀랐습니다. 이야기를 듣는 중 그에게는 아주 희미한 변화가 있었습니다. 노마님께선 그것으로 자신의 추리가 적중했음을 충분히 확인하셨습니다.

일단 그를 범인으로 가정한다면 모든 사건이 맞아떨어집니다. 목동 소년의 죽음도 이해가 되지요. 그 소년은 야모스를 잘 따랐고, 그의 말이라면 뭐든지 순종했었습니다. 영원히 잠들어 버리는 약도 시키는 대로 마실 정도로……."
"호리, 오빠가 그런 짓을 하다니 믿을 수가 없어요. 노프레트를 죽인 것은 이해가 간다 하더라도, 어떻게 다른 사람들까지……."
"레니센브, 어떻게 설명해야 할까요? 마음이 옆으로 빗나가기 시작하면, 그 악한 마음은 옥수수 사이에 피어나는 양귀비꽃처럼 화려하게 피어나는 법입니다.

야모스는 태어나서 그 나이가 될 때까지 폭력에 대해 강한 매력을 느꼈을 겁니다. 다만 실행해 보지 못했을 뿐이겠지요. 그는 자신의 무기력감에 환멸을 느끼고 있었던 겁니다.

그러던 그가 노프레트를 죽인 이후 스스로의 힘에 자신이 붙었겠지요. 사티피의 변모를 통해 실감할 수 있었을 테구요. 둘의 역할은 바뀌어 그는 사티피를 지배하고 호통쳤으며, 그의 아내는 겁많고 소심한 여자가 되었습니다.

그의 내면 어느 구석에 자리잡고 있던 불평불만이 서서히 고개를 쳐들기 시작했습니다……. 언젠가 오솔길에서 본 뱀처럼 말입니다.

소벡은 외모가 출중했고, 이피는 영리했습니다……. 야모스는 자기보다 뛰어난 동생들을 제거해야 했지요. 자신만이 아버지와 함께 이 집안을 다스려야 한다고 생각했으니까요.

게다가 사티피를 죽인 다음부터는 살인이 가져다 주는 쾌감에 맛을 들이게 되었습니다. 살인을 통해 자신의 힘을 과시하게 되었으니까요…….

그의 자제심이 완전히 허물어진 것은 그 다음부터였습니다. 그 뒤로 그는 자기 내면의 악마에 몸을 던져버렸습니다. 당신은 애초부터 그의 제거 대상이 아니었습니다. 사정이 허락하는 동안, 그도 당신을 사랑했지요. 그러나 당신이 결혼하면서 그 남편이 갖게 될 재산상의 권리를 빼앗길 수 없다고 생각하게 되었지요.

노마님께서 카메니를 당신의 신랑으로 적당하다고 말씀하신 데에는 두 가지 이유가 있었을 겁니다. 첫째는, 야모스가 다시 범행을 저지를 경우 당신보다는 카메니 쪽을 대상으로 삼을 거라는 생각과 당신의 호위는 나, 호리가 맡아주리라는 계산에서였을 겁니다. 둘째는, 이 일을 빌미로——노마님께선 대담한 면이 있으시죠——사건의 진상을 밝혀낼 수 있는 증거를 잡을 수 있을 거라는 생각이었습니다. 야모스는 내가 자기를 수상하게 생각하여 경계를 게을리 하지 않는 것을 눈치채지 못하고 있었습니다. 그러니, 행여 그가 또 누군가를 해치려 할 때, 내가 현장을 포착하여 그를 현행범으로 잡을 수 있으리라 생각하신 거지요."
"바로 그대로 된 셈이군요. 뒤로 돌아서 야모스 오빠를 보았을 때 …… 오, 끔찍했어요."
"알고 있습니다. 하지만, 미리 그를 저지할 수가 없었습니다. 내가 야모스에 붙어 있는 한 당신은 안전할 수 있었지요. 그러나 그건 언제까지고 지속될 만한 완전한 안전은 못 됐습니다. 때문에 나는 일부러 그가 당신 뒤를 쫓도록 놔두었던 겁니다. 만에 하나 그가 당신을 밀어뜨리려 한다면, 그 순간을 절대 놓치지 않으리라 다짐하면서 말이지요."
"그럼, 헤네트의 전갈은 당신이 보낸 게 아니었나요?"
호리가 고개를 저었다.
"나는 그녀에게 그런 심부름을 시킨 적이 없습니다."
"헤네트는 그럼 왜……."
레니센브는 입을 다물고 머리를 흔들었다.
"대체 헤네트는 이 사건과 어떤 관련이 있는 거죠? 알 수 없군요."
"그녀는 사실을 알고 있었다고 봅니다. 오늘 아침 야모스에게 넌지시 그런 얘길 했다고 하니까요. 위험을 자초한 거죠. 야모스가 당신을 이곳으로 오도록 그녀에게 시킨 것 같습니다. 평소 당신을 시기하던 그녀였으므로 기꺼이 심부름에 응했겠지요."
"이해가 가요."
"그 다음은 뭐겠습니까? 헤네트는 사건의 전모를 알고 있으니까 당연히 자신에게 권력이 돌아올 거라고 믿었겠지요. 그러나 야모스가 그녀를 오래 놔두려고 했겠습니까? 혹시 지금쯤은……."
레니센브가 몸을 떨었다.

"오빠는 미친 거예요, 악령에 사로잡힌 거예요, 옛날의 오빠는 그러지 않았잖아요!"
"예, 그러나 레니센브, 생각나세요? 내가 한 말이? 소년 시절의 소벡이 야모스의 머리를 친 이야기. 마님이 나오셔서 사색이 된 얼굴에 경련을 일으키면서 소벡을 향해 그런 짓을 하면 위험하다 말씀하셨다고.

내 생각입니다만, 그때 마님은 야모스에게 그런 일이 자주 생기면 그 스스로가 위험한 행동을 할 수 있다는 뜻에서 하신 말씀이 아닌가 싶습니다. 이튿날 소벡이 앓아 누웠었다는 말——모두들 식중독 때문이라 생각했었지요——그 말도 했었지요?

당신 어머님께선 부드럽고 연약한 아들의 마음속에 응어리진 분노가 언젠가 분출하리라는 불길한 예감이 드셨던 거라고 생각됩니다."
또다시 레니센브는 몸서리쳤다.
"겉과 속이 한결같은 사람은 이 세상에 없는 건가요?"
"없지는 않습니다. 가령, 카메니와 나는 그런 부류라고 볼 수 있지요. 우리 두 사람은 당신이 보는 그대로입니다. 카메니와 나는……"
그는 마지막 말을 의미심장한 어투로 덧붙였다. 그녀는 자기가 갈림길을 앞에 두고 중요한 선택을 해야 할 순간에 이르렀음을 퍼뜩 깨달았다.

호리는 계속 말했다.
"우리 두 사람은 당신을 사랑합니다. 레니센브, 당신도 느꼈을 겁니다."
레니센브가 천천히 말했다.
"그러면서도 내 혼담이 진행되는 동안 당신은 말없이 바라보고만 계셨던가요? 어떻게 한마디도 않고."
"당신의 안전을 고려해야 했으니까요. 노마님 생각도 같았습니다. 나는 제삼자의 입장으로 비켜서서 무관심을 가장해야 한 거죠. 야모스의 증오를 피해 잠자코 그를 감시할 수밖에 없었습니다."
그는 먼 회상에 젖어 다시 덧붙였다.
"야모스는 나의 오랜 친구였습니다. 나는 그를 좋아했지요. 주인님에게 야모스를 공동경영자로 임명하시라고 권할 정도로 말입니다. 그러나, 너무 늦어 버렸습니다.

처음부터 노프레트를 죽인 범인이 야모스라고 짐작했지만, 도저히 믿고 싶지 않았습니다. 애써 부인했지요. 그가 그럴 수밖에 없었던 이유를 옹호하려고도 해보았습니다. 야모스, 항상 자유롭지 못했던 그 불행한 친구가 나에게는 매우 소중한 사람이기도 했습니다.

그러나 잇따라 소벡이 시체로 발견되고, 이피가, 에사 노마님마저 살해되었으니…… 나는 야모스 내부의 악이 이미 정도를 넘어선 것을 깨달았습니다.

결국 야모스는 내 손에 의해 명부의 세계로 보내졌습니다. 고통을 느낄 새도 없이 즉사했지요."
"죽음…… 모두 죽음뿐이에요."
"아니오, 레니센브. 당신에게 직면한 문제는 죽음이 아닌 삶입니다. 누구와 함께 일생을 살아갈 것인가? 카메니, 아니면 호리?"
레니센브는 골짜기 아래 저 멀리 흐르는 나일강의 은빛 물결을 바라보았다.

그녀의 눈앞에 미소를 머금은 카메니의 얼굴이 어른거렸다. 그녀와 함께 배에 올랐을 때 그녀를 바라보며 웃음짓던 그 수려한 이목구비. 활기차고 상냥한 품성. 그녀는 마음속 깊은 곳에서부터 차오르는 생명감을 느꼈다. 그때 그녀는 카메니를 사랑했다. 그리고 지금도 사랑한다. 죽은 남편 케이가 그녀에게 준 인생의 기쁨을 카메니, 그도 줄 수 있다.

그녀는 생각했다.

'카메니와 함께라면 나는 행복할 것이다. 틀림없이 그럴 것이다. 서로 의지하며 서로에게서 기쁨을 발견하고, 건강하고 똑똑한 자식을 가질 수도 있으리라.

매일 매일을 새롭고 다양한 여러 가지 일들로 채울 것이다. 강에 나가 뱃놀이를 하며…… 케이와 함께 했던 즐거운 시간들을 다시…… 그 이상 내가 바라는 것은 무엇인가? 무얼 더 필요로 한단 말인가?'

이윽고 그녀는 천천히, 아주 느리게 고개를 돌려 호리를 보았다. 그녀의 침묵은 그에게 뭔가를 묻고 있는 듯했다.

그녀의 눈빛을 알았는지 호리가 대답했다.

"당신은…… 어릴 적부터 내게 있어 무척 사랑스런 사람이었습니다. 내게 망가진 장난감을 들고 와서는 고쳐달라고 할 때의 그 진지한 표정, 내게 당신의 그 믿음이 얼마나 소중했는지 당신은 상상이나 할 수 있었겠습니까!

그리고 8년이란 세월 동안 집을 떠났던 당신이 다시 돌아왔고, 바로 이 자리에 앉아 여러 가지 생각들을 내 앞에 펼쳐 놓았습니다.

레니센브, 당신은 식구들과는 다른, 전혀 다른 마음을 간직하고 있습니다. 그 마음은 자기의 이기(利己), 그 좁게 갇힌 자기에 집착하고 머무는 것이 아니라, 강 건너의 저 멀리 약동하는 세계, 새로운 세계를 바라보는 마음입니다. 진정한 용기와 안목을 가진 사람은 모든 것이 가능한 세계를 바라볼 수 있는 것이지요."

"알아요, 호리. 당신과 함께 있을 때 나도 그런 느낌을 가졌어요. 그러나 항상 그랬던 것은 아니에요. 가끔 당신이 무슨 말을 하는지 알 수 없을 때, 그럴 때 나는 심한 외로움을 느끼며……"

그녀는 자기 생각을 어떻게 설명해야 할지 몰라 입을 다물고 말았다.

그녀는 호리와 함께 나눌 인생을 상상할 수 없었다. 그의 부드러운 심성과 자기에게로 향한 애정은 느껴지지만, 그는 늘 그녀가 헤아리고 이해하기에는 여전히 동떨어진 존재인 것만 같았다. 위대한 아름다움과 기묘한 풍요로움에 대해 얘기할 수는 있겠으나…… 구체적인 생활의 모습은?

그녀는 엉겁결에 두 손을 그에게 내밀었다.

"호리, 난 어떡해야 되는 건가요? 날 위해 대신 선택해 주세요!"

호리는 빙그레 웃었다. 어린애 같은 응석도 그녀에겐 이게 마지막이리라 생각하면서.

그는 그 앞에 내밀어진 그녀의 손을 잡으려 하지 않았다.

"당신 자신의 인생입니다. 내가 선택할 문제가 아니지요. 당신 이외에 그 누구도 대신 결정지어 줄 수는 없는 겁니다."

레니센브는 이제 누구의 도움도 기대할 수 없는 자기 자신을 깨달았다. 카메니는 감각에 호소해 왔었다. 만일 호리가 자기 몸에 손을 댄다면……. 그러나 호리는 그녀의 손조차 잡아 주지 않았다.

갑자기 그녀가 선택해야 할 기로가 그녀의 시야에 선명하게 떠올랐다. 요컨대 편안한 길이냐, 험난한 길이냐? 그녀는 이제 일어서서 익숙해져 있던 인생——케이와 나누었던 평범하고 편안한 생활——을 찾아 이 좁은 오솔길로 내려가고 싶은 충동을 강하게 느꼈다. 그곳에는 생활의 안락함이 있다. 희비가 엇갈리는 일상, 특별히 염려할 바 없는 생활, 그러다가 나이 들면 죽고…….

죽음……. 생을 생각하다 보니 한 바퀴 돌아 원점, 다시 죽음의 문제로 되돌아왔다.

케이는 죽었다. 카메니도 죽을 것이다. 그와 함께 케이의 얼굴처럼 카메니에 대한 기억도 빛을 잃게 될 것이다.

레니센브는 자기 옆에서 침묵을 지키고 있는 호리를 올려다보았다. 이제껏 그녀는 이상스럽게도 호리의 얼굴 표정에 대해 유심히 살펴본 적도, 생각해 본 적도 없었다. 하기는 생각해볼 필요도 없었으니까…….

레니센브가 말문을 열었다. 그녀의 목소리에는 어느 날인가, 해질 무렵 홀로 이 오솔길을 걸어 보겠노라고 말했을 때처럼 단호한 그 무엇이 서려 있었다.

"호리, 결정했어요. 어쨌거나 나는 당신과 함께 이 인생을 헤쳐 나가겠어요. 죽는 마지막 순간까지……."

그녀는 호리의 팔에 안긴 채 그의 얼굴을 물들이고 있는 감미롭고도 다정다감한 표정을 가까이에서 지켜볼 수 있었다. 그녀의 가슴은 삶의 기쁨과 벅차오르는 풍요로움에 젖어들었다.

그녀는 생각했다.

'만일 호리가 죽게 된다 해도, 나는 그를 잊지 않을 테야! 호리는 내 마음속에서 그치지 않는 노래가 될 거야. 영원히…… 이제 더 이상 죽음은 존재치 않아…….'

크리스티 10대 걸작의 하나

 애거서 크리스티(Agatha Christie, 1890~1976)는 장편만 70여 편에 이르는 미스터리를 남겼으면서도 그 하나하나에 하나같이 새롭고 기묘한 트릭을 구사하여 어김없이 미스터리 팬의 기대를 저버리지 않는다.

 크리스티는 이른바 후더닛(whodunit, 탐정소설의 속칭)의 대가로 반전의 교묘함은 이미 정평이 나있지만 초기의 작품에는 스릴러나 모험소설 비슷한 것도 많이 있었다. 1930년대에 들어서면 그런 경향은 약간 수그러들면서 에르큘 포아로 등을 탐정으로 내세운 본격미스터리물이 작품의 주류를 이룬다. 본격미스터리작품에서도 변함없이 재기 넘치는 그녀의 창작욕은 작품 전체에 넘쳐흐른다.

 미스터리작품의 무대가 대부분 현대인데 반해 이《마지막으로 죽음이 오다(Death Comes As The End, 1935년)》만은 시대적 배경이 기원전 2000년이나 되는 옛날로 설정된 것은 특별히 주목할 만하다. 크리스티의 다른 작품들과 비교해도 이색적일 뿐 아니라

다른 미스터리작가들에게도 이토록 오래된 시대설정은 거의 찾아 보기 어렵기 때문이다. 중근동(中近東)지방을 무대로 한 작품으로는 《메소포타미아의 살인(1936년)》, 《나일에 죽다(1937년)》, 《죽음의 약속(1938년)》, 《바그다드의 비밀(1951년)》 등이 있지만 이 책을 제외하고는 모두 현대를 배경으로 한다.

기원전 2000년의 이집트를 현대에 복원시키려는 크리스티의 노력은 이 작품의 시대고증에만도 얼마나 많은 시간과 노력을 쏟아 부었을지 짐작케 한다.

이 책의 헌사나 머리글에서도 드러난 것처럼 그녀 곁에서 중근동에 대한 관심을 불러일으키고 직접 영향을 미친 사람은 그녀의 남편이자 고고학자 맥스 멀로원이다.

크리스티는 《애크로이드 살인사건》을 발표한 1926년에 세계적으로 유명한 자작 실종사건을 일으켜, 2년 뒤에는 남편 아티볼드 대위와 이혼한다. 그리고 1930년에는 여행지 이라크에서 만난 13살 연하의 젊고 영민한 고고학자 맥스 멀로원과 사랑에 빠져 마침내 결혼까지 하게 된다.

30년대 이후의 중근동 시리즈는, 초기의 단편집 《포아로 등장》에서 이미 드러난 바 있는 고대 이집트에의 관심이 이 두 번째 남편과 만남으로써 한층 더 발전한 양상을 보여주고 있다. 오리엔트라고 하는 이국적인 정서가 크리스티의 사생활뿐 아니라 그녀의 작품에도 신선한 입김을 불어넣었기 때문일 것이다.

《마지막으로 죽음이 오다》는 기원전 2000년의 이집트 나일강변의 고대도시에서 일어난 사건을 다룬 본격미스터리작품이다. 이야기는 처음 주인공이 나일의 웅대한 흐름을 바라보는 묘사에서 시작된다. 몇 년 만에 집으로 돌아가는 길 위에서 주인공이 바라보는 풍경은 옛날과 하나도 달라진 데가 없지만 다시 만난 가족들 사이는 예전 같지 않다. 수개월 동안 집을 비웠던 아버지가 젊고 예쁜 여자를 데리고 함께 돌아오면서 가족들의 가슴에 불만의 불씨를 던지고, 사랑과 증오가 교차하는 물결이 한 가족들 사이로 서서히 파문을 일으키며 커다랗게 퍼져나간다……

 이 소설에는 어떤 독특한 매력이 있다. 전편에 걸쳐 떠도는 죽음 같은 고요가 바로 그것으로, 피라미드나 '사자의 서'에 드러난 이집트 민족 특유의 사후관이 그 고요한 저변에 깔려있는 듯하다. 나일은 실로 다양한 모습을 갖고 있어서 보는 사람으로 하여금 인생의 모든 희노애락을 투영한다고 전한다. 그래서 사람들은 나일의 물결을 바라봄으로써 그곳에서 뭔가를 건져올리려 애쓴다. 나일은 또한 죽음 그 자체일지도 모르면서……

 문명의 여명기에 이성은 아직 강보에 싸인 갓난아기였다. 죽음처럼 고요한 적막 속에서 옴찔옴찔 몸을 움직이고 있을 뿐인 그런 작은 아기.

 이러한 배경아래 크리스티가 자랑하는 교묘한 반전이 숨어있다. 장난 같은 도구들로 어설픈 재주를 부리는 것이 아니라 소설로서의 깊이와 미스터리적 재미가 적절히 조화를 이룬 이 작품은 이국적이며 이색적인 정취로 독자를 사로잡을 것이다.

 이집트를 배경으로 포아로가 등장하는 《나일에 죽다》와 비교하여 두 작품에서 과연 크리스티의 시선이 어떻게 달라지고 있는지 살펴보는 것도 실로 흥미로울 '덤'이 되리라 생각한다.